숨은그림찾기

63
푸른사상
소설선

숨은그림찾기

초판 1쇄 인쇄 · 2024년 11월 5일
초판 1쇄 발행 · 2024년 11월 10일

지은이 · 최명숙
펴낸이 · 한봉숙
펴낸곳 · 푸른사상사

주간 · 맹문재 | 편집 · 지순이 | 교정 · 김수란, 노현정 | 마케팅 · 한정규
등록 · 1999년 7월 8일 제2-2876호
주소 · 경기도 파주시 회동길 337-16 푸른사상사
전화 · 031) 955-9111(2) | 팩스 · 031) 955-9114
이메일 · prun21c@hanmail.net
홈페이지 · http://www.prun21c.com

ISBN 979-11-308-2186-3 03810
값 18,500원

63
푸른사상
소설선

숨은그림찾기

최명숙 소설집

유난히 뜨거운 여름이었다. 고개를 내밀 듯하다 숨어버리는 내면의 나와 만나기 위해 뒤척이는 날은 더욱 뜨거움이 솟구쳤다. 세상에 하고 싶은 말, 아니 어쩌면 내게 하고 싶은 말이 있었다. 그 발화하지 못한 채 가두었던 이야기, 오래 잠자고 있는 원고를 보며 먼지 털고 햇볕에 거풍하는 심정으로 마주했다. 그 사유들을, 구름이 깃들다 바람이 머물다 햇살이 헤적이다 간 후, 이렇게 내놓는다. 후련하다. 작품으로서 완결성을 떠나 또 다른 나와 만나는 시간이 되었으므로.

쓰면서 만난 것은 '찾기'였다. 오래전부터 어렴풋한 기억, 사람, 사랑, 꿈, 정체성 등에 몰입했다는 걸 알았다. 그리고 비로소 내가 추구하던 것의 실체가 선명해지기 시작했을 때 엷게 웃었다. 글쓰기를 통해 아는 것과 하고 싶은 말이 명징해지듯 나의 내면 모습이 명징해지는 듯했다. 보이지 않던 게 보였다. 시원했다. 둘러싸고 있는 모든 허울을 벗은 듯 가벼워졌다. 그 가벼움으로 서술한 소박한 이야기지만 쓰는 내내 뜨거웠다. 그 뜨거움이 일상에 들러붙은 삿된 생각을 태워

버릴 수 있을까. 그래서 문학이 꿈꾸는 이상에 가닿을 수 있을까. 가당치 않을지라도 나는 그것을 꿈꾼다.

원고를 마무리하고 난 후, 내 속에서 무언가 쑥 빠져버린 듯해 며칠 동안 앞으로 넘어질 것처럼 허전했다. 가슴이 아릿아릿하면 가만가만 나를 다독거렸다. 그러다 보니 뜨거운 여름이 가고 아침저녁으론 시원한 바람이 불었다. 유난히 긴 여름은 내 글을 익히느라, 날 여물게 하느라 그랬던 걸까. 덜 익거나 덜 여물어도 이대로 삶을 사랑하고 싶은 마음이 든다. 여름같이 지난한 시간을 견뎌서 그럴지 모른다.

오랜 시간 웅크리고 침묵했던 사유들, 세상에서 흔적 없이 사라져버릴 그 이야기를, 밖으로 내놓게 기회 주신 푸른사상사 한봉숙 대표님과 편집부 직원들께 감사드린다. 표지와 삽화 그려준 강무련 작가, 응원하는 가족들, 별뜰문학회 글벗들, 모두 고맙다. 덜 익은 글을 내놓는 내게 용감하다고 자찬하며 살며시 웃는다. 가을바람이 상쾌하다.

2024년 가을 문턱에서
최명숙

차례

숨은그림찾기

나는 '숨은그림찾기'를 즐긴다. 처음에는 아무리 찾아도 안 보이던 부채, 주전자, 방망이, 붕어, 포크, 숟가락 등이 이제 곧잘 보인다. 여전히 찾아내지 못하는 그림이 두어 개 있곤 하지만. 숨은 그림을 찾는 데는 요령이 필요하다. 부채는 귀부인의 치마 주름 사이에 거꾸로 숨어 있기 일쑤고, 숟가락이나 포크는 옷이 겹치는 겨드랑이에 숨어 있기 마련이다. 펜 들고 그림을 하나씩 헤집다가 가까스로 찾아냈을 때 아슬아슬한 스릴과 함께 작은 성취감을 느낀다.

숨은 그림 찾다 보면 '보물찾기'를 떠올리게 된다. 초등학교 시절 소풍 때마다 빠지지 않던 그 게임. 나는 늘 허탕을 쳤다. 나무 위, 바위 틈, 풀섶을 세세히 뒤지고 다녔지만 한 번도 찾지 못했다. 찾았다고 외치는 소리에 뒤돌아다 보면, 내가 살피고 지나온 나뭇가지 틈새에 접혀 있는 흰 종이쪽지를 발견한 친구의 득의 가득한 얼굴과 만나곤 했다. 그 후 중·고등학교 소풍 때 또는 회사 야유회에서 보물찾기 할 기회가 자주 있었다. 여전히 난 허탕만 쳤다.

대학 때 몇 번 미팅을 했다. 기대와 호기심으로 나갔다가 별 감흥 없이 돌아온 날이 대부분이었다. 그러다 꼭 한 번 마음이 가는 상대를 만난 적 있다. 나는 그에게서 연락오길 조바심하며 기다렸는데, 교정에서 내 단짝친구 희정과 다정하게 걷는 그를 보았다. 그때 허탈감과 함께 초등학교 시절 소풍날의 보물찾기를 떠올렸다. 내가 헤집고 지나온 곳에서 하얀 쪽지를 발견하고 의기양양해하던 친구의 모습도.

그날 올려다본 하늘은 야속하리만큼 푸르고 맑았다. 교정에는 라일락이 지고 불두화가 하얗게 피고 있었다. 소담한 불두화는 희정의 뽀얀 얼굴과 닮았다.

커어엉 커엉…… 마을 어귀 물레방앗간 집 개 짖는 소리가 섣달 싸늘한 바람과 함께 문틈으로 스며들어 문풍지를 흔들어댄다. 누렇게 바랜 문풍지는 몸서리치듯 파르르 떨며 윙윙거린다. 전등을 끈 방 안은 깜깜하다. 창호지 바른 방문만 희부옇게 보일 뿐이다. 네온과 가로등이 켜져 있어 밤낮 구별이 없는 도시의 밤과 사뭇 다른 산골의 밤이다. 달 밝은 밤엔 방문 창호지를 뚫고 들어오는 달빛이 어슴푸레하게 방 안을 비추지만 달마저 구름 속에 숨어버려 사위가 칠흑 같다.

물레방앗간 집 개 누렁이 짖는 소리는 특별하다. 그놈은 일정한 간격을 두고 짤막하게 소리를 내는데 높이가 크고 맑아서 멀리 떨어진 곳까지 선명하게 들린다. 지금은 기계를 이용하지만 예전엔 물레를 돌려 방아 찧던 곳이다. 그 집은 기계로 방아를 찧는데도 예나 지금이나 물레방앗간 집으로 불린다. 한번 불린 이름을 바꿔 부르는 건 쉽지 않은 모양이다.

어릴 적 나는 힘차게 돌아가는 물레에 넋을 빼앗겨 학교에 지각한 적 여러 번이었다. 철컥대며 물레가 돌면 물보라가 뿌옇게 일었다. 가끔씩 물보라 가운데로 무지개가 섰다. 비 온 후에 하늘에 뜨는 무지개와 달리 물보라 속의 무지개는 소박하고도 고왔다. 무지개 뿌리를 찾아 손으로 만져보면 아무것도 만져지지 않았다. 흐릿한 빛깔 때문에 거기가 근원인지 아닌지 알 수 없었다. 오히려 멀찌감치 물러서면 뿌리가 확실히 보였다.

벽에 걸린 시계를 본다. 11시 40분. 야광 시계 바늘은 어둠 속에서 선명하게 숫자를 가리킨다. 잠이 오지 않는다. 벽을 더듬어 전등 스위치를 켠다. 시계는 누렇게 전 벽에 무표정하게 걸려 방 안의 몇 개 되지 않는 가구와 옷가지를 내려다본다. 떼어버린 시계추. 한밤중에 째깍거리는 시계추 움직임이 밤 밝히는 원인을 제공할 정도로 귀에 거슬렸다. 망설이지 않고 추를 떼었다. 그 후 어느 구석엔지 처박아버렸다.

벽시계에서 거세당한 환관의 모습을 본다. 슬픈 감정이 우러나도 할 수 없다. 수면 방해하는 시계추를 수용하기 힘들다. 인간이란 존재는 얼마나 이기적인가. 조화롭고 장식적인 것보다 실용적인 게 더 중요하니 말이다. 그럼에도 거세된 벽시계는 슬픈 감정을 느끼게 한다. 가끔 세계로부터 거세당한 게 아닌가 싶어 슬픔이 고조되면, 환관의 삶에 감정이입이 된다.

문풍지가 더욱 크게 윙윙거린다. 전깃줄도 바람을 맞으며 운다. 몸을 뒤챘다. 이불을 어깨 위로 끌어 잡아당겨 덮었다. 어깨가 차다, 얼음장처럼. 손을 내뻗었다. 거기 손이 닿는 만큼에 그것이 있었다. 두꺼비 모양의 주물도. 오빠가 쓰던 물건이다. 끌어당기며 다시 엎드렸다. 윗목 벽에 걸린 옷가지가 아무런 저항도 하지 않는다.

나에게는 습관이 하나 있다. 가을이면 그것에 불을 붙인다. 몇 년 전부터 생긴 버릇이다. 가을에서 겨울까지 그것을 태우고 봄이면 끊는다. 산 빛이 달라지기 시작하는 9월 말쯤 되면, 나는 가슴 깊은 곳에서 이는 설명 못 할 어떤 바람에 휩싸인다. 그리고 무심코 그것을 산다. 그 후 집 안을 깨끗이 정리하고 의식을 치르듯 경건하게 그것에 불을 붙인다. 그렇다, 경건하게. 남편은 그것과 거리가 멀었는데, 그것을 애용하는 내 행동에 관심 보이지 않았다.

휘잉 휘잉, 바람 소리가 났다. 가슴 깊은 곳에서 나는 듯했고, 때로는 귀 언저리에서 났고, 때로는 먼 곳에서 불어오는 것으로 느낄 때도 있었다. 언제부터인지 모르겠지만 아주 오래 전부터. 혼자 조용히 있는 밤이면 더욱 그랬다. 남편과 나란히 누워 있을 때도 그 소리는 멈추지 않고 들렸다. 바람 소리가 어디로부터 들려오는 것일까. 나는 바람의 정체를 밝히기 위해 무던히 애썼다. 창가에 귀 기울여보고 째깍거리는 시계를 죽여놓기도 했다. 냉장고 전선 코드 뽑고, 두꺼비집을 숫제 내렸다. 그러다 그 소리가 남편의 숨결처럼 익숙해졌을 때, 남편이 내게 따로 있어보자고 했다.

두 번째 그것을 뽑아든다. 방 안은 그것의 향에 휩싸인다. 누렁이의 짖는 소리가 조금씩 잦아들고, 뚜벅거리며 다가오던 구둣발 소리가 내 방 창가에서 잠시 멈추었다. 재영일 게다. 재영은 내 방 창문 앞에서 멈춘 후, 긴 한숨을 한 번 토해냈으리라. 구름 덮인 검은 밤하늘을 바라볼지도 모른다. 창문으로 눈길이 간다. 열어볼까. 목에서는 밭은기침이 나오려고 한다. 도리질하며 가까스로 참는다.

뚜벅뚜벅 구둣발 소리가 다시 나기 시작한다. 이윽고 울타리 뒤쪽 고샅으로 파문처럼 스러진다. 누렁이 짖는 소리도 이제 들리지 않는다.

"저, 이 서류 좀 봐주실래요?"

신입 사원인 유민호가 내게 다가와 서류 뭉치를 내밀었다. 그가 내민 서류를 살펴보고 있는 사이 그는 내 어깨 뒤로 와 들여다보았다. 그에게서 상큼한 스킨 냄새가 났다.

"커피 드실래요?

"아."

나는 움찔했다. 그의 입에서 그 냄새가 났기 때문이다. 구수하면서도 묘하게 말초신경을 자극하는 냄새. 나는 그렇게 가까이에서 외간 남자의 입 냄새를 맡아본 적 없다. 꼭 한 번 빼놓고. 꼭 한 번 있었던 재영과 한 키스. 나는 기억의 가장 밑바닥에 있던 그 냄새를 유민호에게서 맡았다. 캄캄한 밤에 마을의 뒷동산에서 고등학생이던

재영과 나는 첫 키스를 했다. 그때 재영에게서 그 냄새가 났다. 유민
호에게서 나는 것과 똑같은.

그날 저녁 나는 퇴근길에 무심코 그것을 샀다.

며칠 후 남편이 물었다.

"당신, 언제부터야?"

신문을 뒤적이며 내뱉은 남편의 목소리에는 윤기가 없었다. 포슬
포슬한 마른 모래 같은 목소리.

"싫어요?"

"하지 않던 거라서."

그뿐이었다.

두 번째 그것을 끄고 똑바로 눕는다. 남편에게 나는 어느 만큼의
자리를 차지했었을까. 결혼 생활이라는 현실의 땅에서. 땅따먹기 놀
이할 때 영미는 손가락으로 튕겨낸 사금파리 조각의 흔적보다 더 넓
게 금을 그었다. 영미의 행위 뒤에 숨은 것은 분명히 욕심이었다. 나
는 그 욕심에 항상 졌다. 영미는 차지한 땅의 넓이만큼 흡족해했다.
항의하지 못하는 나를 영미는 무시했을까. 아니면 감쪽같이 속였다
고 쾌재를 불렀을까. 눈이 동그랗고 코가 낮아 귀염성스런 얼굴을
가진 영미는 겉모습과 달리 탐욕스러웠다. 그 탐욕에 내가 지는 척
했다는 걸 알고 있었을까.

나를 속인 건 땅따먹기 놀이에서만이 아니었다. 개울에서 다슬기
잡을 때도 나 몰래 소쿠리에 잡아놓은 다슬기를 한 움큼씩 훔쳐갔

다. 까맣고 작은 다슬기는 모래 속에 많았다. 물속의 돌을 들추면 다슬기가 까맣게 돌에 붙어 있었다. 다슬기를 잡다 보면 그 재미에 홀리기도 했다. 한창 정신 빼앗길 때 영미가 내 소쿠리에 있는 다슬기를 한 움큼씩 두어 번 움켜가더라고, 개울가에서 빨래하던 아주머니들이 엄마에게 말했다.

"저런 버쿠리 같은 지지배. 기껏 잡은 걸 훔쳐가도 모르다니."

엄마는 나를 바보 같다고 책망했다. 잡은 다슬기의 양이 많고 적음에 나는 관심 없었다. 다슬기 잡는 그 자체에 즐거움을 느꼈다.

"영미네는 식구가 많잖아."

말주변 없는 나의 답변은 언제나 군색했다.

"지 밥그릇도 못 찾아 먹을 지지배. 착한 건지 맹한 건지 모르겠다."

핀잔하고 난 엄마는 싱그레 웃으며 내 머리를 쓰다듬어주었다. 핀잔과 웃음 사이에서 나는 고개를 갸웃거렸다.

결혼한 지 오 년이 되도록 남편과 나 사이엔 아이가 없었다. 둘 다 만혼이었다. 남편은 아이를 바라는 것 같지 않았는데, 시어머니는 유난히 걱정했다. 잉태에 효과 있는 약을 지어놨으니 함께 오라는 연락받고 남편에게 함께 가자고 했던 날, 남편의 표정은 귀찮아하는 기색이 역력했다.

"안 갈 거예요?"

"아이가 꼭 필요한가? 요즘 세상에."

"어머닌 다르죠."

"난 형제 많은 집에서 자라 그런지 아이 별루 관심 없어."

남편의 말투로 볼 때 헛말은 아닌 듯했다.

단출하게 남매뿐인 나와 달리 남편의 형제는 넷이나 되었다. 늘 부족한 것뿐이었다는 남편은 외동인 친구를 한없이 부러워했단다. 그 후로도 남편은 아이 문제에 별다른 언급이 없었다. 오히려 아이 없는 걸 자연스럽게 받아들이는 듯했다.

한 해가 더 흐른 가을, 늦게 들어온 남편에게서 술 냄새가 짙었다. 꽤 취한 듯 씻지 않은 채 침대에 벌렁 누웠다.

"우리 따로 있어볼까?"

술기운 때문인지 남편의 목소리는 약간 흥분된 듯했다.

"그래요."

나는 망설이지 않았다. 영미의 숨은 탐욕을 찾아내듯, 오래전에 나는 남편의 메마른 말과 행위 뒤에 숨은 무엇을 찾아냈기 때문일지 모른다. 사실 버석거리는 마른 풀잎 같은 결혼 생활에 그다지 의미를 두지도 않았으니까. 결혼 생활의 건조함은 가끔 나를 숨 막히게 했다. 숨 막힘에서 헤어나는 방법으로 나는 무심함을 선택했다.

"내가 나갈게."

두 팔로 머리를 받치고 침대 한 쪽에 누운 남편은 큰 눈을 멀뚱거렸다.

"아니요, 내가 나갈게요."

높낮이 없는 내 말은 조금 공허하게 다시 내 귀로 메아리처럼 들렸다.

"딴 상상은 하지 마. 당분간 그러다가 우리 문제가 무언지……."

"됐어요. 나도 그럴 생각이었어요. 당신이 먼저 얘기를 꺼냈을 뿐이에요."

벽을 향해 돌아누우며 내가 남편의 말을 가로막았다. 이번엔 조금 높낮이 있는 말투였다. 오히려 홀가분했다. 꺼내기 힘든 말을 해 버린 느낌이었다. 언제 남편이 그 말을 꺼낼까 기다렸다고 해도 과장이 아니었다.

지난여름 백화점 스낵코너에서 남편과 있던 여인, 그들은 대여섯 살 돼 보이는 사내아이와 다정하게 웃으며 햄버거를 먹고 있었다. 그들의 관계에 대해 아무것도 확인된 건 없었다. 땅따먹기 게임에서 손가락으로 튕겨낸 사금파리 조각이 지나간 자리처럼 명확하지 않았다. 어렴풋한 예감이 내 이성적 판단에 작용했을 뿐이다. 그로부터 얼마 되지 않아 나에게 남편이 별거를 제의했던 것이다. 남편에 대한 미련이나 배신감보다 불임의 원인이 내게 있다는 명확한 사실, 그게 나를 소외시키는 것 같았다. 신생아 출생률이 해마다 낮아지는 현실에서, 내가 가진 이런 감정은 전근대적이지 않은가. 갈등이라면 그런 갈등이었다. 시어머니 못지않게 친정엄마의 근심도 컸다.

"결혼도 늦었는데 쉬 들어서면 좀 좋아."

"요즘 세상에 애 없으면 어때요."

"저런! 저런, 방정맞은 소리 그만 못 둬!"

엄마는 진저리쳤다. 내 인생이 자신의 인생과 유사할지 모른다는 생각 때문일 게다.

결혼 후 엄마가 한동안 아이를 낳지 못하자 할머니는 아버지에게 시앗을 보게 했다. 할머니의 강요에 아버지는 무력하게 따랐고, 새 여자는 아들을 낳았다. 그 아들을 낳고 산욕열로 죽은 새 여자 대신 엄마는 아이를 키웠다. 그 아들이 오빠다. 시샘 때문이라던가, 엄마는 그 후 나를 잉태했다. 기다리지 않고 시앗 들였던 할머니를 엄마는 두고두고 원망했다. 날 낳고 얼마 되지 않아 죽은 아버지까지도.

눈이 사락사락 내리던 겨울날이었다. 눈 때문에 밖에 나가 놀 수 없었던 오빠와 나는 안방에 잠들어 있는 할머니 몰래 다락에서 화투를 꺼냈다. 어쩌다 해보는 화투놀이는 재미있었다. 맞는 짝을 찾아 치는 민화투보다 육백은 더 스릴이 있었다. 할머니가 없으면 우리는 화투를 꺼내 살짝살짝 가지고 놀았다. 할머니가 불쑥 들어올까 봐 오금이 저리면서 스릴 있었다. 할머니는 우리가 화투를 가지고 노는 것에 유난스럽게 질겁했다.

"또 한 번만 손 대봐라. 아주 경을 칠 테니."

뻣뻣한 할머니의 손바닥이 오빠와 나의 등을 후려치면 야릇한 쾌감이 일었다. 처음엔 따가웠지만 곧이어 후끈거리는 작열감 때문이었다. 불 한증막을 즐기는 내 취미가 그 작열감에서 비롯되었다면 그때 생긴 쾌감이 원인이다.

"어린것들이 벌써 싹수가 노란 겨. 씨도둑은 못한다더니 지 애비를 닮아서리. 쯧 쯧……."

할머니의 혀 차는 소리와 허옇게 흘긴 눈은 우리를 오싹하게 했으나 화투에 호기심과 흥미는 더해갔다.

"그럼 할머니는 왜 재수 떼기 해?"

등을 움찔거리며 오빠가 대들었다.

"뭐라고? 이놈이. 할미한테 대드는 꼴 좀 봐."

할머니가 안방에 걸린 사진틀 위 싸리나무 회초리를 꺼내려고 일어서면 우리는 건넌방으로 줄행랑쳤다.

그 다음 날도 눈이 쉬지 않고 내렸다. 오빠와 나는 방문에 붙은 손바닥만 한 유리창을 통해 번갈아 밖을 내다보았다. 강아지만 마당에서 뛰어다니고 눈 내리는 겨울 낮은 어둑신한 저녁처럼 적요로웠다. 오빠가 눈짓했다. 할머니는 안방 아랫목에 잠들었다. 오빠가 엎드렸고 오빠의 등에 올라선 내가 다락문을 열었다. 할머니는 움직이지 않았다. 가슴이 두방망이질 쳤다. 화투를 꺼냈다. 우리는 까치발한 채 살금살금 윗방으로 올라가 미닫이를 밀어 닫았다. 오빠가 어깨를 으쓱하며 싱긋 웃었다. 나는 할머니가 깨어날까 봐 두려웠다.

화투놀이는 꿀맛보다 달았다. 화투장을 소리 나지 않도록 살며시 놓았다. 얼마동안 시간이 흘렀는지 모른다. 요의를 느꼈다. 변소는 뒤란 서쪽 앵두나무 옆에 있었다. 바람머리를 자주 앓는 할머니는 겨울이면 낮에도 요강에 오줌을 누었다. 나도 요강에 오줌을 눌 생각이었다. 안방과 윗방 가로막은 미닫이를 살짝 밀었다.

할머니와 박수무당이 담배를 입에 물고 있었다. 할머니가 아프거나 우리가 열날 때 푸닥거리 해주던 박수무당이다. 박수무당과 내 눈이 마주쳤는데 표정이 야릇했다. 웃는 듯하고 노려보는 듯도 했다. 저의를 알 수 없었다. 소름이 돋았다. 다시 미닫이를 살짝 닫았다. 더 이상 화투놀이에 흥미를 느끼지 못했다. 오빠는 더 놀자고 눈짓하며 화투 패를 돌렸다. 짝을 제대로 맞추지 못하고 허둥대자 오빠가 눈을 치뜨고 쳐다보았다.

할머니가 윗방은 추우니까 안방으로 내려오라고 했다. 안방에서 부스럭 소리가 났다. 두런거리는 말소리도 들렸다. 오빠가 후다닥 화투를 모아 가지런히 하고 깔았던 담요를 개켰다. 미닫이를 열자 박수무당이 싱긋 웃었다. 조금 전과 다른 표정이었다. 할머니와 박수무당은 재떨이에 다 태운 담배를 눌러 껐다.

"어험! 눈이 징그럽게 많이 오네. 더 쌓이기 전에 가봐야지."

박수무당이 헛기침하며 나를 힐긋 쳐다보고 방문을 열었다. 열린 방문 사이로 들어온 눈 내리는 날의 겨울바람은 상큼하고 포근했다. 문을 닫으며 다시 또 나를 야릇한 눈길로 쳐다보았다. 할머니는 일어서서 다락문을 열었다. 재수 떼기를 할 모양이다. 내가 윗방에 올라가 화투를 가져왔다. 불호령이 내릴까 봐 다리가 후들거렸다. 오빠는 웅크리고 앉은 채 고개를 숙였다.

"담요도 갖고 와라."

할머니 목소리는 약간 잠겼다. 오빠가 얼른 담요를 가져와 깔았고 할머니는 콧노랠 부르며 재수 떼기에 열중했다. 님이 오실랑가, 바람이 불랑가, 음으음, 음. 정확히 알 수 없는 노래는 슬프게 들렸다.

오빠와 나는 밖으로 나왔다. 함박눈이 그치고 약간씩 가는 눈발만이 희끗희끗 날렸다. 온 천지가 하얗다. 안마당의 매화나무와 구기자나무, 사철나무 위에도 눈이 소복하게 쌓였다. 담장 위에 소담하게 쌓인 눈은 시리도록 눈부셨다. 마당에는 방금 나간 박수무당의 큼직한 발자국이 눈 위에 찍혔다. 야릇한 표정을 지었던 박수무당의 모습이, 숨은그림찾기에서 본 여인의 주름치마에 숨은 부채처럼 아슴아슴했다.

"눈사람 만들까?"

오빠는 어느새 눈덩이를 굴렸다.

그 후 나는 먼발치에서라도 박수무당이 보이면 피했다. 정초엔 굿판이 자주 벌어졌다. 재수굿 부탁하러 오는 사람이 많았고 그와 함께 오색으로 울긋불긋한 도포자락을 휘날리며 나가는 박수무당의 나들이도 잦았다. 우리 마을은 물론이고 이웃마을에서 굿판이 벌어져도 온 마을 사람들이 구경을 갔다. 할머니와 엄마도. 엄마는 저녁이 되기 전에 돌아오고, 할머니는 굿판이 끝난 이슥한 밤에 돌아왔다. 다음 날 아침 밥상머리에서 굿판 이야기로 할머니와 엄마는 모처럼 이야기 장단을 맞추었다. 두 사람의 다정해 보이는 모습 속에 숨은 진의를 몰라 고개를 갸웃거렸다. 눈 내리던 겨울날에 보였던 박수무당의 야릇한 표정은 무엇이었을까. 나의 상상이 빚어낸 표정이었을까. 하지만 숨은 그림을 찾는 건 그 엉뚱한 발상이 발현될 때 아니던가.

아버지가 노름으로 재산을 모두 날리고 내가 태어난 지 얼마 안 되어 죽었다는 걸 여고 졸업할 무렵에 알았다. 고등학교를 간신히 마친 오빠가 깡패들과 어울리고 노름에도 손대기 시작할 때였다. 할머니가 욕을 퍼부으며 오빠를 말렸지만 소용없었다. 마침 우리 집에 와 있던 고모가 아버지의 죽음을 이야기했다. 땅문서까지 노름판에서 날린 아버지가 난동 부리다 누군지 모를 사람의 손에 죽었다는 것까지. 범인을 잡지 못했고 잡은들 이제 무슨 소용이 있냐며 한숨 쉬었다. 고개 푹 숙이고 듣던 오빠가 자원하여 입대한 건 얼마 후였다. 하사관에 차출된 오빠는 훈련이 끝나고 장기복무 신청한 후 군에 말뚝을 박았다.

"지지배는 다 쓸데없는겨. 저것의 오래비를 갈쳤어야 하는데. 제 속으로 난 게 아니라고 제사 지내줄 손자 놈은 군인 보내고 지지배가 뭔 놈의 대핵교여."

휴일이나 방학 맞아 집에 갈 때마다 나는 할머니의 핀잔과 넋두리를 들었다.

"또 저 소리. 시앗이 낳은 니 오빠를 싸고돌더니 그 꼴을 만들었잖냐. 것도 모자라 저 성화시래니? 내 맘 고생한 거 하늘이나 알고 땅이나 알지."

그날 엄마와 할머니는 서로 못 잡아먹는 맹수처럼 으르렁거렸다. 굿판 이야기하던 옛날 모습이 떠올라 혼란스러웠다.

남편이 따로 있어보자고 한 그날 밤, 나는 오랜만에 깊이 잠들었다. 우리의 결정을 가로막는 어떤 장애물도 없었다. 남편의 행동은 신속했다. 이야기 꺼낸 후 일주일이 되지 않아 가방을 챙겨 나갔다. 결혼 생활은 쉽게 마무리되었다. 오륙 년쯤 산 남편인데 왜 그렇게 홀가분하던지, 마치 어둡고 긴 터널을 헤쳐 나온 것 같았다.

남편이 나가고 한 달 후 회사 근처 오피스텔을 얻어서 나도 나왔다. 함께 살던 아파트는 남편이 처분했다. 협의 이혼 수속을 위해 법원에서 마지막으로 만나던 날, 남편은 내 이름으로 입금된 통장과 도장을 내밀었다.

"반씩 나눈 거야. 이의 있으면 지금 말해."

미안한 기색이 있어 보였지만 그래도 또박또박 말하는 그에게서, 나는 가슴에 일고 있던 바람 소리의 정체를 찾아내려고 애썼다. 외로움이었을까. 닿거나 만날 수 없는 두 개의 평행선에서 느끼는 그런 외로움. 아닐지도 모른다. 숨은그림찾기에서 끝내 찾을 수 없던 한두 개 그림처럼 내겐 어려웠다.

"없어요."

남편에게 그 여자와 살 거냐고 묻지 않았다. 그 물음이 밑바닥에 깔린 듯 남은 나의 자존심을 뭉개버릴 것 같아서. 법원 뜰에 생뚱맞게 서 있는 아까시나무의 노란 잎사귀가 바람에 날렸다. 아까시나무가 어울리지 않게 왜 이 장소에 서 있는지 뜬금없는 물음을 던지며, 노랗게 물들어가고 있는 잎사귀를 쳐다보았다. 여름이 가고 가을이 오고 있었다.

유민호의 구수하면서도 텁텁한 특유의 그 냄새를 동반한 체취에 나는 익숙해져갔다. 그가 적극적으로 나에게 다가오고 처음으로 나의 오피스텔에서 하룻밤 보내던 날, 나는 그를 거부하지 않았다. 강한 욕망에 의한 이끌림은 아니었지만 이상하게도 그를 거부하고 싶지 않았다. 남편과 한 부부 생활에서도 미팅 후의 느낌처럼 아무런 감흥이 없었다. 그건 나를 참담하게 만들곤 했다. 남편과 헤어지고 나서 그 부분만큼은 아쉬웠다.

그와 밤을 보낸 다음 날 새벽, 비가 내렸다. 젖은 머리를 수건으로 문지르며 욕실에서 나온 그가 옷을 갈아입고 머리에 빗질했다. 잠시 침묵. 아마도 그는 거울을 통해 날 보고 있으리라. 빗질을 끝낸 그가 침대에 걸터앉으며 내게 물었다.

"나, 사랑해요?"

나는 창밖에 내리는 봄비를 창가에 서서 바라보았다. 무념하게. 가로등 불빛에 비치어 빗줄기가 가늘게 떨어졌다.

"……."

"나 사랑해요?"

그가 내 곁으로 다가와 내 목덜미를 만지작거렸다. 세안하고 난 후 내가 쓰고 있는 스킨을 사용했는지 알로에 냄새가 은은하게 났다.

"글쎄."

나의 목소리는 마른 낙엽처럼 바스락거리며 가까스로 목울대를 타고 기어 나왔다.

"……."

그가 슬며시 내 목덜미에 얹었던 손을 거두고 두어 발짝 옆으로 물러나더니 콘솔 위에 있던 그것을 집어 들었다. 가늘고 하얀 손가락에 끼웠다. 나에게도 내밀었다.

"끊었어."

"이런 식으로 혼자 살 거예요?"

"……."

"저, 결혼해요."

그가 내뿜은 그것의 흔적이 작은 오피스텔 안을 가득 채웠다.

"……."

"왜, 아무 말 없어요?"

"할, 말, 없어."

"그럼…… 왜 거부하지 않았어요?"

"……."

나는 여전히 창가에 서서 비 맞고 있는 무채색의 건물들을 내려다보았다. 저항하지 않고 그저 비 맞는 대지와 건물처럼 나도 그의 말에 아무런 저항이나 대답을 못했다. 말로 다하지 못하는 것이 무의식의 세계만큼이나 많지만 입이 떨어지지 않았다.

"갈게요."

얇은 회색 바바리코트를 걸치고 그가 나갔다. 삐그덕 열리는 현관문 소리가 상쾌했다. 나가는 그의 뒤통수를 말끄러미 바라보았다. 복도 저편으로 멀어져가는 구둣발 소리를 들으며 천천히 깊은 한숨을 내쉬었다. 아쉬움일까 후련함일까 알 수 없는 감정이 엄습해왔다. 그가 떠나고 나는 새벽이었지만 깊은 잠에 빠져들었다. 남편이 따로 있어보자고 한 날처럼.

그 후 유민호가 총무과로 옮겼다는 것과 오월 둘째 주일에 결혼

한다는 걸 김 대리에게 들었다.

엄마는 매일처럼 전화로 재촉했다. 혼자 있지 말고 내려와 함께 살자고. 혼자 사는 게 두렵다고 했다. 가끔은 언제 고독사할지 모른다며 내 측은지심을 자극했다. 귓등으로 흘려버렸던 잔소리 같은 엄마의 말이 설득력 있게 다가온 것은, 그로부터 한참 후였다. 가슴이나 귀에서 나는 듯한 소리는 가슴에 통증으로 나타났다. 견디다 못해 병원을 찾았다.

"원인을 모르겠어요."

의사의 어조는 무척 사무적이었다.

"실제로 가슴이 아픈걸요."

"그렇더라도 진찰 결과 원인을 알 수 없어요. 간혹 그런 경우가 있거든요."

의사가 써준 처방전을 받았지만 약국에 가지 않았다. 그때 나는 이미 서울 생활에 지쳐 있었다. 사원들의 입방아와 비웃음의 눈길은 그런대로 참을 만했다. 하지만 퇴근 후 오피스텔 마당에서 보던 불 꺼진 내 집 창은 심한 고독감에 몸을 떨게 했다. 쉽사리 엘리베이터의 단추를 누르지 못하고, 다시 오피스텔 마당으로 내려서던 날도 있었다. 엄마의 성화 핑계로 오피스텔을 내놓았다.

작은 가방 하나 들고 저녁나절의 산 그림자처럼 찾아들었을 때, 노인정에서 막 돌아온 엄마는 활짝 웃으며 맞이했다.

"내가 뭐랬니? 너는 살풀이 한 번 해야 잘 산다고 했잖니. 별나게 인간들과 살이 얽히고 설켜 끼어 있단다. 그거 안 풀면 앞길이 안 풀린 댔어."

"또 그 얘기."

"어른 얘기 함부로 듣지 마라. 첨부터 정 없어 하더니 끝내 살지
도 못 하구."

엄마의 목소리는 차라리 맑아서 기분이 나아졌다.

"끈이 없어서 그런 거여, 어째 그 흔한 자식 하나를 못 낳는지. 후
유……."

"그만해, 엄마. 이대로 살지 뭐."

"젊디젊은 것이 우째 이대로 살어. 그러지 말고 살풀이 굿 한 번
하자. 산 아래 암자에 박수가 새로 왔는데 아주 용하단다."

"요즘 세상에 그게 무슨 소용이에요."

"그래도 혹시 아냐, 너한테 낀 살이 풀릴지."

"……."

"에구, 하기사…… 그런다고 다 된다면 뭔 걱정이냐. 후유……."

엄마의 한숨이 방 안 천장에 가 닿다 맴돌았다.

안방을 함께 쓰자는 걸 만류하고, 나는 사랑채를 사용하기로 했
다. 도배한 지 오래고 외풍도 있는 방이었다. 엄마는 내가 함께 있는
것만으로 위안이 되는 듯했다. 동네와 인근 마을에서 일어나는 일을
주워 날라 들려주었다. 나이가 들면 말이 많아진다더니 그게 맞을
까. 같이 살아보니 에전에 내가 알던 엄마와 상당히 달랐다.

창가에 머물렀던 재영의 구둣발 소리가 멀어진 지 꽤 시간이 지

난 것 같다. 벽에 걸린 시계를 쳐다보았다. 새벽 3시가 다 되어가고 있다. 아직도 문풍지는 울어대고 전깃줄도 윙윙거린다. 여전히 가슴속에서는 바람 소리가 난다. 오랏줄에 꽁꽁 묶여버린 것처럼 몸을 뒤채기도 힘들다. 간신히 일어나 형광등 스위치를 껐다. 주위는 암흑 속에 잠긴다. 벽에 걸린 옷가지들, 추를 떼어버린 시계, 그것, 휴지뭉치 등. 모든 게 작고 마른 내 몸을 조여대기 시작한다. 잠깐 겉잠이 들었던 모양이다.

아뜩하면서도 감미로웠던 재영의 첫 키스는 한동안 나를 몽환적인 기분으로 만들었다. 그 순간을 떠올리면 어지럼증을 느꼈다. 탄력 붙은 자전거 타고 내리막길로 내려가는 듯도 했다. 멈출 줄 모르는 스릴에 쾌감을 느끼기도 했다. 악몽 같은 그 일이 일어나기 전까지. 그렇다, 그건 분명히 악몽이었다. 누구에게도 말하지 못하고 꼭 꼭 숨겨야 하는.

오빠가 입대하고 나자 우리 집은 평온해졌다. 서울에서 사업하던 종조부가 임종 앞두고 오빠 결혼 자금과 내 학자금으로 쓰라며 당숙 통해 목돈을 보내왔다. 할머니는 당숙 면전에 대고 지지배 공부 시키는 돈까지 보내고 마음 변한 거 보면 가실 때가 다 된 모양이라며, 그 돈에서 얼마간 떼어 엄마에게 건넸다. 공부해라, 괄시받지 않으려면 배워야 혀. 내가 무슨 수를 써서라도 널 대학에 보내마. 엄마의 당부는 귀에 딱지가 앉을 지경이었다. 우리 동네서 여자가 대학에 간 적이 없었다. 내가 그 산골에서 대학에 갈 꿈을 가진 건 종조부와 엄마 덕분이었다.

야간 자율학습이 끝난 늦가을은 깊은 밤중이나 다름없었다. 버스에서 내려 마을 어귀로 들어섰을 때였다. 누군가 내 입을 틀어막으며 강하게 이끌었다. 그 힘에 떠밀려 길가 수수밭으로 끌려들어갔다. 입술을 포개며 가슴 속으로 집어넣는 손에 나는 눈뜨지 못한 채 저항했다. 서걱서걱, 수숫대는 요동치는 심장만큼이나 심하게 흔들렸다. 안간힘을 써 그 힘을 밀어냈다. 어찌할 수 없다는 걸 안 그 힘은 날 수수밭 속에 놓고 도망쳤다. 뒷모습이 영미 오빠 같았다.

학교만 졸업하면 젊은이들이 너도나도 도시로 떠났다. 고등학교 졸업하고 농사짓던 영미 오빠는 일손 귀한 마을에서 꼭 필요한 존재였다. 어릴 적 그 박수무당처럼 나는 영미 오빠만 보이면 피했다. 보충수업 마치고 어두워진 저녁에 돌아오다 보면, 경운기에 농기구나 수확한 농작물을 싣고 집으로 돌아가는 영미 오빠와 마주치는 일이 잦았다. 그를 보면 소름이 돋았다. 힐끗 쳐다보며 빙긋 웃는 얼굴은 무섭고 징그러웠다. 그날의 일은 분명히 악몽이었다. 어서 마을에서 떠나고 싶었다. 서울이나 도시의 대학에 가서 다시는 돌아오지 않을 생각이었다.

그날 이후 재영을 피했다. 영문을 모르는 재영은 눈치만 살폈다. 재영의 여동생을 통해 보내온 편지엔 전과 달라진 이유가 뭐냐고 안타깝게 묻고 있었다. 고개를 숙이고 다니는 나에게 엄마는 처녀티 내느라 수줍어한다고 웃었다. 나는 마을에서 보이지 않도록 깊이 숨어버리고 싶었다. 그때나 지금이나 산골 마을은 정지한 듯 크게 변화가 없다.

내가 집에 온 것을 재영은 알고 있는 게 틀림없다. 손바닥처럼 작은 마을에 그것도 오가는 사람 거의 없는 시골에선 운신의 폭이 좁으니까. 나 또한 재영의 소식을 대략 알고 있다. 농대에 다닌 재영이 특수작물을 하겠다며 산골에 정착한 건 자연스러웠다. 한 마을에 그것도 앞뒤 집에 살면서 만나지 않을 순 없다. 아니, 만나야 한다. 그러면서도 일부러 만나고 싶진 않았다. 그와 나는 꼭꼭 숨은 한두 개 그림 같은 것일까.

그날은 사랑채 툇마루에 앉아 하릴없이 별을 보고 있었다. 스산한 늦가을 바람은 옷깃을 여미게 할 정도로 쌀쌀했다. 재영이 들어오는 것도 못 보았다.

"왔어?"

재영의 목소리는 건조하게 들렸다. 이십 년 만이다.

"커피, 괜찮겠어?"

잠시 동안 어색한 침묵을 깨고 내가 조용히 묻자 재영은 대답 대신 고개를 끄덕이며 툇마루에 앉았다. 정작 이렇게 나란히 앉아본 것은 첫 키스를 나누던 날 이후 처음이다.

"커피, 좋은데. 헤이즐넛이야?"

재영의 물음에 내가 대답 대신 고개를 끄덕였다.

"여전히 말수가 적군."

커피 담긴 머그잔을 두 손으로 감싸 쥐며 재영이 말했다. 커피를 한 모금 마시던 그가 가만히 쳐다보았다. 그러다가 앞마당에 서 있는 오동나무에 시선을 고정시켰다. 나도 그랬다. 한동안 재영과 나는 그렇게 앉아 있었다. 다 떨어지고 얼마 남지 않은 오동나무 잎사귀가 바람에 조금씩 요동했다.

"여기 있을 거야? 왔다는 소식은 들었지, 진즉에."

그가 또 커피를 한 모금 마셨다. 식도를 타고 내려가는 소리가 들렸다. 바람이 차가웠다. 나는 다시 스웨터의 앞섶을 여몄다.

"추운가?"

그가 흘낏 나를 보았다. 그의 눈이 미세하게 떨리고 있었다.

"당분간 있을 거야."

"당분간? 그럼 또 떠나려구?"

"……."

"내 얘기 들어서 알지? 아내는 이런 산골 생활이 싫다고 가버렸어. 늦은 결혼이었는데 그것도 한 이 년 같이 살았나?"

재영이 작은 목소리로 말했다. 마지막 남은 커피를 마저 마시고 재영은 그것을 꺼내 물었다. 그가 나를 쳐다보았다.

"우리 다시 시작하면 안 될까?"

그의 목소리는 바람소리와 오동나무 가지의 웅얼대는 소리 때문인지 허공에 매달린 듯 귀청에 명확하게 들리지 않았다.

"……."

"그렇게 멀리한 이유가 뭐야? 난 지금까지 납득할 수 없어."

"말할 수 없는 이유도 있는 거야."

"그래, 그렇겠지. 하지만 그게 뭐 그리 큰일이라고. 크면서 뜻하지 않게 겪는 일도 있는 거잖아."

재영은 악몽 같은 그 일을 알고 있는 듯했다. 영미 오빠가 술김에 떠벌렸을지도 모른다. 어쩌면 영웅심이나 치기로 말했을지도. 그 악몽이 자꾸만 기억 속에서 튀어나와 거리를 휘젓고 다닐 것만 같았다. 몸이 오슬오슬 떨려왔다.

"이렇게 생각하면 안 될까?"

그는 여전히 오동나무에 시선을 고정시킨 채였다.

"……."

"묽은 죽과 같은 일상에서 양념, 그래 양념 같은 그런 사람들 말이야."

"양념?"

"응, 서로에게 빙산의 일각 같은 정도라도 의미가 될 수 있을 거라고 믿어. 우리는."

악센트가 실린 어조라고 느꼈다.

타다 만 그것을 발로 비벼 끈 재영이 힘주어 내 손을 잡았다. 순간적이어서 그랬을까. 아뜩해지는 기분이었다. 나는 그의 손을 뿌리치지 못했다. 온몸에 힘이 빠지는 것처럼 나른해졌다. 옹이가 박힌 그의 손은 따뜻했다. 카시오페이아자리에 별이 돋아나고, 유성이 하늘을 가로지르며 쏜살같이 추락했다. 밤하늘의 별들이 유난히 반짝거렸다.

겨울이 다 가도록 나는 재영의 물음에 답하지 못했다. 가끔씩 먼발치에서 재영을 보았지만 선뜻 말을 건네지도 못했다. 그는 예전처럼 내 눈치만 살폈다.

자리에서 일어나 불을 켠다. 새벽 5시. 널브러진 잡지, 동그라미 친 숨은 그림. 조용히 움직이는 시곗바늘. 벽지 속 그림이 서서히 깨어나고 옷가지도 부스스 몸을 턴다. 잡지 속의 그림들도 튀어나와 방 안을 휘젓고 다닌다. 하나 남은, 숨은 그림을 찾으려 잡지를 끌어당긴다. 창문이 푸릇한 기운을 머금고 희부예지고 있다.

달빛

수화기를 내려놓고 조금 속았다는 느낌이 들었다. 그 느낌을 어떻게 설명해야 할까. 무거운 눈까풀을 들어 올리며 퇴근시간 기다릴 때 휴대전화 벨이 울렸다. 경쾌한 음악 〈송어〉는 나른함 동반한 가을의 오후를 흔들어 깨웠다. 처음에는 삼십 년 전에 들었던 그 목소리를 기억해내지 못했다. 결코 짧지 않은 세월이 그 목소리를 꿀꺽 삼켜버린 것만 같았다. 지나간 세월은 기억 속에 있는 어떤 계집애처럼 앙큼하기만 했다. 수화기를 내려놓자마자 그 목소리는 자꾸만 뇌리에서 재생되었다. 세월은 앙큼했던 계집애 같았다.

초등학교 4학년 때 같은 반이었던 계집애는 가방에 둔 껌이 없어졌다며 나에게 입을 아 벌려보라고 했다. 나는 분명히 훔쳐 먹지 않았는데도 계집애의 위세에 눌려 침을 꿀꺽 삼키고 아 벌렸다. 계집애는 입안을 생선가시 발라내듯 헤집어 뒤지더니, 좀 전에 꿀꺽 소리가 났잖어, 그때 삼킨 거야. 그치? 도둑년! 내 껌 내놔! 내놔! 고래

고래 소리 지르며 욕지거리를 해댔다. 아니라고 도리질 쳤지만 하도 우겨대며 훔쳐 먹었다고 내모는 바람에, 정말 내가 훔쳐 먹었을지도 모른다는 생각이 들었다.

계집애는 작은 공을 하나 가지고 있었는데 늘 공치기하며 놀았다. 아이들이 부러워했다. 한 번만 가지고 놀게 해달라고 사정하는 아이도 있었다. 자질구레한 물품을 계집애에게 건네주면 잠시 가지고 놀게 했다. 아주 잠시. 아이들은 더 감질 나는 듯 계집애의 손에서 튕겨 나오는 공에 눈독을 들였다. 계집애 주위엔 공놀이 하고 싶은 아이들로 북적거렸다.

일찍 학교에 간 날이었다. 계집애가 공을 가만히 손에 들고 있었다. 교실에는 우리 둘뿐이었다. 너도 공놀이 하고 싶니? 살며시 눈웃음치며 다정하게 물었다. 가만히 고개를 끄덕였다. 계집애가 빙긋 웃으며 공을 내게 넘겨주었다. 가만히 받아 들었다. 설레어 가슴이 두근거렸다. 계집애가 주는 공을 받아들고 기대에 부풀어 운동장 한쪽으로 달려갔다. 땅에 힘껏 공을 내리쳤다. 공은 땅에서 두어 뼘 튀어 오르더니 스르르 땅바닥에 굴러떨어졌다. 다시 한번 해봐도 마찬가지였다. 그러기 여러 차례, 갑자기 두려움이 엄습해왔다. 계집애가 억지를 쓸지 모른다는 생각이 들었기 때문이다. 공연히 가슴이 두근거리고 얼굴에 열이 올랐다. 공을 눌러봤다. 쑤욱 들어갔다. 눈물이 나올 것 같았다. 뒤돌아보니 어느새 계집애가 야비한 웃음을 짓고 서 있었다. 너 공 새로 사 와. 네가 터뜨린 거야. 그치? 나는 본래부터 바람 빠진 공이었다고 말하지 못했다. 내가 공치기를 하다

터뜨린 것인지 모른다는 생각이 들었다.

삼십 년 세월은 그 계집애처럼 앙큼했다.

"저어기, 혹시…… 유, 수미 씬가요?"

"……."

내 이름을 발음하는 수화기 저편의 낯선 목소리에 나는 한동안 가만히 있었다.

"아닌가요? 전화 잘못 걸었나 보네."

낯선 목소리의 임자는 전화를 끊으려는 참인 듯했다.

"아, 아뇨. 맞아요. 제가 유수민데요. 누구세요?"

막 떠나는 버스에 간신히 발을 한 짝 올려놓듯 황급하게 하는 대꾸는 말더듬이처럼 더듬거렸다.

"나야. 잊었을까 모르겠네."

안개에 젖은 낙엽처럼 축축하게 가라앉은 낯선 목소리는 머뭇거렸다.

"누군데요? 괜찮으니까 말씀하세요."

"나아, 작은엄마야."

작은엄마라는 단어는 삼십 년 세월을 훌쩍 넘어 그전 그 자리로 옮겨다 놓은 듯했다.

"아, 작은엄마!"

"그래, 수미야! 흐으윽."

촉촉하게 물기 서린 낯선 목소리는 금세 울음을 터뜨렸다. 작은엄마의 울음소리를 들으며 나는 생뚱맞게도 어느 해 겨울 달빛 속에서 보았던 장면이 떠올랐다. 불경스럽고 생경하게도. 물론 작은엄마의 목소리는 내가 기억하는 다정한 목소리 중의 하나였다. 담배 건조실 안을 비추고 있던 푸르스름한 달빛. 그 사이로 작은엄마와 엉켜 있는 듯 보였던 영진 아재의 커다란 몸집. 몽환처럼 떠오르는 그 장면은 환각이었을까. 앙큼했던 계집애처럼, 그 기억의 진위 또한 달빛이 꿀꺽 삼켜버렸는지 모른다.

작은엄마, 그녀가 나의 작은엄마로 살았던 세월은 6개월 남짓밖에 되지 않았는데도 우리는 그 호칭에 아무런 거북함이 없었다. 삼십 년이라는 긴 세월을 넘어왔음에도.

마당 한가운데로 가득 쏟아지는 여름 땡볕이 숨을 멎게 할 것 같았다. 잎사귀를 축 늘어뜨린 텃밭의 상추와 쑥갓. 마당 한 귀퉁이에 흩어져 널린 노란 보릿짚. 낟알을 떨어내고 난 보릿짚은 햇볕에 유난히 반짝였다. 담배 건조실 아궁이엔 물에 갠 석탄이 해보다 더 빨갛게 타오르고, 황토 바른 건조실 벽도 노란 보릿짚처럼 햇볕에 반짝거렸다. 거대한 건조실 벽에 붙어 서 있는 사다리는 상대적으로 가늘고 연약해 보였다. 마르는 잎담배 상태를 살피러 그 사다리를 오르락내리락하는 삼촌의 불거진 다리 혈관과 휘적대는 걸음을 보면, 사다리가 부서질까 봐 가슴이 움찔거렸다.

"이눔의 담배농사 백날 지어봤자 품값도 안 돼. 올 농사만 짓고 결단을 내든지 해야지 원."

퉤! 삼촌이 뱉은 노란 가래는 마당 한가운데 떨어져 땡볕에 금세 말라버렸다.

"그래도 목돈 만져보려면 담배 농사 말고 뭐 있나요?"

"두고 봐요. 올 농사 마치면 증말 그만둘 거요."

엄마의 조심스런 말대꾸에 삼촌은 다짐하듯 목소리를 높였다.

몰래 쉬는 엄마의 한숨 소리 들으며 나는 삼촌이 농사를 그만두기 바랐다. 정확하게 말한다면 농사짓지 말고 도시로 나가 돈을 많이 벌어 오길 바랐다. 삼촌의 불평은 날로 더 심해졌다. 할머니와 엄마는 삼촌의 눈치만 살폈다. 불평과 함께 삼촌은 읍내 출입이 잦았다. 건조실에 불 때는 일을 할머니와 엄마가 번갈아 했다. 노심초사하며 기다리다 건조되는 잎담배 상태에 맞춰 나타나 불 조절하는 삼촌 보면 안도의 한숨을 내쉬었다. 삼촌은 불 다 때고 남아 있는 불에 어김없이 감자를 구워 나에게 건네주었다. 뜨거운 감자를 받아들고 어쩔 줄 몰라 하는 날 보고 빙긋 웃었다. 그 웃음은 싸움이 날까 봐 불안했던 내 마음을 평온하게 잠재웠다.

작은엄마가 지나는 길손처럼 우리 집에 들어온 것은 그 여름이 다 끝나갈 무렵이었다. 나는 얼마 남지 않은 여름방학 끝자락에서 다 하지 못한 숙제를 하느라고 끙끙댔다. 가정 과목 숙제는 십자수를 이용하여 방석 만드는 거였다. 십자수는 은근히 시간이 많이 걸렸다. 장미꽃무늬 십자수가 거의 다 되어갈 즈음, 열린 대문 사이로 분홍색 한복을 곱게 입은 여인이 바람처럼 들어왔다. 치맛자락은 막 수놓은 장미꽃잎처럼 곱고 눈부시게 한들거렸다. 마당 한가득 널린 보릿짚을 밟지 않으려는 듯 마당 귀퉁이 가만가만 돌아 대청마루로 올라올 때까지, 나는 그녀의 치맛자락만 쳐다보았다. 걸음걸이에 맞추어 적당하게 나풀거리는 치맛자락, 그 분홍빛 치맛자락은 시리도록 눈부셨다.

"네가 수미지?"

이마에 난 땀을 손수건으로 살짝살짝 찍으며 그녀가 마루 한쪽에 앉았다. 전혀 본 적 없는 낯선 얼굴이었다. 마침 불어온 바람이 기와지붕 끝에 달린 물고기 모양의 풍경을 흔들었다. 댕, 댕그랑! 그녀의 시선이 풍경 끝으로 가더니 살짝 미소 지었다. 풍경을 바라보는 눈이 시원스럽고 고아했다. 늘 듣던 소리가 내 가슴 깊은 곳으로 들어와 박히는 기분이었다.

"십자수네. 장미꽃이구나."

"네."

그제야 나는 겨우 한마디 했다.

그녀에게선 어딘지 모르게 도회적인 냄새가 났다. 상큼하게 틀어 올린 머리 뒷목덜미가 엄마와 달리 희었기 때문일까. 가느다란 손가락 끝 손톱에 칠한 반짝이는 매니큐어 때문일까. 어쩌면 그녀의 투명하고 정확한 목소리 때문일지도 모른다. 아무튼 그녀의 몸 전체에서 나는 도시의 냄새를 맡았다. 서울에 있는 여자사범대학을 졸업하고 처음 우리 학교로 부임해 왔다는 음악선생님에게서 느끼던 세련되고 상큼한, 어딘지 범접하기 어려운 느낌을, 그녀에게서도 느꼈다. 그것은 읍에서 삼십 리 넘어 들어가는 산골인 우리 마을 사람에게선 느낄 수 없는 거였다.

"벌써 온 거여? 저녁나절에나 올 줄 알았는데."

뒤란 담배 건조실에서 마지막 불을 지피고 있던 삼촌이 나온 것은 그때였다. 시커멓고 깡마른, 키만 멀쑥한 삼촌이 나는 처음으로 부끄러웠다. 삼촌은 나에게 든든한 후원자이면서 절대적인 존재였다. 초등학교 운동회에서 아버지 손잡고 뛰는 게임에 내 손을 잡고 힘차게 뛰어준 사람이 삼촌이었고, 졸업식장에서도 내가 상 탄 것이 기뻐 주위 사람들에게 호기 있게 막걸리 대접을 한 사람도 삼촌이었다. 중학교 입학식에도 아버지 대신 삼촌이 참석했다.

일찍 세상 등진 아버지는 나를 하나 달랑 남겨놓았다. 삼촌은 혼기가 되어서도 결혼하지 못했다. 몇 마지기 있던 땅은 아버지 병원비로 팔아 써버리고 송곳 하나 꽂을 곳 없었다. 가진 것도 배운 것도 없는 삼촌은 맞선 볼 때마다 형님 없는 조카와 형수를 돌봐야 한다고 말해, 늘 딱지 맞곤 했다. 엄마는 혼기 놓쳐 마흔 살이 눈앞인 삼촌을 아버지처럼 생각하고, 이담에 커서 꼭 보답해야 한다고 귀에 못이 박이도록 말했다. 어린 마음에도 삼촌이 훌륭하고 고마웠다. 농사짓는 일에 불평하고 헛꿈 꾼다고 욕지거리하는 할머니와 달리 나는 삼촌을 내 방식으로 이해했다. 하지만 그녀의 세련된 모습에 비해 촌스럽기 그지없는 삼촌은 내 치부를 드러낸 것처럼 부끄러웠다.

"네, 여기 오는 차를 잘 만나서 조금 빨리 왔어요."

그녀의 속삭이는 듯한 말에 삼촌은 허연 이를 드러내고 무구하게 웃었다. 까만 얼굴 때문에 이가 유난히 하얗게 보였다.

"수미야, 인사해라. 작은엄마야."

솔직히, 나는 왜 작은엄마라고 하는지 이해 가지 않았다. 어정쩡한 표정을 한 날 보고 그녀가 다시 방긋 웃었다.

"벌써 인사한걸요. 그치, 수미야."

그렇게, 그녀는, 내 작은엄마가 되었다.

그해 추수가 끝나기 무섭게 삼촌은 소작하던 땅을 주인에게 돌려주고 읍내로 나갔다. 아직 결혼식을 하지 않았지만 삼촌에게는 작은엄마가 있었다. 작은엄마가 처음으로 우리 집에 다녀간 후 시간만 나면 읍내로 나가는 삼촌에게 약간 불퉁한 마음이 들었지만 도회적인 냄새가 나던 상냥한 작은엄마를 생각하면 서운함이 금세 가셨다.

삼촌과 작은엄마는 읍내에 살림 차리고 인근 장날마다 찾아다니며 노점상을 벌였다. 그러자 우리 집에 작은 변화가 생겼다. 작은엄마의 아이, 준호가 우리와 함께 살게 된 것이다. 작은엄마에게는 사내아이가 하나 딸려 있었다. 그 아이를 놓고 집안에서는 소문이 분분했다. 누구는 여고 갓 졸업하고 들어간 회사의 사장에게 겁탈당해서 생긴 아이라고 했고, 애를 놓고 올 것이지 데리고 시집오는 거 보면 사장이 아니라 어떤 유부남과 좋아지내다 얻은 아이라고도 했다. 그럴 때마다 할머니는 총각으로 늙히는 한이 있어도 그런 헌 여편네를 집안에 들이는 게 아니었다고 한탄했다. 내 등에 업힌 준호의 엉덩이를 철썩철썩 때리며, 어느 눔의 자식인지도 모르는걸 뭐 하러 업어주느냐 당장 내려놓으라고 소리쳤다. 할머니의 눈은 뱀의 눈처럼 차갑고 매서웠다. 준호는 내 등에 납작 엎드려 훌쩍거렸다. 애가 뭘 안다고 애한테 그러시냐며 엄마가 준호를 받아 안고 입에 사탕을 물려주면, 그제야 울음을 멈췄다. 엄마는 준호를 사랑했다. 선천적으로 어질고 착한 성품이기도 했지만 무엇보다 엄마는 빚을 갚는다는 의미가 더 강했던 것 같다.

"삼촌이나 작은엄마는 고마운 분들이야. 누가 그렇게 하겠니. 우리 모녀 때문에 네 삼촌이 그렇게 혼기 놓친 거구, 네 작은엄마도 흠이 있다곤 하지만 쉽지 않은 거야. 그러니 준호라도 잘 거둬줘야지. 사람이 염치를 모르면 안 되는 거다. 어린것 떼어놓고 네 작은엄마도 마음이 편켔니? 장마다 떠돌아다니며 장사하는 것도 쉬운 일 아니구."

엄마의 말은 외롭고 고단한 처지를 견디기 위해 스스로에게 하는 다짐이었을지 모른다. 동네 사람들은 엄마에게 필요 이상으로 준호를 귀여워한다고 핀잔했다. 엄마는 어린 게 뭔 죄가 있다고 미워하고 구박하겠느냐며 동네 사람들의 입방아에 일침을 놓았다.

엄마는 준호 키워주고, 작은엄마는 삼촌과 함께 돈을 벌어 집으로 들여왔다. 할머니는 작은엄마를 못마땅해하면서도 암묵적인 관계에 익숙해져갔다. 우리 가족들은 모처럼 안온함을 느끼며 살았다. 가을걷이 끝낸 할머니는 따끈한 아랫목에 누워 낮잠을 즐기고, 준호 업고 마실 다니는 엄마의 얼굴에는 평온함과 윤기가 흘렀다. 할머니와 삼촌의 싸움이 멈춘 우리 집은 폭풍전야처럼 고요하고 잔잔했다.

그렇게 가을이 가고 겨울이 깊었다. 문풍지가 바람에 밤새 웅웅거리고, 뒷산에서 부엉이 우는 소리가 며칠 동안 끊이지 않았다. 그즈음 나는 초경이 시작되었다. 초경 때문에 생긴 불안함과 긴장으로 잠 이루지 못한 채 뒤척이며 듣는 부엉이 울음소리는 고적하고도 슬펐다. 엄마와 나는 준호를 가운데 뉘고 잤다. 뒷문 쪽으로 돌아누운 엄마의 가녀린 등에 얼굴을 대고 잠든 준호가 유난히 애처로워 보이는 밤엔 부엉이 울음소리가 더욱 슬펐다.

겨울방학 하던 날은 무척 추웠다. 강추위로 엊그제 내린 눈이 얼어붙어 찻길은 유리알처럼 반들거렸다. 경사 심하고 꼬불거리는 후미고개에서 완행버스가 굴렀다는 소식을 읍에 사는 친구에게 들었다. 숨이 멎는 것처럼 심한 불안감이 밀려들었다. 가위에 눌리는 듯한 기분도 느꼈다. 종업식이 끝나고 집에 도착했을 때, 우리 집 대문 앞엔 이미 마을 사람들이 몰려와 웅성거렸다.

"수미야, 삼촌이 돌아가셨다. 이걸 어쩐다니."

울음을 터뜨리며 내 손 잡아끄는 엄마에게 이끌려 들어간 안방에, 삼촌은 하얀 홑이불을 덮고 누워 있었다. 삼촌 머리맡에 앉은 작은엄마는 정신이 나간 듯 멍한 표정이었다. 삼촌과 작은엄마가 장사 나가던 아침 첫차가 미끄러운 찻길에서 낭떠러지로 굴렀는데, 삼촌은 그 자리에서 돌아가시고 작은엄마는 거짓말처럼 상처 하나 나지 않았단다. 할머니는 작은엄마를 욕하고 원망했다. 팔자 센 년이 들어와서 집안 망쳤다고, 대를 끊어놓았다고.

아버지 산소 옆에 삼촌을 묻었다. 민둥산 같은 삼촌 산소가 을씨년스러워 나는 자꾸 울었다. 장례식 내내 울지 않는 작은엄마를 놓고 사람들이 쑥덕댔다. 독한 년! 독한 년! 할머니가 하는 욕이 예사롭게 들릴 정도로 익숙해졌다. 말 한마디 않고 울지도 않던 작은엄마는 삼촌을 산에 묻고 와서, 여름 장마에 터져버린 봇물처럼 왁살스럽게 울어댔다. 준호도 덩달아 울었다. 엄마는 준호를 나에게 업혀주었다.

"울긴 뭘 울어. 서방 잡아먹은 년이, 뭘 지랄로 울어!"

할머니의 악담과 질시에도 아랑곳하지 않고 작은엄마는 필사적으로 울어댔다.

"이제 그만 울게. 다 소용없는 짓이야."

엄마의 만류에도 작은엄마의 울음은 그치지 않았다. 한나절 되도록 울고 난 작은엄마의 울음이 흐느낌으로 변했다.

"작은엄마, 울지 마. 이제 그만 울어. 제발 울지 마."

내가 울면서 말리자 그제야 나를 끌어안고 흐느꼈다.

"수미야, 네 삼촌 불쌍해서 어떡한다니. 불쌍해서 어떡해."

그 자리에 엎드려 울던 작은엄마가 혼절했다. 찬물 바가지 떠 가지고 온 엄마가 입에 물을 물었다가 작은엄마의 얼굴에 뿜었다. 엄마 눈에도 눈물이 가득했다.

웃음이 사라지고 쥐 죽은 듯 하루를 연명하는 우리 집에 한 사람만 까르르 까르르 웃었다. 준호였다. 네 살배기 준호는 아무것도 모르고 엄마가 곁에 있다는 것만으로 만족해하는 듯했다. 작은엄마는 준호에게 눈 흘기고 소리가 커지면 입을 막았다. 할머니는 그런 준호를 더욱 미워했다.

"아무리 철부지라고 해도 그렇지. 무슨 놈의 눈치가 그렇게 없다냐. 지 귀염 지가 끼고 있다구…… 쯧 쯧……."

할머니의 혀 차는 소리에 작은엄마는 움찔거리며 준호를 끌어안았다.

"어머님, 그만 좀 하세요. 어린게 뭐를 안다고 그러세요, 그래."

참다못한 엄마가 나서서 말렸지만 할머니의 푸념과 욕지거리가 지칠 줄 모르고 나왔다. 세상에 있는 욕이란 욕은 모두 할머니 입에서 나오는 것 같았다.

"가란 말여! 가! 넌 이제 너 갈 데로 가. 우리 집에 남의 새끼 멕여 줄 양식도 없구, 너를 보면 내 가슴이 벌렁거려서 당최 볼 수가 없다. 지금이라도 당장 보따리 싸! 누가 이쁘게 볼 거라고 아즉 붙어 있냐 말여, 글쎄."

인두로 화롯불 다독이는 소리가 할머니 목소리처럼 쇳소리를 냈다. 황소바람이 문틈으로 스며들어 방 안은 한기를 더해가고 달빛은 차갑다 못해 푸른빛을 띠었다. 안마당과 마루에 내린 달빛으로 사위가 더 스산하고 서슬 퍼렇다.

"어머님, 이 겨울에 어디로 가요. 저는 친정이 없고 갈 곳도 없어요. 그냥 여기서 형님과 어머님 모시고 수미 공부 시키며 살게 해주세요."

할머니의 푸념과 욕지거리에 한마디 대거리도 하지 않던 작은엄마가 작지만 또박또박 말했다. 푸른 달빛 같은 목소리였다.

"뭐라구? 당치 않을 소리! 감히 어디서 같이 살어? 우리 하나밖에 없는 혈육 수미까지 잡아먹으려구 혀! 어여 가. 가란 말여. 나는 너희 모자 보는 게 을매나 지겨운지 알기나 알어? 서방 잡아먹은 년!"

할머니는 부들부들 떨었다. 노기 띤 목소리와 눈자위는 살기까지 띠었다.

"정말 너무하세요. 어머님."

작은엄마가 울면서 문지방을 넘어 나갔다. 월남치마 자락이 문틈에 걸리더니 스르르 미끄러졌다. 건넌방 문 여는 소리가 나자마자 할머니는 작은 소리로 엄마를 불렀다.

"수미 에미야, 저것이 딴 맘이 있어서 저러는 거다. 뭘 우리랑 살어 살긴. 아주 백여시여. 보상금 나오면 그거 좀 어째보려고 저렇게 안 가고 버팅기는 거여. 감히 어디다 눈독을 들여."

할머니의 눈초리가 진저리치듯 진동했다. 겨울바람보다 더 차가워 나는 몸을 덜덜 떨었다. 무서웠다. 바람이 크게 문풍지를 흔들었다. 웅웅대는 문풍지 울음소리도 무서웠다.

"할머니, 작은엄마한테 그러지 마요. 난 작은엄마랑 살고 싶어."

무서움을 견디고 간신히 말했다.

"택도 없는 소리 마라. 네 삼촌 잡아먹은 년이여. 쫓아내야 우리 집이 편한 거여."

"제가 동서한테 말할 테니 어머님은 잠자코 계세요. 삼촌 백일 탈상이나 하고 가게 해야죠. 탈상 전에 가면 삼촌도 서운할 거예요."

엄마의 설득에 할머니의 욕이나 악다구니도 겨울잠을 자는 듯 잠시 조용해졌다.

아랫마을 영진 아재가 우리 집에 자주 마실 왔다. 처음에는 불이 잘 들이지 않는 안방 방고래 봐준다며 굴뚝 쑤시개를 만들어 가지고 왔다. 수숫대를 둥근 기둥 모양으로 길게 엮어 만든 굴뚝 쑤시개로 아궁이 깊숙이 넣고 쑤셔대니 매운 연기만 풀풀 나오던 아궁이에 언제 그랬냐는 듯 불이 잘 들였다. 아궁이 밖에 있는 것을 모두 삼켜버리기라도 할 듯 벌겋게 타들어가는 아궁이의 나무를 보면 나는 몸이 버르르 떨리며 오줌이 마려웠다.

영진 아재의 출입이 잦아지자 할머니는 노골적으로 싫어했다. 안방에 마실꾼이 들끓는 우리 집인데 그렇게 대놓고 싫어하는 이유를 모르겠다는 엄마에게 할머니는 눈치코치도 모르는 빙충이라며 면박 주웠다.

"건넌방 년한티 맘이 있어서 그런 거여. 그눔 행오 보따리 보면 몰러? 그년도 그렇지. 서방 죽은 지 을매나 됐다고 벌써 그눔한티 새새거리는지 원. 하긴 언 눔을 붙어 나가든 나가기나 했으면 좋겠다."

삼촌이 죽고 나서 할머니는 많이 변했다. 용감해진 듯하고 사나워진 듯도 했다. 거친 욕을 시도 때도 없이 해댔다. 마을 사람들은 아들 죽고 나니 눈에 뵈는 게 없어서 그런가 보다며 혀를 끌끌 찼다. 할머니는 아랑곳하지 않았다. 내 입 가지고 말하는데 무슨 상관이냐고 더욱 거품을 물었다.

"할머니, 방에 불 잘 들이지요? 건넌방 아궁이는 어떤가 몰라. 거기도 한번 볼까?"

밤 마실 오는 영진 아재는 변죽이 좋았다. 할머니가 객쩍은 소리 말고 볼일이나 보라며 핀잔해도 실실 웃기만 했다.

"웃긴 실없는 눔. 할 일 없으면 일찌감치 잠이나 자든지."

"할머니, 긴긴 겨울밤에 뭐 하러 일찍 잔대요? 마누라가 있기를 하나, 원."

"저눔 말하는 뽄세 보게나. 시러배 자슥 같으니라구."

영진 아재는 할머니가 구박해도 한 해 겨울을 우리 집에서 살다시피 했다. 나무 한 짐 해다 나뭇간에 들여놓거나 울타리를 손보기도 하면서.

그렇게 추운 겨울이 가고 정월 대보름날이었다. 할머니는 엄마와 나에게 달맞이 가자고 했다. 우리 집에 더 이상 악상이 있어선 안 된다며 천지신명께 빌자고. 감기 앓는 준호 때문에 작은엄마는 집에 남고 우리 셋이 뒷동산으로 올라갔다. 뒷동산에는 마을 사람들로 북적댔다. 불 깡통 돌리는 아이들이 있었고, 이제 막 솟아오르는 달에게 비손하며 절하는 사람들도 있었다. 할머니와 엄마도 달 보고 절하며 빌기 시작했다.

저녁에 대보름맞이 떡을 많이 먹은 모양이었다. 통팥이 든 멥쌀 시루떡을 삼촌이 좋아했지만 나도 좋아했다. 할머니는 삼촌이 없는데도 팥 시루떡을 했다. 팥 시루떡을 많이 먹어서 그런지 자꾸 배가 살살 아팠다. 할머니와 엄마는 나에게 눈길도 주지 않았다. 달빛 속으로 빨려 들어가듯 수없이 절하며 눈을 떼지 않았다. 참을 수 없는 변의를 느낀 내가 부리나케 산에서 내려가도 할머니와 엄마는 절만 했다.

집 뒤란에 있는 변소는 언제나 공포였다. 건넌방을 열어보니 준호만 자고 있었다. 작은엄마는 보이지 않았다. 달빛이 변소 안까지 살살이 비치었다. 작년에 삼촌이 만든 변소는 우리 집에서 가장 새 건물이다. 흙손질 곱게 한 황토벽은 달빛에 비치어 우아하게 빛났다. 불쑥 삼촌이 보고 싶어 눈물 날 것 같았다. 변소에서 나와 하늘을 올려다보았다. 달은 이미 동남쪽으로 기울었다.

변소에서 나와 발걸음이 담배 건조실로 옮겨간 것은 야릇한 소리 때문이었다. 울음소리 같고 웃음소리 같기도 했다. 작은엄마가 몰래 울고 있다는 단정을 왜 그리 쉽게 했을까. 삼촌이 살다시피 하던 건조실이어서 그랬을까. 한 사람의 소리가 아니었다. 웅얼거리는 듯하고 가쁜 숨을 몰아쉬는 듯도 했다. 반쯤 열린 건조실의 작은 문을 뚫고 달빛이 건조실 안을 훤히 비추었다. 영진 아재와 작은엄마가 온몸 가득 달빛을 맞으며 그 안에 있었다. 눈물이 나왔다. 서러운 듯 서글픈 듯 가득 차는 포만감 같기도 한 기분이었다. 초경을 경험할 때 기분처럼 꼬집어 말할 수 없는 묘한.

"작은엄마, 준호는요? 많이 컸죠?"

"준호를 잊지 않았구나. 일찍 결혼해서 아기 둘이나 낳았어."

준호의 안부를 물으면서도 나는 그 푸르스름한 달빛과 영진 아재의 모습이 자꾸 떠올랐다.

"할머니가 그렇게만 하지 않았어도 내가 그리 쉽게 네 곁을 떠나진 않았을 텐데……."

작은엄마는 그날의 일을 무심하게 끄집어냈다. 그렇다면 달빛이 나를 오해하게 했던 걸까, 앙큼하게도. 삼십 년 세월 넘어 듣는 작은엄마 목소리는 그날과 무연하게 들렸다.

"애, 수미 에미야. 내가 이 두 눈으로 똑똑히 봤다. 그 두 년놈들
이 붙어 있는걸 말여."

영진 아재와 작은엄마의 관계를 수상쩍어하던 할머니의 목에서
쇄애하는 소리가 났다. 여름 어느 날 능구렁이가 뒤란 담장을 넘으
며 내던 소리였다.

"그게 아니라니까요. 어디 가서 그런 말 마세요."

"왜 말을 말어. 내가 동네방네 다 말 혀고 다닐 거여. 드러운 년."

"글쎄 그만 좀 두세요. 수미 듣겠어요."

문풍지 소리가 요란한 밤, 나는 숨죽이고 깊이 잠든 척했다. 기침
이 나올 것 같고 침을 삼키고도 싶었지만 꾹 참았다. 온몸과 영혼이
부서져 침잠하는 밤이었다. 별나게 울어대는 뒷산의 부엉이 울음처
럼 길고 깊은 울음을 속으로 울었다.

내가 눈을 뜬 건 집안이 떠나가라고 소리 지르는 할머니 때문이
었다. 밖에 불고 있는 찬 겨울바람보다 더 차갑고 매서운 할머니의
악다구니. 언 마당에 널브러져 있는 작은엄마의 옷가지와 소지품들.
하얀 얼음조각 위에 던져진 연분홍색 립스틱. 처음 우리 집에 오던
날 바른 립스틱이었다.

"나가 이년아! 그놈이랑 그렇고 그런 사인 거 내가 모를 줄 알어.
드러운 년! 아, 누가 못 가게 말려! 당장 가란 말여, 이년아!"

할머니 눈에 핏발이 섰다. 옆집 아주머니가 담장 너머로 고개를
빼꼼 내밀었다. 야트막한 담장 지붕과 마당에 하얗게 내린 서리가
스러지지 않은 이른 아침에, 할머니는 기운도 좋게 악다구니를 썼

다. 무슨 말을 해도 군말 없이 조용하던 작은엄마가 울먹이며 말했
다.

"어머님, 제 뱃속에 누구 씨가 자라는지 아세요? 수미 삼촌 애가
들었단 말예요. 그런데 무턱대고 나가라고만 하면 저는 어쩌란 말
예요."

작은엄마가 끝내 울음을 터뜨리고 엎드렸다. 엄마는 놀란 듯이
다가가 작은엄마를 일으켜 세웠다.

"동서, 다시 말해봐. 어떻게 됐다고? 삼촌 애를 가졌다고? 아고!
고마워라. 시상에나…… 이렇게 고마울 데가 있나. 어머님, 이 사람
이 삼촌 애기를 가졌다잖아요. 에고, 이 사람아. 왜 진즉에 말하지
않았어. 그럼 이 말 저 말 안 들었을 거 아녀."

엄마는 할머니와 작은엄마를 번갈아 살피며 너스레 떨었다. 이웃
집 아주머니들이 할머니 악다구니를 말린 것도 그 즈음이었다.

"애? 애 좋아하네. 언 눔의 씬지 그걸 어떻게 알어. 저년이 보상금
탐나서 하는 수작이지. 에이 드런 년!"

그래도 할머니의 악다구니는 수그러들지 않았다. 되레 더 심했
다. 작은엄마를 쏘아보는 눈초리가 소름 끼치도록 무서웠다. 독기
서린 말과 표정에 엄마와 나는 몸을 떨었다.

"정말 너무하세요. 뱃속에 든 애를 그럼 어쩌란 말예요."

"긁어내든지 낳든지 니년 맘대로 혀. 난 언 눔의 씬지 모르겠으니
까. 그럼 왜 갸 죽고 나서 바로 말하지 않구 이제서 말하냐 말여. 모
두 맹랑한 소리여."

할머니는 절대로 인정할 수 없다며 더욱 욕지거리를 해댔다. 엄마는 그렇게 억울한 소리 하는 게 아니라며 작은엄마 편을 들었고, 나는 그 겨울밤이 생각나서 아무 말도 하지 못했다. 악쓰며 우는 준호를 업어 달랠 뿐이었다. 햇살이 퍼지자 언 땅이 조금씩 녹아 물기가 돌기 시작했다. 할머니와 작은엄마의 싸움도 잦아들었다.

　엄마는 작은엄마를 설득했다. 아이를 낳아주면 삼촌 본 듯이 키우겠다고. 수미 하나보다 사촌이라도 둘이 나을 거라고. 제발 낳아서 젖 뗄 때까지만이라도 키워달라고. 아니 낳아주기만 해도 우유 먹여서 키우겠다고. 엄마는 끈질기게 작은엄마를 설득했다. 작은엄마는 엄마의 소원대로 해줄 생각인 듯했다. 어머님이 저래도 애 낳고 닮은 거 보면 인정하고 말 테니, 누명 벗기 위해서라도 애를 낳아야겠다고 했다.

　그 후 얼마 안 돼서 영진 아재는 대전 공장에 취직이 되었다며 마을에서 떠났다. 영진 아재가 떠나고 나서도 작은엄마는 집에 있었다. 혹시 작은엄마가 따라갈까 봐 학교에서 돌아오면 건넌방부터 살피곤 했다. 어느 날 엄마는 건넌방으로 내 책상을 옮겼다. 나는 작은엄마 옆에서 잠을 잤다. 엄마 등 뒤에 얼굴을 대고 잠들었던 준호처럼 나도 작은엄마 등에 얼굴을 대고 잠들었다.

　나는 아기 꿈을 자주 꾸었다. 작은엄마가 낳은 아기가 삼촌이나 영진 아재를 닮기도 했다. 어느 때는 아기 없어졌다고 작은엄마가 우는 꿈, 내가 아기 안고 있는 꿈, 아기를 땅에 놓치는 꿈. 대보름날 내가 본 것은 아무래도 헛것이었을지 모른다. 건조실에서 울던 사람은 작은엄마 혼자였을까. 푸르스름한 달빛이 빚어낸 환청이고 환각이었을까. 한동안 달만 뜨면 그날의 일이 떠올랐지만 서서히 잊혔다.

작은엄마의 아랫배가 조금 볼록해 보였다. 엄마는 지극정성이었다. 찬바람 맞으며 아침밥 짓는 일은 물론이고 산에 나무를 하러 가는 것도 엄마가 다 했다. 준호를 돌봐주는 건 내 차지였다. 할머니는 이모할머니가 아프다며 괴산에 다니러 가셨고 우리 집은 모처럼 평안했다. 차라리 고요했다. 엄마와 작은엄마는 우리와 새로 태어날 아기 키우며 살기 위해 돈을 어떻게 벌까 궁리했다. 나는 할머니가 이모할머니 댁에서 돌아오지 않길 기도했다. 하지만 할머니는 간 지 열흘이 되지 않아 대문을 활짝 열고 들어왔다.

할머니가 돌아온 다음 날, 삼촌의 장례식에 얼굴조차 비치지 않던 작은엄마의 친정붙이들이 찾아들었다. 작은엄마의 임신 소식을 알고 온 모양이었다. 오자마자 대뜸 병원에 가서 아기 지우자고 작은엄마 손을 잡아끌었다.

"허긴 언 눔의 씬지 알지도 못하는데 낳으면 뭐 할 거여. 씨 다른 새끼를 예다제다 내질러놓기만 하면 장땡이여?"

지긋지긋한 할머니의 악다구니는 다시 시작되었다. 사돈네 식구고 뭐고 안중에도 없는 듯, 할 말 못 할 말 사정없이 쏟아놓았다.

"저 봐. 사장어른 말씀하시는 거 봐라. 널 어디 자식으로나 인정하나. 더 볼 거 없다. 어서 가잔 말여."

작은엄마의 언니는 흐르는 눈물을 닦으며 재촉했다.

"사돈댁, 제발 그러지 마세요. 동서가 낳아주기만 하면 내가 키울 거예요. 우리 수미 하나 달랑 있는 거보다야 낫잖아요. 삼촌 본 듯이 키울 거니까 낳아만 주면 돼요."

엄마가 사정하며 매달렸지만 작은엄마의 오빠가 끌고 온 자가용에 작은엄마와 준호를 태우고 모두 사라졌다. 할머니는 속 시원히 잘된 일이라고 했다. 엄마는 눈물 흘리며 코를 팽팽 풀었다.

일주일 후에 부석부석한 얼굴로 집에 온 작은엄마는 짐을 쌌다. 대충 싸고 난 다음 나에게 삼촌 산소에 가자고 했다. 준호를 엄마에게 맡기고 작은엄마와 나는 삼촌 산소에 갔다. 얼었던 흙이 녹아 봉분은 갈라지고 흘러내려 초라했다. 작은엄마가 처음 우리 집에 왔을 때 삼촌이 부끄러웠던 것처럼 삼촌 산소가 부끄러웠다. 그 다음 날 작은엄마는 집에서 나갔다. 우는 나를 끌어안고 엄마도 울었다. 할머니는 긴 한숨을 내쉴 뿐 아무 말도 하지 않았다.

삼촌 목숨 값으로 우리는 산 아래 있는 논 다섯 마지기를 샀다. 다랑이 논이었지만 우리 세 식구 식량은 충분히 되었다. 에그, 우리 수미 굶길까 봐서 이렇게 땅마지기라도 마련해놓고 갔지. 가엾은 것! 죽어서도 지 조카딸 못 잊을 거여. 이 에미보다 수미 저거 오직 저거 하나 걱정일 거여. 눈물인지 땀인지 훔치며 할머니는 추수할 때마다 넋두리했다.

후손 없는 사람 제사 모시는 게 아니라는 관습을 깨고, 엄마는 삼촌 제사를 아버지 제사보다 더 정성껏 모셨다. 니 아버지보다 너를 더 사랑하고 걱정한 삼촌이다. 나중에 내가 없더라도 잊으면 안 돼.

아들이고 딸이고 몸에 든 걸 낳아줬으면 을매나 좋아. 생각할수록 아깝고 서운해. 삼촌 제삿날이면 엄마는 작은엄마가 지워버린 아기 생각하며 눈시울을 적셨다.

"수미야, 할머니는 언제 돌아가셨니?"

수화기 저편에서 작은엄마는 아무런 감정이 없는 목소리로 물었다.

"삼 년 전에요."

"어제 내가 시골에 찾아갔었어. 용케도 엄마가 아직 거기 사시더라."

할머니 돌아가셨다는 소리를 풍문에 듣고 시골로 찾아갔었다며, 별로 달라지지 않아 놀랐다고 했다.

"수미야, 건조실도 그대로 있더라. 한쪽이 약간 허물어지기는 했지만. 담배 농사 짓지 않으면서 건조실을 왜 헐지 않았는지 모르겠어."

그 겨울밤 달빛 아래서 본 정경은 정녕 무엇이었을까. 작은엄마는 건조실 이야기를 할 때에도 순수하리만큼 투명한 목소리로 말했다. 푸르도록 시린 달빛 때문에 그날의 기억이 작은엄마에게서 지워져버린 걸까. 무구한 달빛은 그런 주술적인 힘이 있는 걸까. 아 하고 입을 벌려보라던 계집애처럼 나는 작은엄마의 마음을 벌려보고 싶었다. 하지만 내가 껌을 훔쳐 먹지 않았던 것처럼 작은엄마도 영진 아재와 아무 일 없었을지 모른다.

"작은엄마! 준호 한 번 보고 싶네요."

작은엄마가 지워버린 아기 생각하며 준호를 떠올렸다. 어렴풋이 준호의 얼굴이 생각났다. 지워버린 아기도 준호처럼 생겼을까.

"언제 보자. 준호에겐 설명할 거 없이 그저 슬쩍 내가 데리고 나오면 되지 뭐."

"그러세요. 작은엄마 편하실 대로요."

지워버린 아기가 자랐으면 준호보다 네 살 어리니까 스물아홉이나 서른 살쯤 되었겠다 싶었다.

작은엄마와 전화 통화하면서 우리는 당장에라도 만날 듯 어서 만나자고, 빠른 시일 내에 날짜 정해서 연락하자고 했다. 하지만 우리의 일상이라는 것이 구질하고 복잡해서 생각대로 되지 않았다. 뜻하지 않게 시누이가 시누 남편과 대판 싸운 후 아이들까지 데리고 우리 집에 와 있어 경황이 없었다. 더구나 화해 무드가 만들어지면서 시누 남편까지 휴가 핑계로 아예 우리 집에서 며칠 지내는 바람에 나는 그들 치다꺼리로 골머리가 아플 지경이었다.

시누이네 가족이 돌아가고 난 집 안은 회오리바람이 지나간 것처럼 상처가 났다. 시누네 아이들은, 아들의 방 여기저기 낙서해놓았고, 아들이 어릴 적에 가지고 놀던 장난감 로봇의 팔을 부러뜨렸다. 고등학생인 아들은 틈틈이 장난감 진열장을 닦았다. 그뿐 아니라 장난감을 다시 진열하고 태엽 조이고 배터리까지 갈아놓곤 했다. 배터리 빼놓는 것이 경제적이라는 걸 알면서도 그러면 생명력 없어 보인다며. 함부로 아들의 물품에 손댄다고 시누네 애들을 나무랄 수 없었다. 아들이 아끼는 물건을 제멋대로 굴리며 가지고 놀면, 아들의 몸인 양 마음이 쓰라렸다.

아들은 사물에 대한 애착이 남달랐다. 어릴 때 받았던 상장이나 메달, 트로피는 물론이고 엽서나 카드, 편지같이 자질구레한 것까지도 연도별로 정리해놓았다. 지나치게 꼼꼼한 성격이라며 남편은 남자답지 못하다고 뭐라 했지만 나는 어릴 적부터 손 하나 안 가게 자기 일을 잘 처리하는 아들이 기특했다. 대조적인 시누이의 아이들 때문에 나는 은근히 스트레스를 받았다. 그들이 돌아가고 흐트러진 질서를 바로잡아 놓느라고 며칠이 그냥 흘러가버렸다. 그뿐이라면 그래도 나았다.

그들이 돌아간 후 진열장을 살피던 아들이 조립한 로봇에 탑승하는 콩알처럼 작은 로봇이 없어졌다고 했다. 아들은 시누네 아이들 중 누가 가져갔다고 했지만 나는 아닐지도 모르니, 함부로 의심하지 말라고 달랬다. 세상살이에 어사무사한 것이 좀 많은가.

엄마가 작은엄마와 만나자고 전화했다. 시간이 안 된다면 둘이만 만나겠단다. 이제 이렇게 길을 텄으니 자주 만날 수 있다며. 나는 엄마와 함께 작은엄마를 만나기로 약속했다. 삼십 년 만에 만난다니 허탈했다. 언제 세월이 그렇게 흘렀단 말인가. 삼 년 아니고 십 년도 아니고 삼십 년이라니.

작은엄마가 집에서 나가고 난 후, 나는 작은엄마가 돈을 한 보따리·안고 오는 상상과 그 비슷한 공상을 수없이 했다. 무료하거나 답답할 땐 그 증상이 더 심해졌다. 읍내 다방이나 술집에서 작은엄마를 봤다는 마을 사람의 말이 들려도 나는 귓등으로 흘렸다. 작은엄마는 그럴 사람이 아니라고 믿었다. 오히려 엄마는 싱숭생숭해 그곳에 찾아가보았다. 가서 그런 사람이 없다는 말에 실망하거나 안도하길 수차례, 내가 결혼하기 전까지 확실한 소식을 듣지 못했다.

작은엄마와 만나기로 한 장소로 가는 차 안에서 엄마는 말이 없었다. 차창 밖으로 펼쳐진 풍경에 마음 빼앗긴 듯 시선을 고정했다. 아직 여름인데 성급하게 코스모스가 피어나고 있었다. 엄마가 한숨을 쉬었다.

"에휴, 그거 낳아주기만 했어도 좀 좋아."

"엄마는 아직도 그 지워버렸다는 아이한테 아쉬움이 있어요?"

뒤차가 앞지르기를 했다. 과속이다. 내 앞에서 다시 옆 차선으로 미꾸라지처럼 빠져 또 한 번 앞지르기 했다. 아찔하다. 그런데도 이상하게 쾌감을 느꼈다.

"저런! 저런! 뭐 그리 급하다고 저런다니. 너 혼자보다 둘이 낫잖어."

엄마도 앞지르기하는 차를 보고 있었나 보다.

"키우고 가르치고 그러려면 힘들었을 거예요. 어떤 면에선 고맙죠."

"그래도 난 아쉽다. 할머니만 그렇게 안 했어도 낳았을 건데……."

"아버지 다른 애를 둘씩이나 낳아 기른다는 것도 쉽지 않아요. 더구나 다시 재혼했다면 또 거기서도 아이 낳을 거구. 그걸 작은엄마 친정 쪽에서도 염두에 두었겠죠."

엄마는 말이 없다. 차창 밖으로 시선을 던진 채. 무슨 생각하는 건지, 그저 무념하게 보고 있는 건지, 알 수 없었다. 차창 윗부분만 조금 열었다. 바람에서 제법 가을 냄새가 났다. 입추와 말복이 지났으니까 이제 처서만 지나면 가을이 성큼 다가올 것이다.

"니 할머니 욕쟁이긴 해도 인정은 많은 분이다. 속마음은 따뜻했어. 어찌 보면 작은엄마한테 그렇게 모질게 군 게 진심은 아니었을 거야. 당신 팔자나 내 팔자나 독수공방하긴 매한가지인데 작은며느리까지 그렇다고 생각해봐. 기 막혔을 거 아니니?"

내 기억 속의 할머니는 작은엄마에게 필요 이상으로 독하게 굴었다. 엄마나 나에겐 곰살궂게 대하면서 작은엄마와 준호에겐 가혹하다 싶게. 아버지와 삼촌을 가슴에 묻은 할머니는 그럴 수밖에 없었을지 모른다. 사람은 이해할 수 있는 대상이 아니고 사랑할 대상이라더니, 작은엄마를 그렇게 보내는 게 할머니식의 사랑일지도 또 모른다.

"할머니가 작은엄마한테 너무 심하다는 생각만 했어요. 그런 속뜻이 있는 줄 모르고."

"수미야, 죽은 사람 허물은 다 덮어진다고 했다. 할머니한테 조금이라도 서운한 마음 갖지 마라. 네게나 내겐 더 없이 끔찍한 분이었어. 알지? 이제 이야기지만 네 작은엄마 같은 사람도 드물다. 잊고 묻어버릴 과거 속의 사람들인데 굳이 우리 찾을 이유가 뭐 있겠니. 이렇게 찾은 성의 생각하면 고맙기 그지없어."

"이제 다 왔어요. 저기 보이는 저 카페예요. '들꽃 이야기'라고 했죠? 카페 이름."

"그래, 무슨 이야기라던데. 이름도 참 요상하다. 네 작은엄마가 직접 하는 다방이라더라."

"엄마도 참. 다방이 아니고 카페예요. 훗."

도로에서 간판이 훤히 보이는 카페는 들어가는 입구부터 들꽃화단으로 조성돼 있었다. 금낭화, 달맞이꽃, 까치수영, 참나리, 원추리, 상사화, 비비추, 부처꽃 등 언뜻 보기에도 다양한 꽃들은 거의 졌고 쑥부쟁이와 구절초가 드문드문 피었다. 들꽃단지는 친근한 느낌을 주었다. 단풍나무 옆에 주차했다.

"저 혹시……."

주차할 때부터 유심히 쳐다보던 건장한 청년이 다가와서 머뭇대며 말을 건넸다.

"네. 그래요. 제가 유수민데요."

"아, 네! 저쪽 안채로 가시죠. 어머니가 모시고 오라셨어요."

자세히 보니 카페 뒤쪽에 아담한 목조 건물이 하나 있었다. 울창한 나무와 숲으로 둘러싸여서 얼핏 보면 못 보고 지나칠 수 있을 것 같았다. 청년의 얼굴은 눈에 설지 않고 친밀감을 주었다. 청년이 앞장섰다. 꾸부정한 어깨와 휘적대며 걷는 모습, 청년의 그 모습은 어렴풋한 옛 기억 속으로 나를 강하게 이끌고 들어갔다. 삼촌이 앞서 걷는 것과 같은 착각이 들었다. 나와 나란히 걷던 엄마의 다리가 휘청거렸다. 나는 강하게 뛰는 심장박동을 느꼈다. 엄마의 발아래 질경이 꽃대가 목을 쳐들었다.

목조 건물 출입문을 열고 서 있는 청년의 모습이 저만큼 보였다.

아주 진부한 것들의 목록

그녀를 만난 것은 교사 연수 때였다. 그녀는 연수생이었고 나는 연수 강좌 중 하나를 강의하는 강사였다. '어린이 독서 교육의 바람직한 방향'이라는 제목부터 진부했다. 처음 강의 의뢰 받고, 혁신을 꿈꾸는 어린이 교육 현장에서 그런 진부한 제목의 강좌가 있다는 것에 실소가 나왔다. 그렇다고 내게 딱히 혁신적인 강좌명이 떠오르진 않았지만.

교수 임용되기 전까지 나는 어린이 대상으로 독서 지도와 수능 언어영역 과외를 했다. 마침 '독서 지도'가 선풍적인 인기를 얻고 있었다. 보습학원에서도 독서 지도 간판을 붙일 정도로. 놀랍게도 나는 그 세계에서 꽤 명성 있는 선생이었다. 내가 드라마 〈Seoul 캐슬〉을 흥미롭게 본 건 입시코디네이터 민수영 선생 때문이었다. 그 정도는 아니지만 나 역시 유사할 정도로 권력 아닌 권력을 쥐기도 했다. 어린이 대상으로 독서 지도하다 고등학생 수능 지도를 맡으면서, 또 학생들의 성적이 오르면서, 과외 받으려는 입시생이 수십 명씩 대기하는 사태까지 벌어졌다. 주 종목을 바꾼 건 탁월한 선택이었다.

그때 처음 독서 지도 받던 은지의 아버지가 교육청에 교사 연수 관련 업무를 맡고 있다는 걸, 강의 의뢰가 들어오고야 알았다. 강의 부탁 겸 교수 임용 축하 자리를 만들고 싶다고 했다. 은지 아버지는 '연 선생'에서 깍듯이 '연 교수님'으로 호칭했다. 그래, 연 교수, 출세는 하고 봐야 돼. 내가 임용되었을 때, 시간강의 하던 대학의 국문과 교수 중에 유난히 고압적이던 윤의 태도가 임용과 동시에 바뀐 걸보고, 김 선배가 하던 말이다. 그게 출세인지 모르겠지만. 과외 해서 돈 벌다 보면 언제 논문 쓰느냐고, 논문커녕 시간강의나 제대로 하겠느냐고 빈정대던 김 선배 아니던가. 은지 아버지나 김 선배가 부르는 그 건조하고 격식적인 호칭인 '연 교수'가 이젠 자연스럽고 익숙해졌다.

처음에 은지 어머니는 은지가 독서에 관심 없고 성적에도 별 영향이 없다며 몇 번이나 팀을 해체하려고 했다. 그 지역에서 일명 '돼지엄마'로 불릴 정도로 과외 팀 짜는 데 유명했는데, 은지가 속한 팀이 해체되면 연줄로 만들어진 다른 팀들도 해체될지 몰라, 대학에서 한두 강좌 강의하는 것 외에 수입이 없던 나는 은지 어머니의 눈치를 살폈다. 비굴하고 비루한 것 같아 모멸감 비슷한 걸 느꼈지만 당시의 처지론 그 세계에서 살아남고 인정받아야 했다.

밤마다 꾸는 도미노 꿈은 깨고 나면 허망하고 허탈했다. 내 학비와 어머니 병원비, 생활비까지, 필요한 경비가 많았던 내게 과외만큼 짭짤한 게 없었다. 무엇보다 자신 있게 잘할 수 있는 부분이어서 나는 은지에게 더 관심을 쏟았고 성적은 오르기 시작했다. 어쨌든 십여 년간 한 과외 선생 노릇은 '쪽집게'로 소문나는 바람에 그것에 비례해 수입이 상당히 늘었고, 은지가 부모 원하는 대학에 들어가면서 절정에 올랐다.

그렇게 번 돈은 생활비와 병원비뿐 아니라, 학위논문 써서 심사받고 인쇄하는 데까지 필요한 경비로 사용하기 충분했다. 사실 돈벌이는 교수 임용되는 것보다 과외가 월등이 나았지만 스트레스가 보통 아니었고, 수능 막바지에 이르면 절정에 닿아 숨이 막힐 지경이었다. 두통과 흉통뿐 아니라 극도의 긴장감 때문에 불면의 밤이 계속되자 도저히 할 수 없다는 생각에 이르렀을 때, 운 좋게 대학에 임용이 되었다. 나는 운으로밖에 말할 수 없다. 당당히 실력으로 임용된 교수들에겐 미안하지만 이 세계의 속성을 알게 되면서 그 생각은 더욱 굳어졌다.

은지 아버지의 전화 받고 떠오르는 숱한 일화를 어떻게 다 말할 수 있을까. 그 일화들도 사실은 과외 현장에 있었다면 새로울 것 없이 누구나 겪었음직한 진부하기 그지없는 것들이다. 드라마 〈Seoul 캐슬〉의 민수영 선생이 행하는 유사하거나 같은 일들이 내게도 물론 있었다. 교수 임용되면서 잊고 싶었던 교육이라는, 또 명문대 합격이라는 미명 아래 행해졌던 숱한 비교육적이고 비인격적인 일들. 학위 취득 후 광인처럼 소논문 쓰고 수십 차례 채용 원서를 넣었던 건 그것을 잊고 싶어서였을지 모른다. 그런 노력이 일정 부분 영향을 주었겠으나 어쨌든 내가 임용된 건 실력보다 운이 더 작용했다고 본다. 나보다 더 공부에 열중한 사람들이 무수히 많다는 걸 아는 나로선 그럴 수밖에 없었다.

૭૭

강의 장소는 관내 중학교 작은 강당이었다. 방학 중이어서 학생들은 거의 보이지 않았다. 몇 명이 더위에 아랑곳하지 않고 운동장에서 축구를 하고 있었다. 빨간 배롱나무꽃 두 그루 가운데 흰 배롱나무꽃이 피어 있는 게 인상적이었다. 빨간 꽃 사이에 끼어 있어서 그럴까, 유난히 깨끗하고 순수해 보였다. 교사 연수 현수막이 강당 입구에서 나풀거렸다. 아직도 현수막을 걸기도 하다니 진부하면서도 신선했다. 모순적이게도. 강의실로 지정된 계단식 강당에는 연수받을 교사로 가득 차 있었다.

안녕하세요? 연경주입니다. 제일대 국문과에 재직하고 있어요. 선생님들과 함께 어린이 독서의 바람직한 방향에 대해 이야기해보고자 합니다.

최대한 겸손하게 시작했다. 바람직한 방향이라니, 이 또한 얼마나 진부한 말인가. 인사말을 어떻게 할까 강당으로 들어오기 전까지 고민했으나 마땅한 인사말을 찾지 못했다. 사실 그들은 내 강의에 별 관심이 없을지 모른다. 그들에게 필요한 건 연수 시간일지도. 어린이 교육 현장에 있는 교사들에게 내 강의가 별 도움 되지 않을 거라는 것도 안다. 그중 맨 앞자리에 앉은 교사는 뭔가 열심히 받아 적고 있었다.

강의하다 보면 간혹 그런 학생이 있다. 토씨 하나 놓치지 않으려는 듯 필사적으로 받아 적는 학생이. 물론 그런 학생이 대부분 성적을 잘 받는다. 하지만 나는 그런 학습 태도가 썩 마음에 들진 않는다. 강의하는 입장에서 흐뭇할 수 있겠으나 그보다 강의에 집중해 성실히 듣는 태도가 더 좋다. 꼭 필요한 것은 메모할 수 있겠지만 토씨 하나까지 모두 적다 보면 오히려 집중도가 떨어진다. 듣고 이해되지 않는 부분을 질문하는 태도가 더 바람직하다. 아무튼 열심히 받아 적는 교사가 눈에 띄었다.

쉬는 시간에 무엇을 그렇게 썼느냐고 물었다. 그녀가 엷게 웃었다. 웃는 모습이 낯익다. 별것 아니라며 혹시 고향이 안성이냐고 물었다.

맞아요. 절 아세요?

호기심이 일었다. 일주일 중에 금요일은 해방감이 드는 날이다. 강의 있는 날만 학교에 나간다 해도 학생 지도와 회의 등이 수시로 있어 전임교수들은 일부러 금요일엔 강의를 넣지 않는 편이다. 해방감은 새로운 것에 호기심을 가질 수 있는 여유로움도 동반한다.

이름 소개할 때 혹시나 했는데, 역시네요.

그녀는 놀랐다는 듯 눈을 치떴다.

…….

나는 그녀 말의 의미를 생각하느라 잠시 침묵했다. 충분히 뜬금없는 말이다. 웃는 얼굴이 낯익다 해도 아는 사람이라는 의미는 아니었다. 그녀의 얼굴이 지극히 평범했기에 그렇게 느꼈던 것이다.

사람은 정말 어디서 어떻게 만날지 모르는 것 같아요. 저, 성희예요. 금광면에 살던.

아, 성희, 성희 씨.

성주의 동생이다. 웃는 모습이 낯익었던 건 그래서나 보다. 나는 성주를 잊고 있었다. 아주 오래 전도 아닌데 까맣게. 내 기억창고가 포화되어 더 이상 아무것도 저장할 수 없었다면 군색한 변명이 될까. 원수는 외나무다리에서 만난다더니, 아니 만날 사람은 만나게 되어 있다더니, 이런 데서 성희를 만나리라곤 생각지 못했다. 진부하지만. 아무튼 그만큼 삶이 분주하고 여유 없었다. 일 년의 반을 병원 신세지던 어머니는 논문 마무리할 때쯤 돌아가셨고, 과외와 한두 강좌 대학 강의까지 하며 쓰는 논문은 진도가 느렸다. 간신히 학위를 받자마자 사귀던 여자 집에서 결혼을 종용했는데 난 따르지 못하고 머뭇댔다. 결혼 준비가 되지 않았으니까. 그걸 이해하지 못하는 여자는 갑자기 이별을 고했다. 어머니 잃은 상실감이 가시지 않았는데. 더욱 정신을 차릴 수 없었다.

무슨 생각을 그렇게 하세요? 씨는 빼도 돼요. 예전처럼 성희라고 부르세요.

아, 네…… 그저. 반갑네요.

지극히 의례적인 말이다. 반갑다는 표현은 '안녕하세요' 못지않게 의례적이고 진부하다.

쉬는 시간은 짧았다. 밖으로 나갔던 사람들이 하나둘 들어와 앉기 시작했고 강당은 다시 가득 찼다. 등받이를 한껏 뒤로 젖히고 앉은 사람의 표정에 관심 없다는 게 노골적으로 나타났다. 연수 시간을 받으러 온 사람이 틀림없다. 내 강의 내용을 다 안다 해도 교육 현장에서 그대로 실천할까. 아니, 모른다 해도 나와 무관한 일이다. 나 역시 강의하고 강사료를 챙기면 그만이다. 연수 교육에서 힘 뺄 필요 없고 적당한 정보와 재미있는 이야기가 나올지도 모른다.

독서의 중요성에 대한 원론적인 내용이 첫 시간이었다면 둘째 시간에는 바람직한 방향에 대해 발제한 것을 토의하고 토론했다. 실습 시간도 가졌다. 짧은 동화 한 편과 몇 개의 질문이 실린 유인물 배포 후 넷이 팀을 만들어 자유롭게 이야기하는. 그 모든 것을 하기엔 시간이 부족했다. 유인물에 있는 열 문제에서 세 문제 정도 토의했을 때 시계는 정확히 다섯 시를 가리켰다.

내 강의를 끝으로 그날 교사 연수도 끝났다. 교사들이 서둘러 우르르 빠져나가고 앞자리에 앉았던 성희는 몇 남지 않은 사람들마저 나가자 내게로 다가왔다.

차 한 잔 할 수 있어요, 오빠?

예전이나 지금이나 성희는 유쾌하고 상큼했다.

그럼, 그래야지.

말을 놓았다. 호칭으로 서열이 정해지면 자연스레 그리 되는 게 우리 문화다. 이 또한 얼마나 진부한가. 웬만해서 형이나 누나라는 호칭을 잘 쓰지 않는 내 의식의 밑바닥에 거부감이 놓여 있는데, 그

건 서열이 불러오는 부당한 처사에 대한 거부다. 사람 관계에서 일정한 거리 두기는 서로의 자존감을 지키는 데 기여한다. 그것의 시작은 호칭이다. 하지만 성희의 제의에 바로 말을 놓은 것은 과거 속의 관계도 그렇지만 정해진 서열이 갖고 있는 문화의 진부한 면 때문이리라.

성희는 과거의 우리 만남에 비중을 두는 듯했다. 마지막으로 성희를 만났던 게 입대 직전이었고 그녀는 여고생이었는데, 성주와 가까이 지낼 때였다. 성주와 나는 대학 새내기 때부터 동아리 활동뿐 아니라 서로의 집까지 스스럼없이 드나들며 붙어 다녔다. 그러면서 자연스럽게 성희와 어울렸다.

성주와 나는 교양강의를 함께 들으며 알게 되었는데, 고향이 같은 안성이라는 것에 친밀감이 들어 급속도로 가까워졌다. 같은 동네가 아니라도 몇 다리만 건너면 어느 정도 알게 되는 게 시골 사람들의 관계다. 삼촌들끼리 친구거나 아버지들끼리 아는 사이가 보통이었고 아니면 그 윗세대 또는 마을의 누구하고라도 인연이 있었다. 성주와 나는 동향이 갖고 있는 신뢰감 내지 편안한 감정 덕분에 쉽게 가까워진 듯하다.

해가 바뀌고 우린 2학년이 되었으며 입대 문제로 고민할 즈음, 무슨 이유인지 성주가 나를 피했다. 그러다 학교에도 나오지 않았다. 성주네 집에 찾아갔을 때, 어머니는 입을 다물었고 아버지도 헛기침만 했다. 성희는 그 큰 눈을 굴리다 고개를 숙였다. 이유를 알고자 찾아갔지만 의아함만 가중된 채 돌아왔고 곧 입대했다. 성주 소식이 궁금했으나 알 수 없었다. 졸업 후 나는 다른 대학의 대학원으로 진학하면서 그 일을 잊었다. 내 삶 역시 지난하기 짝이 없었으므로.

성희가 알려준 카페에 도착했다. 한적한 곳이었다. 주차장으로 쓰는 마당 중간에 커다란 회화나무가 있고, 마당 귀퉁이의 작고 예쁜 화단에 소박한 꽃들이 피어 있었다. 백일홍, 봉숭아, 맨드라미, 채송화 등. 외래종 꽃이 하나 없이 소박하면서 정겨웠다. 차를 세우고 들어가자 성희가 손을 들었다. 내가 차 세우는 것과 꽃 보는 것을 창가에서 지켜본 듯했다.

오빠, 잘 찾으셨네요. 놀랐어요. 연수 교재 받았을 때 목차 보고 혹시나 하는 생각이 들었거든요. 연경주, 흔한 이름이 아니잖아요. 후훗.

성희는 재미있다는 듯 연신 생글거렸다.

난 좀 얼떨떨해. 성희가 벌써 이렇게 어른이 되고 선생님이 되었다는 게. 그럼 성희는 약간의 정보를 가지고 날 보았겠네. 어째 손해 본 느낌이지?

에이, 오빠는 무슨 손해. 궁금하시죠? 성주 언니.

성희는 직설적이었다. 생각해보니 어릴 적에도 그런 경향이 있었다. 궁금하다. 잊고 있던 숙제를 떠올리게 하는 말이다. 사랑, 그래, 성주를 사랑한 것도 맞다. 풋사랑이라 해도 분명히 그건 사랑이었다. 익기 전에, 자라기도 전에, 떨어진 열매 같을지라도. 그렇다고 지금까지 내가 결혼하지 않은 게 성주 때문이었다면 아주 지고지순하면서 더욱 진부한 이야기가 될 텐데, 애석하다. 자라는 과정에서 으레 거치기 마련인 성장통 같은 거라는 게 적절할 거다. 내가 결혼하지 않은 이유가 다양하지만 적어도 성주 때문은 아니다. 결혼하자던 여자도 있지 않았던가.

성희는 아이스 아메리카노, 나는 캐러멜 마키아토를 주문했다. 달달한 걸 마시고 경직된 몸을 풀고 싶었다. 성희를 보는 순간 사랑의 깊이 내지 성장통의 깊이와 무관하게 가슴 깊은 곳에서 궁금증이 일었다. 이십 년, 내 삶의 절반에 가까운 세월이 지났는데, 다시 헤집고 싶지 않았던 일인데, 성희를 만나니 궁금해졌다. 차 서너 대가 주차된 마당 저만큼 보이는 화단에 시선이 갔다. 성주의 얼굴이 명확하게 떠오르지 않았다. 성희도 시선을 창밖에 두고 있었다.

어느 쪽이 아이스 아메리카노죠?

커피를 들고 온 여자는 머리가 길었다. 주문받던 사람이 아니었다.

여기. 마키아토는 저기.

성희는 여자에게 친근한 듯 편하게 말하며 고갯짓했다. 탁자에 커피를 놓을 때 숙인 여자의 옆모습이 보였다. 가슴이 두근거렸다. 때로는 기억보다 몸이 먼저 알아채는 걸까.

드라마의 서사는 보통 결혼에 목숨 건다. 결혼이 사랑의 무덤이란 말을 잊은 듯 내용의 대부분은 남녀의 결혼에 초점 맞추고 있다. TV 드라마 볼 때마다 그게 불편했다. 애 하나 딸린 상대에게 심지어 모든 걸 다 갖춘 한 여자나 남자가 왜 그리 목숨 걸고 결혼을 원하는지. 그건 이루어지기 불가능한 환상이다. 드라마나 소설이 세상에 있을 법한 이야기를 써야 하는 것 아닌가. 그런 드라마의 서사는 개연성이 거의 없다. 불가능을 가능으로 만드는 게 문학이 꿈꾸는 이상일까. 그보다 일상의 삶에서 볼 때 독창적인 소재가 될 수 있기 때문일까. 문학작품에서 독창성은 언제나 강조되는 소재지만 드라마에선 진부한 소재다.

전에 보았던 드라마 중 아직도 생생하게 남아 있는 게 있다. 죽은 언니를 대신해 조카 둘 키우다 형부와 부부가 되어 평생 동안 산 사람의 이야기가 서브 서사로 전개되는 거였다. 거기서도 자녀들의 결혼 문제가 중심 서사였다. 결혼이 진행되는 과정에서 밝혀지게 된 그 이야기가 나는 진부하지 않고 신선했다. 사회 통념이나 질서와 상반될 수 있지만 효율적으로 보였다. 하긴 드라마에서도 그 사실을 알게 된 아들딸 즉 조카들이 분노하고 갈등하는 모습으로 나타났다. 그때 나는 생판 모르는 남의 손에 자라는 것보다 이모 손에 자라는 게 낫다고 생각했다.

주문한 차를 가지고 온 여자는 성주 닮았다. 가슴이 요동쳤던 것도 그래서였나 보다. 성주는 아니었다. 성주였다면, 다시 만나게 되는 원인으로 그녀가 이혼했고 혼자 조용히 카페를 운영하고 있는 거라면, 진부하기 이를 데 없는 서사가 만들어지는 건데, 그건 아니었다. 성희에게 성주가 흔적 없이 사라지게 된 원인을 묻는 건 쉽지 않았다. 그녀의 가족에게 상처였을 테니까. 어쩌면 인생 여정에서 그 부분만 삭제하고 싶은 것일지도 모르니까. 내가 그날 성희의 제의에 선뜻 응했던 것은 성주에 대한 궁금증 때문이 아니었다. 가슴 한쪽에서 스멀거리며 올라오는 궁금증이 전혀 없었다고 할 수 없지만 꼭 그 때문은 아니다. 이미 말했듯 호기심과 해방감에서 발현된 만남이었다.

저분, 누구 닮은 것 같네.

여자가 캐러멜 마키아토를 내 앞에 두고 느릿느릿 계산대로 걸어갔다. 주인인 듯하고 직원인 듯도 했다. 주인이라면 커피를 직접 가지고 왔을까 싶었다.

네, 언니 닮았죠? 이종사촌이에요. 외모뿐 아니라 분위기도 닮았어요. 어릴 적엔 둘이 쌍둥이냐는 말을 자주 들었거든요.

성희는 눈을 위로 치뜨며 장난스럽게 말했다. 귀여웠다. 어릴 적에도 그랬다. 이제 성주에 대해 물어야 할 시점이다. 꺼내기 힘든 이야기를 하려면 그걸 잘 포착해야 한다.

말이 나왔으니 물을게, 성주는 어떻게 된 거지? 이십 년 정도 지났으니까 이제 말해줄 수 있지?

이쯤에서 성주의 불행한 과거사를 성희가 눈물 질금거리며 들려주고, 날 그리워하고 그때의 잘못을 뉘우친다는 이야기까지 덤으로 얹힌다면 진부함의 극치를 보여줄 것이다. 내심 그걸 기대했는지도 모른다. 사람은 자기중심적으로 생각하는 지극히 이기적 유전자를 가진 존재니까. 나라고 별로 다를 것 없는 인간이다.

아, 그거 별것 아니었어요.

성희는 아무렇지도 않게 또 아까처럼 눈을 치뜨며 어깨까지 으쓱했다.

별것 아닌데, 그때는 왜 아무도 말을 하지 않았지? 학교는 마쳤어? 지금 어디 살고 있어? 결혼은 했어?

묻고 싶은 말을 속사포처럼 쏘아댔다.

성희는 앞에 놓고 한 모금도 마시지 않았던 커피를 빨대로 쭈욱 빨아들였다. 얼음까지 하나 꺼내 와작와작 씹으며 창밖을 응시했다. 장난스런 표정도 사라졌다. 당연히 해도 된다는 말에 물었던 건데 약간 후회스러웠다. 아무래도 말 못 할 무엇이 있는 듯해서. 그걸 끄집어내게 하는 건 내 성격에 맞지 않았다. 성희는 한동안 말없이 무표정하게 앉아 있었고, 다시 말할 때까지 나도 심경이 복잡했다.

오빠, 이야기가 좀 길어요. 그건 '나중'에요. 확실한 것은 결혼해서 잘 살고 있으며 그때의 선택을 후회하지 않는다는 거예요. 아이도 둘이나 있고 학교는 그것으로 그만이었어요.

진부한 서사를 그렸던 내 그림은 깨끗이 망쳐졌다. 가슴이 서늘하면서도 후련해 웃음이 나올 것 같았다. 이 양가적 감정은 어디서 오는 걸까. 커피를 또 한 모금 마신 성희는 본래의 모습으로 돌아왔다. 귀엽고 장난스런 표정으로. 내가 편히 말을 이을 수 있었던 것은 성희의 그런 태도 덕분이었다.

나를 잊었겠지?

이미 끝난 드라마고 영화인데 끝자락이라도 붙들려는 심사였을까. 예상 못 했던 말이 흘러나왔다. 당연히 잊었어야지, 나 또한 잊고 있었는데, 그건 음흉함이 고개를 든 물음일 거다. 점잖음을 가장했던 나의 내면이 적나라하게 벗겨지는 느낌이었다.

당연하죠. 오빠와 무슨 일이 있었던 건 아니잖아요. 요즘 흔히 말하는 썸 타는 중이었나요? 힛. 언니는 친구 그 이상도 이하도 아니었다던데요. 아닌가요? 오빠! 혹시 언니 사랑했던 거예요?

아, 아, 아니. 무슨. 성주 말이 맞아.

처음으로 사랑 비슷한 감정을 느낀 대상이었다는 걸 숨기고 버벅거렸다. 사람은 음흉한 동물이다, 너 나 할 것 없이. 하지만 솔직하게 말할 필요 없을 땐 안 해도 된다. 또 이미 결혼해서 아이까지 둘 낳고 잘 산다는 성주에게 내가 할 무슨 말이 있겠는가. 그뿐이었다. 정작 성주에게 무슨 일이 있었던 건지 캐묻지 못했고, 성희도 더 이상 말하지 않았다.

'나중'에 한다던 그 이야기는 우리의 만남이 거듭돼도 나오지 않았다. 나 역시 묻지 못했다. 자꾸 물으면 성주를 잊지 못했다고 오해할지 모른다는 생각이 들어서다. 살면서 가장 싫어하고 경계하는 게 사실과 다른 오해를 받는 일이다. 해명하기 번거롭고 광장으로 가지고 나오는 것도 남자인 내겐 쉬운 일이 아니었다. 여자들은 시댁 남편 자식 친구 등 모든 이야기를 광장으로 가지고 와 공론화함으로써 자기 행동이나 생각의 정당성을 확보하는 경우가 잦다. 심지어 드라마나 연예인 이야기까지 들고나온다지 않던가. 그런 면은 여자와 남자가 현저히 다르다. 더구나 직업 특성상 많은 말을 해야 하는 나로선 엄두도 못 낼 일이었다.

첫 만남 후, 우리는 자주 만났다. 적어도 일주일에 두 번쯤. 성희의 수업이 일찍 끝나는 수요일에 난 강의가 없어 학교에 나가지 않아도 되었기 때문에 특별한 일이 없는 한 같이 저녁을 먹었다. 저녁 식사

후 영화 보고 카페에 가서 커피를 마셨다. 학생 가르치는 일이라는 데는 어리든 크든 특별히 다른 점 없고 공통점이 많아 대화가 잘되었다. 몇 시간씩 이야기해도 지루하지 않았다. 또 주말이나 주일 중 하루는 꼭 만났다. 산행을 하거나 박물관에 같이 가고 어쩌다 캠핑장에 가기도 했다. 삼십 대 후반의 성희와 사십 갓 넘은 나에게 썸이나 고백 같은 과정은 자연스럽게 생략되었고, 우리는 연인이 되었다. 연인 사이에 당연한 듯 뻔하고 진부한 게 일종의 공백기다. 싸우고, 공백기 갖고, 그러다 다시 만나는 일들이 비일비재하지 않던가. 우리도 그랬다. 첫 공백기는 강릉 안반데기로 별을 보러 갔다 온 후 겪었다.

안반데기 그 산자락에 도착한 건 오후 세 시경이었다. 너른 고랭지 배추밭에 가을 햇살이 쏟아졌다. 태곳적 모습이 그러할까. 아담과 이브가 될 수 있을 것처럼 거리낌 없는 마음이 들었다. 하늘과 맞닿은 산봉우리엔 나뭇잎이 물들고 있었다. 난 말을 잊은 채 깊은 상념 속으로 빠져들었다. 그런 기분이 처음은 아니었다. 백두산에서, 속리산 문장대에서, 가까운 관악산 정상에서도 느꼈다. 그 기분은 밤이 되어 별이 돋아날 때까지 계속되었다.

오빠, 별이 어쩜 저렇게 많을까요?

밤하늘을 올려다보던 성희가 당연하고도 진부한 말을 했다.

밤이니까 많고 도시와 떨어져 있으니 더 잘 보이는 거겠지.

아주 당연한 말이 내 입에서 흘러나왔다.

한동안 말없이 별을 응시하던 성희가 무슨 이유에선지 갑자기 그만 집으로 가자고 했다. 내 말에 분명히 오류는 없었는데 난 영문을 모른 채 차에 시동을 걸었다. 예약해놓은 콘도가 있었고 다음 날 경포대 갔다가 낙산 해변을 걷자고 했는데. 성희가 내게 기대했던 걸 무엇이었을까. 저 별 하나 따줄게, 하는 유치하고도 진부한 말이었을까. 강릉에서 떠나 성희를 데려다주고 집에 들어왔을 땐 새벽 세 시였다. 차 안에서 성희는 의자 깊숙이 앉아 눈을 감았다. 아무리 생각해도 실수한 게 없고 성희 마음을 상하게 한 게 없는 나는 당혹스러웠으나 그 이유를 묻지 않았다. 아니 못 했다. 내가 왜 화났는지 알아? 여자가 하는 이 말이 세상의 모든 남자들이 가장 어려워하는 물음이라지 않던가. 맞는 말이다. 그날 나도 성희가 말하지 않아도 그렇게 묻고 있는 것 같았다. 그 어려운 물음에 어떻게 답할 수 있겠는가.

그날 이후 우리는 두 주간 동안 만나지 못했다. 전화해도 성희는 받지 않았고 문자엔 답하지 않았다. 연애든 썸이든 일사천리로 흘러가는 건 오히려 신선하다. 진부하게도, 연인은 싸워야 한다. 사귀는 사이에서 싸움이 없다면 어느 날 갑자기 아무 일 없이 헤어지게 된단다. 김 선배가 한 말이다. 정작 연애 한 번 하지 못하고 결혼도 안한 그는 남녀 관계에 대해서 모르는 게 없었다. 부부 관계도 그런데 남녀야 뭐 그의 말대로 껌이었다. 그렇게 두 주간이 흐른 후 내 생일 전날 성희가 만나자고 연락했다. 생일이 날 살린 셈이다. 해마다 돌아오는 생일이어서 별로 의미 두지 않고 있던 그날이 말이다.

❧

성주가 갑자기 사라졌던 이야기의 전말을 들은 건 성희와 만났던 그날로부터 일 년이 지나서였다. 보통 연인들이 하는 그 진부한 과정을 우리도 그대로 밟는 동안 일 년은 순식간에 지나갔다. 객관적으로 볼 땐 진부해 보이던 일련의 모든 과정들이 내 일이 되니 새롭고 스릴 있다는 게 놀라울 뿐이다. 심지어 그 진부한 과정을 남에게 질세라 버킷리스트까지 작성해 찾아다니며 겪었다. 때론 싸웠고, 토라졌고, 화해하면서.

성주 사건의 전말은 이러하다. 성주와 내가 그래 성희 말대로 썸 타고 있을 때, 성주를 흠모하던 윗동네 청년이, 그것도 안성의 유지이며 살 만한 집 외아들이, 학교에서 돌아오는 성주를 납치했다. 전에 사귀자고 몇 번이나 구애했지만 성주가 거부하자 취한 행동이었다. 지금이야 그랬다간 스토커로 신고해 형을 살게도 할 행동이지만 당시엔 그런 폭력적이고 비인격적인 행동이 어느 정도 묵인되거나 지독한 사랑이라는 이름으로 미화되었다. 성주 역시 아주 싫지 않은지라 결국 결혼했다는 뭐 대단히 비밀스럽거나 낭만적이지도 않은 이야기다.

그 이야기는 내가 상상했던 대로 흘러간 진부한 이야기는 아니었다. 여자를 납치할 정도로 무자비한 면이 있는 남자인데도 성주 남편은 폭력적이지 않았고 그날로부터 현재까지 성주를 공주 모시듯 모시며 살고 있어, 불행하거나 슬프게 결론난 이야기가 아니니까. 나를 잊지 못해 몰래 도망쳐 어디론가 가서 살고 있지도 않으니 더욱. 안성에서 조금 떨어진 죽산에 성희 말대로 하면 '캐슬'을 지어 산다고 했다. 이름이 성주여서 성이나 대저택 같은 캐슬에 사는 건지도 모른다며 성희가 키득거렸다.

이해되지 않는 건 성주나 부모님이 별스럽지도 않은 그 일을 내게 왜 비밀로 했는가 하는 거다. 이제 와서 따지고 묻고 할 사항이 아니니 더 이상 거론하고 싶진 않으나 약간 의구심은 남는다. 지나치게 유교적 가치관에 경도돼 있는 부모였으므로 납치당했다가 며칠 만에 돌아왔다고 소문나는 걸 꺼려서 그랬을까. 혹시 내가 난동이라도 부려 성주의 결혼을 방해할까 봐 그랬을까.

따지고 보면 우리 집안에도 그 비슷한 일이 있었다. 육촌 형이 그렇게 결혼했다. 납치까지 한 건 아니고 흠모하는 아가씨와 좋아하는 사이라고 헛소문을 냈다던가 뭐라던가. 서동이 삼국시대 백제에만 있었던 게 아니다. 흉한 소문 나면 아가씨 혼삿길 막힌다고 걱정하던, 그 아가씨의 오빠들이 육촌 형 만나 혼찌검 내고 담판 지으려고 했는데, 오히려 형의 말재간에 설복당해 여동생을 흔쾌히 내줬다는 이야기다. 지금 육촌 형과 형수도 아이를 셋이나 낳고 성주처럼 잘 살고 있다.

성주나 육촌 형의 결혼 스토리는 드라마에 나오는 것보다 훨씬 단순하다. 하여간에 요즘엔 상상할 수 없는 범죄 행위지만. 성주나 육촌 형이나 짧게는 16부작 미니시리즈부터 120부작 일일 드라마까지 가는 경우와 아주 다르다. 사실 복잡한 세상에 그렇게 따지고 결혼하나, 그렇지 않으나, 사는 건 크게 다르지 않을지도 모른다. 첫날밤에 남편 얼굴을 처음 보았다는 어머니도 별 문제 없이 살다 돌아가시지 않았던가. 이렇게 말하면 인륜지대사라고 하는 결혼을 너무 가볍게 말하는 것 아니냐고 지탄받을지 모른다. 교수라는 사람이 그 정도의 의식밖에 갖고 있지 못하느냐고. 난 그렇게 폭력적이고 비인격적인 사건을 조장할 생각이 전혀 없는 사람이다.

❀

결론은 성희와 내가 결혼까지 골인할지 헤어질지 아직 모른다. 인생에서 결혼이 다는 아니니까. 드라마에선 결혼하면 그 드라마의 막이 내리지만 우리 인생은 그렇지 않잖은가. 어떤 사람은 말한다. 우리나라 드라마는 첫 회와 마지막 회만 보면 내용을 다 알게 된다고. 그러니 시간 들여 다 볼 필요 없다고. 마지막은 대부분 결혼식 장면이거나 어느 커플이 우여곡절 끝에 결혼하는데 조연인 인물이 아기 낳는 장면이다. 하도 재생되는 서사라서 시청자들이 줄줄 꿰고 있지 않는가. 거기다 감초처럼 나오는 출생의 비밀까지 첨가된다면, 진부함의 극치를 다 보여주는 게 된다. 물론 모든 드라마가 그렇진 않다.

나와 성희의 서사가 진부하게 끝나려면 우린 결혼해야 한다. 그러나 아직 알 수 없다. 확실한 것은 성희를 사랑하게 되었다는 것뿐. 썸이 아니고 사랑 말이다. 사랑은 그렇게 예기치 않게 시작되기도 한다. 드라마를 보다 보면 신선하고 독창적인 것보다 진부한 서사가 나는 더 재미있다. 혼기 꽉 찬 남녀가 만나 서로 마음에 들 때, 널 만나려고 지금까지 혼자였나 봐, 하는 대사를 들으면 웃음이 비어져 나오고 속이 느글거리지만. 그래도 그게 좋다. 그 진부함이.

또 하나, 드라마 속의 그 남녀가 그렇게 만나기까지 많은 우연과 필연이 얽혀 있듯 성희와 내가 이렇게 다시 만나게 된 것도 그러하다. 은지 어머니를 만나 은지 과외 선생이 되고, 그 인연으로 은지 아버지에게 강의 부탁을 받고, 교사 연수 교육에 성희가 참석해 우리가 만났듯이. 세상의 모든 만남과 이별에는 보이지 않는 어떤 손이 작용하는 것 같기도 하다. 인간들의 지극히 진부한 서사가 끊임없이 재생되는 것 또한 재미있지 않은가. 새로운 것 신선한 것에 너무 얽매일 필요 없다는 생각이 들었다. 그것만 재미있는 게 아니니까. 뻔해서 너무 진부한 것도 마음먹기에 따라 오묘하고 재미있지 않은가. 지혜자 솔로몬이 말했다, 해 아래 새로운 것은 없다고. 아, 그러고 보니 본의 아니게 진부한 것들을 찬양하는 이야기가 되고 말았다.

아무튼 성희와 내가 결혼까지 갈지 그건 아직 잘 모르겠지만 사랑이 시작된 것만큼은 확실하다.

열쇠

모처럼 하늘과 바람이 깨끗하고 맑다. 한 주간이 다 되도록 하늘을 온통 누렇게 뒤덮었던 황사는 어제 내린 비에 다 쓸려버린 모양이다.

"산이 많이 파래졌을 거야. 나 거기 가고 싶어, 남한산성. 그 찻집에 가자."

오후 레슨이 거의 끝나고 모차르트실과 쇼팽실 두 연습실에만 교습생이 남아 있을 때, 뜬금없이 나타난 그녀는 떼쓰는 어린애처럼 내 팔을 잡아끌었다. 하늘색 재킷과 벽람색 스커트를 입은 그녀의 옷차림은 다가오는 봄빛같이 화사하게 빛났다. 더구나 은빛 블라우스에는 신비한 빛마저 감돌았다.

"미리 연락이라도 하고 와야지. 막무가내로 이러는 게 어딨어요?"

못마땅해하는 말에 아랑곳하지 않고, 그녀는 내 핸드백을 자기 것인 양 어깨에 둘러메었다.

"이래두 안 가? 가자. 내가 차 사줄게."

그녀는 내게 얼굴을 바짝 갖다 대며 생긋 웃었다. 웃는 그녀의 눈꼬리가 휘익, 위로 들렸다. 그녀는 언제나 아이라인을 눈꼬리 부분에서 약간 처지게 그렸다. 이유를 묻는 내게, 알잖아. 내 눈꼬리가 올라간 거. 안 그래두 사납게 보이는데, 라인을 올려 그리면 아마 여우처럼 보일 거야. 후훗. 그것도 구미호로, 라고 했었다. 그런데 오늘 그녀의 아이라인은 비상하려는 독수리 날개처럼 쭈욱, 올라갔다. 슬며시 웃음이 나왔다. 사납다기보다 조금은 장난기가 서려 있어서.

나는 이쯤에서 그녀에게 손을 드는 게 효율적이라는 걸 알고 있다. 더 미적거려봤자 그녀의 고집을 당해낼 수 없으니까. 사실, 지금까지 그녀의 고집에 번번이 백기 들곤 했다. 하지만 오늘은 정우가 나타날 것 같은 예감 때문에 선뜻 응하지 못하고 망설였다. 매일 전화하거나 교습소에 들르던 그의 연락이 끊긴 지 보름이 다 되었다. 물론 그를 꼭 기다려야 하는 이유가 내겐 없다. 오히려 기다리겠다고 한 사람은 정우였으니까.

정우는 대학 산악회 동아리에서 처음 보았을 때부터 나에게 관심을 보였다. 신입생 환영회로 처음 산행한 곳은 관악산이었다. 과천에서 출발하여 낙성대 쪽으로 하산하는 코스를 택했다. 관악산 입구부터 산 중턱에 있는 연주암까지는 그런대로 완만한 길이지만 연주암을 지나 연주대까지는 경사도가 심했다. 연주암 지날 즈음엔 출발할 때 적당한 간격을 두고 앞서거니 뒤서거니 하던 회원들이 하나

둘 처지기 시작했다.

볼에 스치는 바람이 약간 차가웠다. 경사로를 올라오느라 그랬을까, 숨이 가쁘고 목이 말랐다. 배낭을 열었다. 꺼내놓고 챙겨오지 못한 물병이 그제야 생각났다. 어디쯤 약수터가 있는지 알 수 없어 갈증은 더 심해졌다.

"물, 드실래요?"

나보다 한 걸음 앞서 가던 정우가 배낭에서 물병을 꺼내 건네주었다. 하얗고 긴 손가락. 흡사 여자 손 같았다.

"약수터가……."

건네주는 물병을 선뜻 받지 못한 채 머뭇거리며 물었다.

"에이, 여기 약수터 없어요. 정상이 얼마 남지 않은걸요. 빨리 받아요. 팔 떨어지겠어요."

건네받은 물병의 뚜껑을 선뜻 열지 못했다. 정우가 웃으며 다시 손을 내밀었다. 은색 보철을 한 정우의 치아, 철사에 엮여서 꽁꽁 묶인 그의 치아가 붉은 잇몸 위에 숨죽이고 엎드려 있었다. 새끼줄에 묶인 조기두름처럼, 과거의 기억에 꽁꽁 묶여 꼼짝달싹하지 못하는 나처럼.

투드득, 정우가 물병 뚜껑을 열어 다시 건넸다. 폐부 깊숙이 시원하게 파고 들어오는 물. 정우는 내가 마시고 건넨 물병 입구에 망설임 없이 입을 대고 벌컥벌컥 마셨다. 거침없는 그의 행동이 긴장을 풀어주었다.

정우는 동아리 모임에 꽤 적극적이었다. 드문드문 나타나는 나에게, 여전히 보철 낀 이를 허옇게 드러내고, 거 봐요. 산하고 피아노하구는 안 어울린댔잖아요. 가뭄에 콩 나듯이 그게 뭐예요. 좀 자주자주 봅시다, 라고 했다. 서너 차례 산행을 매개로 한 만남이 더 있은 후, 정우는 대뜸 반말로 말했다. 선주, 나 예비역인 거 알지? 그럼 이제부터 말 놓는다. 괜찮지? 내 동의 따위는 아예 안중에도 없는 듯했다.

그러던 정우가 언제부터인가 동아리 모임에 보이지 않았다. 나는 궁금해하지 않았지만 백화점에서 묶여 있는 조기두름을 보면 불현듯 정우를 떠올리곤 했다. 엄밀히 말해 은색 보철과 그 철사 줄에 꽁꽁 엮여 있던 그의 치아를.

여러 차례 봄과 겨울이 순환되고 정우를 다시 보게 된 것은, 내가 운영하고 있는 피아노학원 근처 새로 생긴 서점에서였다. 매장에서 마주쳤을 때 그는 필요 이상으로 반가워했다.

"야아, 이게 누구야? 선주? 우하하하, 이렇게 만나다니."

"……."

"저런! 또 말이 없군. 언제 산에나 한번 가자구. 하하하하……."

정우의 모습은 예전과 별로 달라진 게 없었다. 시원하게 웃는 그의 입안에, 은색 보철 대신 가지런한 하얀 이가 붉은 잇몸에 당당하게 자리 잡은 걸 빼고. 그는 큰형이 운영하는 서점 일을 돕고 있다며 경험 쌓은 후 직접 해볼 계획이라고 했다. 책 좋아하는 놈이 책방 하면 많이 읽을 거라고 생각했는데 그렇지도 않다며.

피아노학원과 서점은 불과 두 정거장 거리였다. 나는 피아노 교본이나 이론 공부 교재, 악보 등을 사기 위해 가끔 서점에 들렀고, 정우와 나는 좀 더 자연스러워졌다. 그뿐이었다. 일부러 그를 찾아 간 적 없다. 대신 정우가 전화를 걸어온다든지, 책 배달 가는 길에 들렀다며 피아노학원으로 찾아오곤 했다. 내게 특별한 감정을 가지고 있다는 것쯤 나도 알고 있다. 별다른 반응이 없는 나에게 정우는 대문 닫아걸고 빗장 지른 사람처럼 보인다고 했다. 언젠가는 꼭 열게 만들 거라며 그때까지 기다리겠다고. 그럴 때 정우의 어조는 스프링처럼 튀어 오르는 상큼함과 단호함을 동시에 가지고 있었다.

보름쯤 전, 정우는 지나는 길에 들렀다며 학원으로 찾아와 잡지 책을 내밀었다.『음악세계』였다.

"내가 먼저 훑어봤어. 근데 영 재미가 없더군. 선주랑 눈높이를 맞추려고 애는 썼는데, 원체 흥미 밖이라서."

"고마워요, 매번."

내가 들어도 윤기 없는 목소리였다.

"저녁이나 함께 할까? 스테이크 맛있게 하는 집 아는데."

어깨를 으쓱하며 싱그레 웃는 정우는 소년 같았다.

"아뇨, 집에 가서 쉬고 싶어요."

"왜, 무슨 일이 있어? 힘이 없을 때 스테이크 먹으면 힘난다. 먹자, 응?"

그가 내 코앞에 얼굴을 들이대며 장난스럽게 눈웃음쳤다. 말끔하게 면도된 턱, 스포츠형의 머리, 그에게서 플로럴 향의 스킨 냄새가 은은하게 났다. 옅은 갈색 사파리는 베이지색 굵은 코듀로이 바지와 잘 어울렸다.

그날 아침 출근길에 자동차 접촉사고가 있었다. 무리하게 내 주행차선으로 끼어들던 남자가 내 차를 긁었다. 새로 산 지 얼마 되지 않는 차에 생긴 상처를 보는 순간 화가 치밀었다. 더구나 남자는 내가 여자라는 이유 하나로 처음부터 무시하고 큰소리부터 쳤다. 조목조목 따지고 드는 나에게 수리해주면 될 거 아냐. 여자가 아침부터 땍땍거리고 있어. 재수 없게, 라며 침을 퉥 뱉었다. 상식적이지 않은 사람과 더 이상 실랑이 하고 싶지 않아 전화번호와 차 번호 적고, 자동차 정비소에 내 차를 맡겼다. 그 일로 종일 긴장되고 힘들었으며 불쾌했다.

정우에게서 나는 스킨 냄새는 긴장을 풀어주었다. 지치고 나른함까지도. 아득해지는 기분과 함께 나도 모르게 정우의 가슴에 풀썩 쓰러졌다. 정우가 두 팔로 내 어깨를 감싸 안았다. 반사적으로 나는 그를 힘껏 밀어냈다. 정우가 사무실 탁자 쪽으로 넘어질 뻔했다. 몸을 기우뚱하던 정우가 어이없다는 표정으로 바라봤다. 그의 눈이 슬퍼 보였다.

"난 그저…… 다음에 이야기하자. 연락할게. 아니, 기다릴게. 선주 마음이 열릴 때까지."

작지만 힘이 들어간 목소리였다.

정우가 나갔다. 정신을 차렸을 땐 그의 발자국 소리가 들리지 않았다. 탁자 위에는 놓고 간 잡지가 그의 흔적처럼 남았다. 표지 사진 속에서 여대생이 첼로를 켜고 있었다. 잡지를 가슴에 껴안았다. 이유를 알 수 없는 눈물이 주르르 흘러내렸다.

그 후 정우에게서 아무런 연락이 없었다. 나는 미안한 마음이 웅크리고 있었지만 표출해내지 못했다. 연락하겠다는 그의 말을 불쑥불쑥 떠올리기만 했다. 그다지 비중을 두지 않았던 것 같았는데, 어느새 정우가 내 사고의 많은 부분을 차지한 걸까. 기다리겠다고, 연락하겠다고 했는데, 보름이 다 되도록 아무 소식이 없다.

오늘은 어떠한 형태로든 연락이 올 것 같은 예감이 아침부터 들었다. 전화벨이 울릴 때마다 나는 필요 이상으로 긴장했고, 레슨 받기 위해 학원 문 열고 들어서는 키 큰 학생을 보고 움찔 놀라기도 했다. 입술이 바짝바짝 마르는 갈증이 나는데도 냉장고 문을 선뜻 열지 못했다.

기다림, 기다림이라는 단어가 내포하고 있는 의미들. 그것은 내게 특별한 것이었다. 일 년에 한두 번밖에 집에 오지 않는 아버지를 기다리던 엄마가 그 기다림의 대상을 나로 바꾸었고, 확실하게 기다릴 필요가 없다는 걸 깨달은 후 편집증적으로 내게 집착했다. 지겨움. 그렇다, 좀 넘치는 표현일지 모르나 그것은 지루함과 맥이 닿은 지겨움이었다. 엄마는 자신의 몸속에서 태아로 존재하던 때처럼 나를 일체된 관계로 믿고 싶었으리라. 그것을 유지하고 싶은 엄마와 독립하고 싶은 나. 두 사람의 싸움이 시작되었다.

우리의 보이지 않는 싸움, 나는 체육시간에 하던 '꼬리잡기 게임'을 연상했다. 내가 엄마로부터 놓여나기 위한 방법으로 택한 것은 여고를 졸업하고 바로 상경해버린 것이다. 음대에 가기 위해 준비했던 모든 것을 버려둔 채. 피아노는 내가 선택한 게 아니야. 엄마가 시키는 대로 한 것뿐이야. 피아노를 버리는 건 엄마에 대한 가장 큰 저항이야. 쉬운 결론이었다. 마음속으로 쾌재를 불렀다. 내가 이겼노라고. 승리감과 자신감에 도취됐다. 앞으로 시간은 나를 위해 존재한다고 믿었다. 적어도 한동안은. 그 자신감은 얼마 되지 않아 무너지고 말았다, 모래성처럼.

서울로 올라와 입사한 회사 동료 은석과 나의 짧은 사랑, 그리고 헤어짐. 그에게는 이미 깊게 사귀는 여자가 있었다. 모든 걸 알고 납득할 수 없다는 반응을 보이는 내게, 은석은 촌스럽다는 듯 비웃었다. 짧았지만 삶의 전부를 걸었던 내게 은석이 준 것은 분노를 동반한 아픔이었다. 뜨거운 여름 땡볕에 희고 야들한 맨살을 내놓았을 때처럼, 살갗이 부풀어 오르고 급기야 벗겨지는 아픔을 견디기 위해 심한 몸살을 앓았다. 육체와 영혼이 다 지쳐 한 걸음도 걸을 수 없었다. 보름 밤낮 먹지 못하고 잠도 못 자면서 상실감에 몸부림쳤다.

엄마의 편지가 배달된 것은 그즈음이었다. 철자가 틀리고 연필로 꾹꾹 눌러써서 종이 뒷면에 올록볼록하게 글씨 자국이 박힌 비뚤비뚤한 편지. 내가 치던 피아노를 만지며 돌아올 날만 기다리고 있다고 했다. 나는 나약해질 대로 나약해져 있었다. 털끝만 건드려도 낭떠러지로 구르고 말 것처럼. 엄마의 편지에 쉽게 마음이 움직였다. 사람의 결심과 의지라는 게 상실감 앞에서 얼마나 보잘것없는지 나는 그날 알았다.

귀향을 결심할 즈음 엄마가 찾아왔다.

"열쇠는 주인댁에 하나쯤 맡기고 나가잖구. 전에 살던 아가씨는 열쇠를 하나씩 맡겼다던데. 너는 그렇게 하나만 달라고 해도 안 줬다며? 이 쬐깐한 방에 무슨 살림이 얼마나 있을 거라구. 자물통 채워논 것만 봐도 가슴이 벌렁거려 죽겠다."

퇴근하여 돌아온 나를 만나자마자, 엄마는 서너 시간 족히 기다렸다며 푸념했다.

"그러게 뭐 하러 와요."

"딸 하나 있는 게 쌀쌀맞기는, 너 데리러 왔다, 왜. 가자!"

"난 안 가요."

"안 가긴, 이게 사람 사는 거니? 그래도 자식이라고 지 애비를 꼭 닮아가지구선. 어이구, 니 애비도 그랬어. 날 버리고 얼마나 잘 사나 내가 물어물어 찾아갔지. 마산이더라구. 달동네 산꼭대기에 꼭 게딱지 같은 판잣집. 그것도 겨우 문간방에 세 들어 있더라. 그 방에도 조막만 한 자물통이 매달려 있었어. 얼마쯤 기다려 니 애비가 왔지. 그런데 혼자가 아니었어. 너보다 세 살쯤 어려 보이는 사내아이와 여자를 데리고."

엄마는 내 옷가지며 책 나부랭이를 꾸리며 푸념했다. 한숨과 혀차는 소리를 섞어가면서.

"너두 그래, 겨우 이렇게 살려고 나갔니? 나가길. 네 애비는 자물통을 따더니 나한테 방으로 들어오래. 싫더라. 열린 문 사이로 대충

방 안을 들여다봤지. 이렇더라. 나 참 기가 막혀서 말도 눈물도 안 나오더라구. 그 담부터 니 애비, 난 안 기다렸어."

엄마는 스스로 다짐이라도 하듯 말끝에 힘을 주었다.

그날로 서울 생활을 정리했다. 더 이상 엄마를 기다리게 할 엄두가 나지 않았다. 표현에 문제가 있었지만 엄마가 내게 했던 모든 행동이 사랑의 한 방법이었다는 걸 알았으니까. 그 후 약간 충돌과 갈등은 있었지만 엄마를 향해 견고하게 채웠던 마음의 빗장이 느슨해지기 시작했다.

정우가 올 것 같은 예감을 나는 여전히 떨쳐버리지 못했다. 그녀는 내 핸드백을 어깨에 둘러매고 벌써 학원에서 나갔다. 가녀린 양쪽 어깨에 핸드백 두 개를 대롱대롱 매단 채. 그녀는 언제나 그랬다. 불쑥 나타나서 냉면 사줘. 나 감기 죽도록 앓다가 이제 나았어, 축하 파티 해줘. 오늘 기분이 너무 우울해, 나 위로해줘 등등. 어떻게 보면 자기중심적인 네댓 살짜리 어린애 같은 행동인데 나는 그녀의 행동과 사고에 이끌리곤 했다. 어쩌면 그게 그녀의 매력인지 모른다. 내재해 있는 돌발적인 행동을 거침없이 표출해내는 그녀다. 그 행동에서 나는 대리만족 같은 통쾌함을 느꼈다.

주차장으로 갔을 때, 그녀는 어느새 내 핸드백에서 자동차 열쇠를 꺼내 승용차 시동까지 걸어놓았다.

"아예 운전까지 하지 그래요."

운전석에 앉아 그녀를 보았다. 조금 전과 다르게 약간 침울해 보였다. 입을 꾹 다문 채 깊은 생각에 잠긴 듯도 했다.

"어디로 가요?"

"남한산성. 나뭇잎이 많이 나왔더라구. 가까이서 보고 싶어."

"오늘 좀 이상해요. 무슨 일 있는 거야?"

내 질문에 그녀는 아무 말 하지 않고 립스틱을 꺼내 입술에 발랐다. 그녀의 무명지에 사파이어 반지가 푸른빛으로 반짝거렸다. 갑자기, 산보다 바다에 가고 싶었다.

"우리 바다 보러 갈까요?"

그녀는 두 손 맞잡은 채 내 물음에 아무런 반응을 보이지 않았다. 말없이, 지그시 눈 감고, 의자 깊숙이 엉덩이를 밀어 넣었다. 안전벨트를 끌어 매주었다. 그녀의 봉긋한 젖가슴에 손길이 닿아도 여전히 미동하지 않았다. 버튼을 채울 때 그녀의 심장이 뛰는 걸 오른쪽 팔꿈치로 느꼈다. 나는 핸드백 두 개를 뒷좌석으로 휙 넘겼다. 핸드백은 둔탁한 소리를 내며 뒷좌석 위로 떨어졌다.

플라시도 도밍고와 존 덴버가 함께 노래한 테이프를 시디플레이어에 넣었다. 퍼햅스 러브. 도밍고의 맑고 청아한 목소리와 덴버의 감미롭고 호소력 있는 목소리가 차 안에 가득 찼다.

"그거 말구."

미동도 않던 그녀의 목소리는 자장가처럼 잔잔하고 고요했다. 음악을 껐다. 그녀가 재차 말했다.

"그거 없을까? 패티가 부른 초우."

그녀는 여전히 눈은 감은 채였다. 있었다.

작년 가을 내 생일날, 언제나처럼 그녀가 불쑥 나타나 저녁을 사겠다고 했다. 아주 근사한 곳을 보아두었다며 남한산성 아래 광주 쪽으로 내려가는 길목에 있는 레스토랑 '풍경'으로 데리고 갔다. 이층 양옥 건물은 오렌지색 지붕과 하얀색의 외장으로 우아해 보였다. '풍경'은 남한산 자락이 완만한 경사를 이루고 있는 곳에, 남향보다 오히려 서향에 가깝게 돌아앉아 있었다. 산중턱까지 내려온 단풍과 '풍경' 레스토랑은 이름 그대로 아름다운 풍경이었다. 자그마한 화단을 둘러싼 쥐똥나무 울타리가 타는 듯이 빨간 샐비어와 몇 그루 코스모스, 누릿한 잎사귀를 늘어뜨린 맨드라미와 어우러졌다. 마주보고 있는 산자락 아래 갈대가 흔들리고 작달막한 다랑이 논에는 누렇게 벼가 익어갔다.

"우와! 정말 아름답다. 이런 곳이 있었어요?"

나는 약간 들뜨고 흥분되었다. 출입문을 밀자 맑고 고운 방울소리가 머리 위에서 났다. 그녀가 싱긋 웃었다.

"여기, 밤이면 라이브도 한다아."

"정말?"

그녀와 나는 산자락과 벼 이삭 익어가는 논이 내다보이는 곳에 자리 잡고 앉았다. 창이 유난히 넓었다. 이른 저녁 시간이어서 그럴까, 홀에는 차를 마시는 사람 서넛만 있었다. 레스토랑은 밝고 조용했다. 오랫동안 살아온 집 거실에 앉아 있는 느낌처럼 편안했다. 베이지색 벽의 몇 점 그림과 마른 꽃이, 홀 안에 있는 사람들과 집기들을 굽어보았다. 스테레오 곁에 놓인 아가리 큰 항아리에 꽂인 한 무더기 갈대가 레스토랑 안 분위기를 클래식하게 만들었다. 벽에 걸린 그림조차 모두 잔잔한 풍경화였다.

그날 우리는 스테이크 정식을 먹기로 했고, 나는 조금 바삭하게 구워달라고 주문했다. 클래식한 분위기와 어울리게 쇼팽의 피아노 곡이 흘러나왔다. 특히 야상곡은 기분을 황홀하게 만들었다. 그때까지 내 생일이라고 해서 특별하게 보낸 적은 없다. 엄마와 함께 지낼 때 아침에 꼭 미역국이 식탁에 올랐지만 좋아하지 않아 수저만 댔다 그만두는 게 보통이었고, 독립한 지금은 그도 저도 다 그만두었다.

식사를 마치고 후식으로 나온 원두커피 마실 때 그녀가 가방에서 포장한 상자를 꺼냈다.

"자, 선물이야. 생일 축하해."

"이게 뭔데요?"

"테이프야. 늘 쇼팽이나 베토벤만 듣지 말고 이런 것도 한 번 들어봐. 지겹지도 않아?"

내가 쿡 쿡 웃었다. 그녀는 어깨를 한 번 으쓱하며 눈꼬리를 상큼하게 올렸다.

"이거 흘러간 대중가요야. 그중에 음악성이 있는 곡들이 꽤나 있어. 여기에는 내가 좋아하는 노래가 들어 있거든. 자기도 좋아해봐. 알았지?"

바로 그거였다. 그 후 딱 한 번 그 테이프를 들었다. 그러곤 그만이었다.

〈초우〉를 부르는 가수의 목소리는 가사처럼 몸부림치듯 흐느끼는 듯했다. 가속페달을 지그시 밟았다. 차가 움직이고 가수의 목소리가 차 안에 가득 찼다. 그녀는 아직도 가만히 눈 감고 두 손 모아 쥔 자세를 풀지 않았다.

"바다 보러 갈까요? 제부도 정도 어때?"

"아니. 거기로 가."

"어디? 남한산성?"

"……."

그녀는 더 이상 말이 없다.

남한산성 오르는 길은 구불거리는 왕복 2차선 도로로 아주 좁았다. 차창 문을 내리자 산바람이 시원하게 불었다. 그녀의 말처럼 연초록의 나뭇잎들이 새록새록 돋아나고 있었다. 개나리와 어우러진 진분홍 진달래는 무더기무더기 피어 수줍기보다 화려하게 보였다. 그녀는 나뭇잎을 보고 싶다더니 눈 감은 채였다. 음악에 열중하고 있는 것도 아닌 듯하다. 그렇다고 섣불리 그 고요함을 깰 수 없다. 청설모 한 마리가 길가에 나왔다가 차 소리에 질겁해 숲으로 숨어버린다.

"할머니네 찻집으로 가."

터널 입구에서 그녀가 입을 열었다. 할머니네 찻집. 우리는 거기서 처음 만났다. 말이 찻집이지, 둥그런 비치파라솔 위에 비닐 덮어 씌우고 나무문을 해 단 포장마차다. 커피와 꿀차, 녹차, 강냉이 뻥튀기를 컵라면과 함께 파는 그곳에는, 불을 약하게 줄여놓은 둥글고 검은 가스레인지에, 노랗고 커다란 물주전자가 올려 있고, 물은 언제나 여러 종류의 차를 만들 수 있도록 뭉근하게 끓었다. 주인 할머니는 앞에 있는 연못을 바라보며 무표정하게 앉아 있기 일쑤였다. 조선 현종 때 만들었다는 연못, 지수당. 언제나 알맞게 끓고 있는 주전자의 물. 무표정한 할머니. 이 모든 건 그 찻집에 묘한 끌림을 갖게 하는 요소로 작용했다.

그녀를 처음 만나던 날도, 할머니는 포장마차 안의 야전용 나무 침대에 걸터앉아 무표정하게 연못에 시선을 두고 있었다. 나는 광주 시내에서 조금 떨어진 사촌언니 집에 다녀오던 길이었다. 늘 이용하던 산업도로가 아닌 남한산성 우회도로를 이용했던 건 우울한 그날 기분 때문이었다. 이유 없는 우울감은 흔적 없이 마음 깊은 곳에 숨어 있다가 어느 날 불쑥 고개를 내밀곤 했다. 나는 그걸 산바람에 날려 보낼 심산으로, 돌아오는 길은 산길을 택했다. 어둠이 내리고 있는 산동네 길가 집에서 저녁밥 짓는 연기가 허옇게 피어올랐다. 아직도 재래식 부엌을 사용하는 집이 있는 모양이었다. 우울한 기분 때문이었을까. 속이 메스껍고 어지러웠다. 진한, 커피 한 잔을, 간절하게 마시고 싶었다.

멋있어 보이는 찻집 다 지나치고 차를 세운 곳은 누런 골판지에 검은 매직으로 비뚜름하게 '커피'라고 쓴 푯말이 있는 할머니네 찻집 앞이었다. 그 글씨는 자연스럽고 정겨움을 느끼게 하는 어설프고 비어 있는 듯 여백을 가진 글씨였다. 엄마와 나의 싸움에서 패배를 자인했을 때, 엄마의 편지에서 보았던 활짝 열린 나무 대문 같은 투박하고 포용력 있는 그런. 그것은 고향 마을의 삼거리집에 걸려 있던 '막걸리'라는 간판을 연상시켰다. 송판을 기다랗게 잘라서, 달군 쇠로 태워 글씨를 파 달았던 삼거리집의 간판. 거기에는 읍내에 붙어 있던 '제일식당', '청미옥' 등의 이름이 아니라 그냥 막걸리라고만 쓰여 있었다. 할머니네 찻집도 그랬다.

차 시동 끄고 비닐로 싼 나무문을 밀었다. 그녀가 한쪽에서 커피를 마시고 있었다. 라디오에서는 지지직대는 소리가 간헐적으로 들렸다. 할머니와 함께 야전 침대에 엉덩이를 대고 앉아 있던 그녀가 서성대는 내게 자리를 좁히며 앉으라고 눈짓했다. 가볍게 목례하고 할머니와 그녀 가운데 끼어 앉았다. 할머니는 아무런 말도 하지 않았다. 주전자에는 물이 끓었다. 뻥튀기와 라면 상자가 포장마차 천장까지 차곡차곡 쌓였다. 커피를 담은 병과 프림 봉지, 설탕 통, 일회용 종이컵, 찻숟가락 두 개, 야외용 플라스틱 의자 다섯 개, 빗자루와 쓰레받기. 할머니네 찻집의 살림 모두였다. 잠시 침묵이 흘렀고 커피를 주문했다.

할머니는 느릿느릿 몸을 일으켰다. 할머니가 입은 불그레한 바지는 엉덩이 부분이 닳아서 반질반질했다. 다 넣어? 단조롭고 퉁명스런 어조였다. 예. 짧게 대답을 하자, 할머니는 선반에서 종이컵 하나 꺼내 커피 프림 설탕 넣고 주전자에서 끓고 있는 물을 천천히 부었다. 찻숟가락으로 휘휘 저어 무심한 듯 내밀었다. 커피 냄새가 좁은 공간에 퍼져 나갔다. 거칠고 검은 할머니 손은 소나무 껍질처럼 뻣뻣해 보였다. 종이컵에 커피가 가득 담겨 찰랑거렸다. 커피를 마시기 전에 메스꺼움과 어지러움이 사라졌다.

한쪽 구석에 앉아 커피를 마시던 그녀가 빙그레 웃으며 말했다.

"양이 많지요?"

그녀가 종이컵 바닥에 깔린 남은 커피를 고개 젖히고 입에 탁 털어 넣었다.

"좋아요. 저는 커피 많이 타주는 사람."

할머니는 처음에 보았던 그 표정으로 연못을 내려다보았다. 비가 올 듯하더니, 커피를 반쯤 마셨을 때 비닐 지붕 때리는 빗소리가 요란했다. 고향집 함석지붕에 내리는 것보다 더 요란한 빗소리였다. 연못에서 개구리가 울기 시작했다.

그녀가 라디오에서 흘러나오는 노랫소리에 발장단을 맞추며 말했다.

"쟤들, 부모 무덤 떠내려갈까 봐 저렇게 운다죠?"

"그렇긴 뭘. 그냥 하는 짓들이지. 인간도 지 부모 나 몰라라 하는 세상에 제깟 것들이 뭐 안다구. 흐응."

아무 소리 없던 할머니가 코웃음 쳤다. 그녀와 나는 눈이 마주치자 괜스레 까르르 웃었다. 그냥 하는 짓, 그 말이 우스웠을까. 우리는 사춘기 소녀처럼 별스럽지 않은 말에 소리 내어 후련하게 웃었다. 할머니는 또 흐응 코웃음을 웃었다. 생각하면 묘한 만남이었다. 가까워지는 게 꼭 함께한 시간이나 특별한 관계와 비례하진 않는다.

커피를 다 마신 그녀와 나는 자연스럽게 어울려 저녁 먹으러 근처 식당으로 갔다. 산채정식 먹으며 그녀가 술을 청했다. 나는 운전 때문에 사양했고 그녀 혼자서 소주 한 병을 다 마셨다. 서로가 서로에 대해 알지 못한다는 게 어쩌면 자유롭고 홀가분했다. 포장되지 않은 솔직함이 우리를 편안하게 만들었으니까.

그녀와 두 번째 만난 건 찻집 할머니가 바라보던 연못 앞에서였다. 여름을 재촉하는 비가 아기 발자국처럼 자박자박 내리던 저녁나절이었다. 호수에 떨어지는 빗방울, 아무런 저항 없이 비를 맞는 나무, 산길 오를 때 시야 가리는 뿌연 안개. 저녁부터 꾸무럭거리던 하늘이 잿빛으로 뒤덮이고 빗방울이 떨어지자, 남한산이 자아내는 풍경이 저절로 눈앞에 그려졌다. 난 주저하지 않고 승용차에 시동을 걸었고 그곳으로 올라갔다. 예상처럼 비 맞고 선 나무 사이로 운무가 내려앉고, 뿌연 안개가 앞길을 막았다.

안개 헤치며 더듬더듬 할머니네 찻집에 이르렀을 때, 찻집 문에는 갓난아기 주먹처럼 자그마한 자물쇠가 채워져 있었다. 나는 잠시 서성대다가 근처 자판기에서 블랙커피를 뽑았다. 커피를 들고 연못 쪽으로 내려갔다. 거기 거무스름한 물체가 있었다. 우산이었다. 처음엔 누가 우산을 버린 줄 알았다. 가까이 갔을 때 그 물체가 움직였다. 거기, 호수에 떨어지는 빗방울을 쳐다보며 쪼그려 앉은 그녀가 있었다.

두 번째 우연한 만남 이후로 우리는 급속도로 가까워졌다. 엄마로부터 독립해 서울 근교에서 피아노학원을 운영하는 나는, 사심 없이 솔직하게 다가오는 그녀와 자유롭게 어울렸다.

"다 왔어요."

그녀의 안전벨트 버튼을 풀어주었다. 그제야 눈을 뜨고 나를 이윽히 쳐다보았다.

"싱겁기는, 나뭇잎 피어나는 것 보고 싶다더니, 눈감고 봤어요? 재주도 좋아."

"난 느낌으로도 알 수 있는걸. 냄새만 맡아도 안다구."

"피이."

"정말이야. 자기가 분위기로 취하는 것과 같은 이치지."

차에서 내리는 그녀의 등 뒤에 저녁놀이 서쪽 하늘을 물들였다. 할머니네 찻집은 비었다. 자물통이 채워지지 않은 채. 크고 노란 물주전자 올린 가스레인지 불이 주전자 안의 물을 펄펄 끓이고 있다. 그녀가 익숙한 솜씨로 선반에서 종이컵을 꺼냈다. 그녀는 출발할 때와 달리 커피를 마실 모양이었다. 커피 두 잔을 만들어 연못 쪽으로 나갈 때까지 할머니는 나타나지 않았다.

소나무 숲이 우거져 둘러싸고 있는 연못에는 가끔 물고기들이 뛰어 올랐다. 붕어다. 물고기는 저녁놀 질 때 물위로 뛰어오른다고 하더니만 그렇다. 나무의자에 앉기를 거절한 그녀는 연못가에 쪼그리고 앉았다. 쌉싸래하고 구수한 커피 향과 소나무의 향긋한 냄새가 콧속으로 스며들었다. 그녀가 근처에 있는 작은 돌멩이를 연못에 던졌다. 잔잔했던 연못에 파문이 번져갔다. 동그랗게, 그리고 둥그렇게. 물끄러미 보던 그녀가 여전히 시선을 연못에 던진 채 말했다.

"보았지? 우리 마음에 이는 파문도 그래. 처음에는 큰 것 같지. 하지만 파문이 크게 번져가다 보면 다시 잔잔해져. 언제 무슨 일이 있었냐 싶게."

그녀가 다시 작은 돌멩이를 찾아 오른손에 들었다. 연못은 이미 잔잔했다. 붉은 놀빛으로 물빛만 붉게 번지고.

"무슨 일 있죠?"

그녀는 대답 대신 작은 돌멩이를 연못에 휙 던지고 벌떡 일어섰다.

"가자."

아까보다 한결 기분이 나아진 듯 얼굴빛이 밝았다.

"어디로요?"

"커피 값 내러."

뜬금없는 그녀의 말에 나는 웃느라 돌부리에 걸려 넘어질 뻔했다.

"변덕쟁이. 오늘 여우 시집가는 날 맞죠?"

"그래, 내가 여우니까."

"에이, 농담. 오늘 감정 기복이 좀 심한 것 같은데요. 남한강에 갈까요? 거기서 물오리 노는 것도 볼 수 있는데."

"어두워질걸? 피아노학원에 안 가봐도 돼?"

"웬 배려? 윤 선생 있잖아요. 벌써 마치고 들어갔을 텐데."

학원에 대한 염려보다 정우가 연락할 것 같은 예감을 여전히 떨쳐버리지 못했다. 하지만 평소와 다른 그녀의 행동이 나를 그녀 곁에 잡아두었다. 반지와 액세서리는 거치적대서 싫다던 그녀의 무명지에 끼워져 있는 반지도 예사롭지 않았다.

"그만 갈까요? 근데 그 반지, 어찌된 거예요?"

그녀가 무명지 손가락을 내밀고 쏘아보다 빙긋 웃었다.

"이거? 그이가 남겨준 거야."

"누구?"

"애 아빠."

"아이가 있었어요?"

우리는 사생활에 대하여 서로 묻지 않았다. 사실 물을 필요성도 느끼지 않았다. 애써 말하려고 하지 않았듯이 알려고도 하지 않았다. 그런 부분들이 우리를 더 편하게 했는지 모른다. 내가 미혼이라고 말하지 않았듯 그녀 역시 기혼이라고 말하지 않았다. 그게 무슨 상관이란 말인가.

찻집 할머니는 아직 돌아오지 않았다. 물이 끓고 있는 주전자 옆에 찻값을 놓고 나오는데, 저만치에서 할머니가 보였다. 할머니가 든 소쿠리에는 쑥과 냉이가 가득했다.

"나물 캐신다고 가게 문을 그렇게 열어놓고 다니면 어떡해요?"

그녀가 할머니에게 살짝 눈을 흘겼다. 나는 소쿠리에 있는 쑥 한 움큼 집어 들고 향기를 맡았다. 향긋함과 풋풋함이 폐부 깊이 들어왔다. 불안정하던 기분이 안정되는 듯했다.

"좋지? 커피는 마셨어?"

할머니는 봄기운 때문인지 상기된 얼굴로 미소 띠며 물었다.

"그럼요, 커피만 마시나요? 꿀차도 마시고, 녹차도 마시고, 할머니 가게에 있는 거 다 마셨어요. 아마 누가 물건 다 가져갔을지도 모르죠. 킥킥."

그녀가 허풍스럽게 이 말 저 말 주워섬기며 키들거렸다.

"다 가져가라고 혀. 가져갈 게 뭐 있다고 잠그고 다니겠어. 흐흐."

할머니도 작은 소리로 웃으며 봄나물을 뒤적거렸다.

"내가 가자는 곳에 갈래? 할머니도 가실래요?"

그녀가 키들거리던 웃음을 멈추고 진지한 얼굴로 물었다.

"에구, 난 싫여. 차만 타면 어지럼증이 나."

할머니는 가게로 들어가면서 잘 놀다오라고 손짓했다.

"어딜 가게요?"

정우가 올지 모른다는 생각 때문에 조바심이 났다. 들고 있던 휴대전화를 들여다본 게 벌써 몇 번째인가.

"오늘만 아무 말 말고 날 따라와주면 안 될까?"

진지하던 그녀의 눈빛이 간절히 원하는 눈빛으로 바뀌었다. 내가 그냥 살짝 미소 지었다. 난처할 때 하는 나의 습관이다.

한 시간 정도 달려 도착한 곳은 풍차가 도는 양평콘도와 파라다이스 호텔을 지난 용문 근처 작은 마을이었다. 그녀는 앞마당이 자그마한 단층집 앞에 차를 세우라고 했다. 집 안이 깜깜했다. 그녀가 핸드백에서 열쇠꾸러미를 찾았다. 현관은 쉽게 열렸다. 거실로 들어간 그녀가 전기 스위치를 켜자 어둡던 공간이 환해졌다. 일상생활에 지장이 없을 정도로 모든 것이 다 갖추어진 집이었다.

그녀는 재킷을 벗어 옷걸이에 걸었다. 나는 조금 홀린 듯한 기분이었다.

"자기두, 재킷 벗어. 여기, 내 집이야. 전에 살던 집인데, 가끔 이렇게 와서 머리 식히고 쉬었다 가. 시골 마을이라 세 주기도 좀 그렇구 해서."

기다란 소파를 그녀가 걸레로 닦았다.

"앉아. 나 오늘 멋대로지? 이해해주라. 오늘은 정말 혼자 있기 싫어."

그녀는 아직도 주춤거리며 서 있는 내 어깨를 지그시 눌렀다. 그리고 주방으로 갔다. 맥주병과 오징어, 잔 두 개를 들고 왔다. 그녀는 거실 바닥에 털썩 주저앉아 소파에 손을 올려놓았다. 사파이어가 전등 빛을 받아 푸른 광채를 내뿜었다.

"아이는?"

"분당 집에. 친정어머니와 한 아파트야."

그녀가 맥주를 따랐다. 희끄무레한 거품이 뭉게구름처럼 피어올랐다.

"여기서 자고 가자."

유난히 자리 텃 하는 것과 정우가 올 것 같은 예감이 걸렸지만 동의했다.

"맥주도 못 마시는 건 아니겠지?"

그녀는 내게 잔을 내밀었다. 받아서 한 모금 마시고 오징어를 찢었다. 그녀는 냉수 마시듯 벌컥벌컥 맥주를 마셨다.

"오늘 밤이 애 아빠 기일이야. 평소에는 그런대로 견딜 만하다가도 이날만 되면, 내가 좀 흐느적거려져."

그녀가 두 번째 잔을 들었다.

"애두 있는데, 제사 같은 건 어떻게……."

"그런 거 안 해. 그이도 원치 않을 거구."

그녀가 주방으로 가서 맥주 두 병을 더 가지고 왔다. 그녀의 얼굴이 발갛다.

"애는 유복자야. 그이는 내가 아이를 가진 것도 모르고 죽었어. 죽음, 무책임한 거지. 특히 그이와 같은 경우엔."

그녀가 세 번째 맥주병을 땄다.

"봄이었어. 결혼 삼 주년 앞두고 그이는 출장 갔는데 보름쯤 걸릴 거라고 했지. 돌아오는 대로 우린 결혼 기념 여행을 하기로 했어. 바쁜 회사 일로, 이 년 동안이나 반납했던 여름휴가를 결혼 삼 주년 맞아 그해 봄에 다 쓰기로 했지. 물 맑은 강릉의 봄 바다를 그려보며, 우리는 한껏 부풀어 있었는데……. 그이는 거짓말처럼 싸늘한 주검으로 예정일보다 이틀 먼저 돌아왔어."

담담한 어조로 말하며 그녀는 오징어를 쭈욱 찢었다.

"왜요? 왜 그랬대요?"

"과로였어."

"……."

"유난히 일에 대한 욕심이 많은 사람이었어. 연둣빛 잎사귀가 온 산을 파랗게 물들이고 있는 봄 산에 그이 묻고 오던 날, 나는 심하게 구토했고 위 속에 있는 걸 다 토했지. 물 한 방울 남기지 않고. 아이를 가진 거였어. 결혼 삼 년 내내 기다려도 생기지 않던 아이, 그 아이를 씨앗처럼 떨어뜨리고 갔지. 후우."

그녀의 한숨은 그리 넓지 않은 거실을 흔들어댔다. 나는 적당히 위로할 말을 찾으려고 애썼다. 그러나 실어증에 걸린 듯 아무 말도 할 수 없었다.

"그럼 그 반지는?"

목줄기가 아파올 정도로 안간힘 써서 겨우 건넨 말은 엉뚱하기 그지없는 말이었다.

"결혼반지. 해마다 이날만 끼는."

그녀가 왼손 무명지를 들어 보였다. 시퍼런 빛이 불빛에 반사되어 팔방으로 흩어졌다. 결혼반지가 그렇게 의미 있는 걸까, 남편 기일엔 꼭 껴야만 할 정도로. 솔직히 이해되지 않았지만 사람의 생각은 다 다르므로 더 할 말이 없었다.

"……."

"산 사람은 살아지더라구. 심지어 또다시 사랑을 꿈꾸기도 하구."

그녀는 이젠 많이 담담한 듯했다. 맥주 거품이 모두 걷힌 잔을 그녀와 나는 한 번 부딪쳤다. 쨍, 경쾌한 소리를 내자, 우리는 의미 없는 미소를 주고받았다.

"지금, 사랑하는 사람이 있어요?"

나는 이 말을 던지고 공연히 머쓱해져서 맥주를 한 모금 마셨다.

"글쎄…… 아까 보았지? 가끔 내 가슴에 파문을 일으키는 사람이 있기는 해. 그러나 조금 지나면 다시 잔잔해져. 누군가와 사랑을 한다는 게 겁나. 어느 날 그이처럼 푸르르 날아가버릴 것만 같아서."

"……."

"겪어보지 않은 사람은 모를 거야. 그이가 죽었는데도, 나에게는 기가 막히게 슬픈 일이 생겼는데도, 세상은 아무것도 달라진 게 없어. 여전히 텔레비전에선 연속극을 하고, 웃고 떠들고, 밥 먹고. 어떻게 살아가나 하는 걱정보다 그런 것들에 대한 약 오름, 그리고 거대한 어떤 기류에 대한 나의 미약함, 그런 것들이 날 무척 초라하고 괴리되게 했지."

"……."

"지금은 그런 느낌들이 많이 희석됐어. 어느 땐 다 잊은 것 같기도 하구."

"세상살이가 다 그렇잖아요?"

"그렇지, 당연한 것인지 모르지. 어쨌든 나 이젠 아무도 사랑하지 않을 거야."

그녀의 눈자위에 물기가 감돌았다. 김빠진 맥주잔을 비운 그녀가 갑자기 울기 시작했다. 허리를 구부리고 세운 두 다리를 감싸 안은 채, 새우처럼 자기의 몸을 또르르 감고. 어느 누구도 비집고 들어와서 안 된다는 듯. 작은 어깨가 더욱 거칠게 출렁거렸다.

나는 반쯤 남은 맥주잔을 비우고 네 번째 병뚜껑을 열었다. 퍽, 소리와 함께 병뚜껑은 천장으로 튀어 올랐다. 통통 튀는 것처럼 상큼한 정우, 내 마음이 열릴 때까지 기다리겠다던 그가 간절하게 그리웠다.

그녀는 잠이 들었는지 흐느낌과 어깨의 들썩거림이 멈추었다. 소파에 그녀를 눕혔다. 불규칙한 그녀의 호흡을 들으며, 반쯤 남은 맥주를 마저 따랐다. 소쩍새가 애처롭게 울었다. 봄밤이 깊어 갔다.

유를 찾아서

유를 찾기로 했다. 윤 대표, 그녀를 만나고부터 든 생각이다. 사십 년 가까이 못 만난, 기억도 가물가물한 유를. 내가 생각해도 이 무슨 생뚱맞은 짓인가 싶었다. 한 번 결심하고 나자 안 찾곤 못 배길 것처럼 간절해졌다. 긴 세월 잊고 살았는데. 이제 와서 왜. 그래도 마음은 그쪽으로 내달리기만 했다.

발표한 장편소설이 문학나눔에 선정된 후 얼마 지나지 않아 시립도서관에서 연락이 왔다. '작가와의 만남' 프로그램에 초청하겠다고. 윤 대표는 그때 참석한 독자였다. 처음 만난 그녀는 적극적이었다. 작가에게 갖고 있는 독자의 단순한 호기심을 넘어. 프로그램이 끝났을 때, 그녀는 책을 들고 와 사인해달라고 했다. 따뜻한 마음을 삶의 골짜기마다 채우소서. 조금 간질거리는 문구를 쓰고 멋 부려 서명했다. 그녀는 차 한잔 하자며 찻집으로 이끌었다. 뿌리치지 못했다. 작가는, 아니 나는, 독자에게 한없이 약하다. 내 글을 읽었다는 것만으로 유대감 내지 친절해야 할 의무를 느낄 정도로.

가까이 앉아 그녀를 보았을 때 집시가 연상되었다. 분위기가 그랬다. 도발적이고 낭만적이며 자유로운 모습. 브리지 넣은 긴 머리카락의 색깔은 회색과 초록색이었다. 한없이 늘어날 것 같은 티셔츠 위에 슬쩍 얹혀 있는 헐렁한 멜빵바지, 그녀의 이야기만큼이나 내용물이 가득 들어 있는 듯 빵빵하게 부푼 의자 등받이에 건 베이지색 에코백. 윤 대표는 사인해준 책을 꺼내 표지 그림에 대해 말했다. 휘날리는 긴 머리끝에 핀 꽃이 메두사 같다고. 그녀는 달변이었고 거침이 없었으며 입고 있는 헐렁한 멜빵바지처럼 자유로워 보였다.

한 시간 가까이 그녀의 이야기를 듣느라, 뜨거워 입을 대지 못했던 커피가 식는 것도 몰랐다. 그만큼 그녀의 말은 청산유수였다. 별로 심오한 이야기는 아니다. 프로그램에 참여하게 된 동기와 내 소설 감상이었다. 서사와 인물의 행동을 자기 생각과 적당하게 버무린. 소설을 분석적으로 읽는 사람은 아니지만 일반 독자와 다른 날카로운 시각을 가졌다고 느꼈다. 흥미로웠다. 일반 독자로서 이만큼 작품을 면밀하게 읽는 사람은 드물었으므로.

대화가 나른해질 때쯤 그녀가 명함을 건넸다. 윤유유, '세상을 바꾸는 예술'의 대표. 한자명은 쓰여 있지 않았다. 소설에서 작중인물의 이름은 성격을 드러낸다. 작품 속에서 어떤 역할을 하게 될지 대략 짐작된다. 이름이 특이해 호기심이 향연처럼 올라왔다. 물론 작명한 사람이 그녀의 성격을 염두에 두고 짓지 않았으리라. 기원이나 바람일 테지.

흔치 않은 이름이네요.

네, 엄마와 외할머니가 심사숙고해서 지은 이름이라는데, 후훗, 재밌죠? 유유. 이렇게 쉬운 이름을 심사숙고씩이나. 석 달 열흘 고민해서 지었대요. 흐르는 물처럼 유유히 살라고요.

그녀는 장난스럽게 웃으며 고개를 갸웃거렸다. 그러고 보니 그녀의 성격과 잘 어울리는 이름이다. 사람을 처음 만날 때 으레 갖게 되는 경계심이 느슨해졌다. 낯가림이 있는 내게 그 경계심이 늘 문제였다. 얼굴이 경직되거나 느닷없이 요의를 느끼고 고개를 끄덕이는 행위 같은 것들인데, 잠재된 열등감이 그렇게 표출하는 듯해 더 위축되곤 했다.

참으로 철학적인 이름이군요. 좋은데요.

처음 만난 그녀와 이렇게 시답잖은 이야기를 하다니. 평소의 나와 무척 다른 행동이었다. 괜찮았다. 사람과 만나는 게 꼭 의미가 있어야 할 필요는 없으니까. 농담 섞인 가벼운 이야기를 나누는 것도 나쁘지 않았다. 이야기가 계속될수록 기이한 느낌에 휩싸였다. 기시감이다. 어디서 꼭 만났던 것 같은 느낌, 그 사람을 만난 게 꿈속이었는지, 여행 중 노상에서였는지, 그림 속에서였는지, 명확하지 않지만.

그런 느낌을 받은 사람이 한동안 내 기억 속에 있었다. 나는 버스 안에 있었고, 한 여자는 정류장에 서있었다. 그 여자와 눈이 마주쳤다. 나를 향한 눈빛이 강렬했다. 강한 이끌림, 그곳에서 내려야 할 것 같았다. 여자를 만나야 한다는 생각이 뇌리에 가득 찰 무렵 버스가 출발했다. 그때 나를 보던 여자의 눈빛, 잊을 수 없다. 시선에서 가물가물해질 때까지 우리는 서로를 갈구하듯 쳐다보았다. 언젠가 술자리에서 정에게 그 이야기하자, 전생에 만났던 특별한 사람일 거라고, 자기 같았으면 버스에서 내려 전생에서 다하지 못한 인연 이생에서 이어갔을 거라고, 키들거렸다. 꼭 나를 놀리는 듯이. 그 후 애써 잊었는데 그녀에게도 비슷한 느낌을 받았다. 여자의 눈빛이 다시 생각났다. 물속에 가라앉았던 부유물이 떠오르듯.

그녀는 '세상을 바꾸는 예술' 그 단체를 앞으로 어떻게 활성화할 것인지, 그것을 통해 얻을 수 있는 게 무엇인지, 내가 함께해야 할 당위성까지 일사천리로 피력해나갔다. 처음부터 당위성이라니 좀 황당했는데 나도 모르게 고개를 끄덕였다. 그녀는 예술에 끼어들 수 없는 게 돈이라며, 돈 그거 아무것도 아닌 게 예술을 방해한다고 목소리를 높였다. 아리송하면서도 맞는 말 같았다. 아마도 예술의 순수성을 그렇게 말했으리라. 그녀의 말에 동조하고 확대 해석하며 들었다. 한마디로 그녀는 나를 그 단체로 끌어들이고자 했다.

기시감의 정체를 알아챈 건 집으로 돌아온 후였다. 푸른빛이 감도는 그녀의 눈동자, 흔치 않은. 유의 눈동자도 그랬다. 어디에 숨어 있다 떠오른 걸까. 사십 년 전, 군 전역 후 복학하여 가정교사를 하던 집 아이, 유. 아이라니, 지금은 환갑이 되었을 거다. 처음 만난, 그것도 삼십 대 후반으로 보이는 어린 여자의 이야기를, 두 시간 가까이 꼼짝 않고 앉아 들은 것도 유와 무관하지 않다고 의미 부여가 되었다. 명함을 받았을 때 나는 이미 유를 떠올렸던 건지도 모르겠다. 반복되고 있는 유, 유, 유유. 유를 강조하는 것 같았다.

유를 찾기로 마음먹은 건 그때부터였다. 하지만 모순되게도 그녀를 잊고 있었다. 일상은 늘 분주했고 시간에 쪼들렸다. 수십 년 몸담았던 대학의 마지막 학기를 앞두고 처리할 일이 많았다. 퇴임과 동시에 자리 옮길 연구소 사람들과 만나는 일, 새롭게 시작할 프로젝트 등. 제도권에서 해방된다는 자유로움이 마음을 설레게 했다. 생각해보면 한 번도 자유로웠던 때가 없었다. 학교는 어디나 비슷했다. 초중고와 대학이 좀 다른 특성을 갖고 있어도, 세상 사람들이 생각하는 것은 같았다. 숨 막히게 하는 건 그뿐 아니었다. 스스로 그 틀 안에 갇혀 있었다는 사실이다.

유를 찾기로 마음먹은 게 실은 내겐 어불성설이다. 무엇이든 찾는 것에 도통 재주가 없었다. 내가 쓰던 물품의 자리가 조금만 바뀌어도 헤맨다. 자동차도 주차하는 곳에만 해야지 그렇지 않으면 차 키를 눌러 소리나 불빛으로 찾아야 한다. 언젠가는 즐겨 입던 재킷을 세탁 맡겼다는 걸 깜빡하고 찾느라 시간 낭비한 적도 있다. 내 서재와 연구실의 물품을 누가 만지는 걸 극도로 경계하는 것도 그 이유 때문이다. 이런 내가 무슨 재주로 유를 찾는단 말인가. 그걸 인정하면서도 찾고 싶은 열망은 커져만 갔다. 바닷가 모래사장에서 바늘 찾기보다 더 불가능한 일일 텐데도.

윤 대표, 그녀로부터 연락이 왔다. 만나잔다. 처음 만나고 두 달쯤 지났을 때다. 학교 일은 거의 다 정리하고 앞으로 펼쳐질 나의 행보를 예측하며 때때로 즐거운 상상에 빠지곤 했다. 그 상상 속에는 당연히 유를 찾는 일과 그 후에 일어날 여러 가지도 포함된다.

콜.

아유, 작가님도 그런 말 하세요?

경쾌하면서 장난스러운 내 답변에 그녀가 유쾌해했다.

앞으론 그렇게 살아보려고요. 진지하게 산다고 뭐 더 나은 것도 아니고요.

필요 이상으로 풀어졌다. 그녀의 전화 한 통에 이렇게 유쾌한 기분으로 나가다니. 그녀가 내 삶의 노정에 틈입한 게 틀림없다. 엄밀하게 말한다면 그녀의 푸른 눈동자를 닮은 유다. 그녀 만난 후 유를 떠올렸고 찾기로 마음먹었으니까. 유가 멀리서부터 내게로 걸어오는 것 같은 환상이 그려지기도 했다. 그녀를 만나면 유와 실질적 연관성을 찾아보리라 생각한 것 때문에 유쾌한 기분으로 들떴는지 모르겠다.

아파트 정문 차단기를 막 지나치는데 전화벨이 울렸다.

작가님, 아니, 교수님! 저 조금 늦을 것 같아요. 식사 장소도 바뀌었어요. 톡으로 보냈으니 거기로 오세요. 좋은 곳을 찾았거든요. 훗.

윤 대표는 들뜬 듯 목소리 톤이 한층 올라가 있었다. 뭐지? 그래도 약속 장소를 갑자기 바꾼 이유를 말하며 웃는 그녀에게 토 달고 싶지 않았다. 그녀의 말이 이어졌다.

예약을 못 해서 기다릴 수도 있어요. 얼른 갈게요. 작가님도 천천히 출발하세요.

나는 지금 막 나왔다는 말을 하지 못했다.

차를 한쪽에 세우고 휴대전화를 열었다. 이태리식 레스토랑이다. 내비에 '하이태리' 주소를 입력했다. 피자와 파스타, 먹기도 전에 속이 느글거린다. 파스타가 현대인들이 즐기는 음식이 된 지 오래건만 나 스스로 사 먹어본 적 없다. 먹고 싶었던 적도 없었다. 마뜩찮았지만 윤 대표의 일방적인 통보를 수락하고 만 것은, 좋은 곳이라며 웃던 웃음 때문이었다. '좋은 곳'이라는 어휘와 '웃음'이 조화를 이루어 파스타의 느끼함을 밀어낼 것만 같았다.

하이태리로 가는 길은 한산했다. 산자락을 휘감아 돌았다. 모감주나무 정수리에 노란 꽃이 피고 있었다. 도심 가까운 곳에 이런 곳이 있다니. 은성한 숲은 검푸르다 못해 어둑한 느낌마저 들었다. 집에서 나설 때 들떴던 마음이 가라앉은 것은, 식사 장소가 이태리 음식점이라는 걸 확인할 때부터였지만, 산길로 접어들자 약간 남았던 식욕마저 싹 사라졌다. 그래도 '좋은 곳'과 '웃음'으로 사라지는 식욕을 일으켜 세우리라 마음먹었다.

십여 분 산길을 돌아 내려오니 저만치 작은 성처럼 보이는 건물이 눈에 들어왔다. 드문드문 자리한 나지막한 주택 가운데 눈에 띄는 주황색 삼 층 건물 그 앞에 차를 세웠다. 하이태리는 그 성처럼 생긴 건물 안에 있지 않았다. 성 아래 단층으로 된 소박한 곳에 있었다. 주황색 성 같은 건물엔 성주가 살고 그 아래 몇몇 주택에는 농민들이 사는 것처럼 착각하게 했다. 즐비하게 늘어선 차량, 조용하게 움직이지만 많은 사람들, 자연스러움과 인위적인 것이 묘한 조화를 이룬 곳, 블랙홀에 감겨 들어온 세계일지도 모른다는 생각이 들었다. 그곳은 하나의 도시 같았다.

레스토랑 문을 열고 들어가자 안내원은 말없이 옆에 서있는 키오스크를 둘째손가락으로 가리켰다. 더듬거리며 전화번호를 입력했다. 대기번호 17번이라고 화면에 떴다. 웨이팅 넘버를 기억하세요. 순서가 되면 톡으로 연락이 갈 겁니다. 온실로 가서 대기하시면 돼요. 오십 대 중반 안내원의 말은 사무적이었다. 무표정. 많은 사람을 대하다 보니 그럴 수밖에 없으리라. 이해했다. 윤 대표에게 대기번호 17번, 온실에 있겠다고 문자를 남겼다. 주황색 건물 주변에 즐비한 차의 정체를 그제야 알았다.

꾸역꾸역 온실로 들어가 입구 테이블을 차지하고 의자에 앉았다. 한여름의 뜨거운 바깥 열기를 견딜 수 없었다. 넓은 온실에 가득한 사람들. 온실이라고 해서 식물을 볼 수 있겠다 싶었는데, 뱅갈고무나무 한 그루와 물만으로 자라는 상추 몇 포기, 가느다란 잎사귀가 늘어진 마지나타 두 그루가 다였다. 층고가 높은 온실 안에 생뚱맞게 보이는 까만 그랜드피아노. 그 정체를 파악하는 데 오래 걸리지 않았다. 온실은 시원했다. 무척. 몇 분쯤 시간이 흘렀을 때 안내 말이 흘러나왔다. 성악가 아무개 씨가 일곱 곡의 노래를 부르겠다고. 함께 부를 노래는 〈보리밭〉이라고. 잠시 후 내 앞에 악보 한 장이 놓였다.

곱슬곱슬한 반백의 머리카락이 어울리는 유난히 흰 얼굴, 그레이 바탕에 흰색 줄무늬가 쳐진 린넨 재킷, 피아노 뚜껑 한 귀퉁이에 살짝 올려놓은 손. 오십 대 중반으로 보이는 남자는 전주가 시작되자

머리를 꼿꼿하게 세우고 심호흡했다. 첫 노래는 이탈리아 가곡 〈카로 미오 벤〉이었다. 여름날 풀숲에서 뛰어나오던 개구리처럼, 고등학교 때 음악 시간이 불쑥 생각났다. 긴 머리를 한 처녀 음악 선생님 때문에 설렜던 그 시간이. 온실 안의 많은 사람들은 무심히 커피 마시고, 고개 까딱이며 마주한 사람들과 이야기를 나누었다. 남자는 그것과 상관없이 영혼을 다해 노래 부르는 것 같았다.

늦어서 죄송해요. 많이 기다리셨죠?

윤 대표의 목소리가 들렸다. 무대 쪽을 보고 있어 그녀가 오는 걸 몰랐다. 〈울게 하소서〉 전주가 시작되었다. 대답 대신 미소를 지었다. 손부채질하며 앉는 그녀는 흰색 칼라에 단추가 달린 네이비색 원피스를 입었다. 지난번과 완전히 다른 이미지. 신선하다. 기다림에 대한 보상 같은 느낌이랄까.

연주 듣느라 지루하진 않았어요.

그녀가 방긋 웃으며 물을 꺼내 마시자 다시 무대로 향했다. 남자 성악가가 부르는 〈울게 하소서〉, 슬프지 않았다. 유명 여자 성악가의 연주와 확연히 달랐다. 감흥이 덜했으나 담백해서 울림이 있었다. 남자의 표정은 영혼을 다해 부르던 아까와 달리 하얀 도화지 같았다. 어떤 걸 표현하려는 걸까 생각했다.

그때 윤 대표가 말했다.

작가님, 웨이팅 넘버 확인 좀 해주세요. 순서가 됐을지 몰라요. 여기 놀랍지 않아요? 시골 마을 같은 곳에 이런 건물이 있고, 많은 이들이 이용한다는 것이. 하긴 요즘엔 유명한 음식점이 하나의 도시 같아요. 여기선 모든 게 해결돼요. 음식 먹고, 차 마시고, 정원 산책하고, 쇼핑도 하고 말이에요. 저는 가끔 와요. 오늘 특별한 경험을 해드리고 싶었어요. 작가니까 이런 곳 좋아하실 것도 같았고요. 파스타, 좋아하시죠?

늦게 온 것이 미안해설까. 쉬지 않고 말을 쏟아냈다. 하긴 말주변이 좋은 그녀였다. 쇼핑이라니. 고개를 돌리자 정원이 보이는 창 쪽에 진열대가 놓여 있는 게 보였다. 수제로 만든 가방, 셔츠, 스커트, 바지, 쿠션, 앞치마, 손수건, 머플러 등. 아기자기한 소품들이 순서 기다리는 사람들의 시선 끌 만큼 개성적이었다.

린넨 머플러 하나 사드릴까요? 멋쟁이 남자들은 여름에도 머플러 하던걸요.

윤 대표는 진열대 향해 일어섰다.

아, 아니에요. 난 멋쟁이도 아니고요. 더 이상 물건 늘리면 안 돼요. 잘 찾아 쓰지도 못하는걸요.

마땅하게 거절할 핑계를 찾지 못해 허둥대며 말했다. 퇴임 준비하며 든 생각은 더 이상 물건이든 책이든 늘리면 안 된다는 거였다. 집과 연구실에 가득한 책을 제자들과 후배에게 나눠주었지만 버린게 더 많았다. 학교 도서관에서는 책을 받지 않았고 동료 교수를 통해 알아봐도 받겠다는 곳이 없었다. 할 수 없이 중고서점에 연락해모두 가져가 달라고 했다. 대신 책값은 받지 않겠다고 했는데, 소정의 책값을 올려놓고 갔다. 그때 결심했다. 꼭 필요한 게 아니면 책이든 뭐든 사지 말자고.

문자가 떴다. 순서가 되었습니다. 입장해주세요. 남자는 함께 부르자던 〈보리밭〉을 부르고 있었다. 악보를 가방에 넣었다. 린넨 머플러에 머물렀던 시선을 거두고 그녀와 나는 벌떡 일어섰다. 죽을 때가 되면 모든 걸 다 놓고 미련 없이 가야 해. 한 달 전에 말기 암으로 세상 떠난 선배가 죽기 일주일 전에 했던 말이다. 밥 먹으라고 부르면 이렇게 벌떡 일어나 가듯, 그렇게 말일까. 목울대가 아파왔다.

그녀가 파스타와 피자를 주문했다. 유일하게 먹어본 봉골레 파스타가 차림표에 없어 그녀에게 음식 주문을 일임한 터였다. 음료는 무엇으로 할까요? 웨이터는 표정이 없다. 지친 듯 보였다. 그녀는 커피, 나는 루이보스. 파스타와 차가 어울릴까 싶었지만 커피로 인한 불면증을 감수할 필요는 없었다. 점심시간을 훌쩍 넘겼기 때문일까. 허기가 밀려왔다. 파스타는 느끼했고 피자 역시 그랬다. 그래도 맛있었다. 파스타와 피자에 식욕을 느끼다니, 인간은 환경에 적응하게 마련이다. 맞다. 고개가 절로 끄덕여졌다. 그 가운데 그녀의 이야기는 끊이지 않고 계속되었다.

아주 좋은 아이템이 있어요. 지원 사업에 선정되면 상당한 지원금을 받게 되거든요. 여기에 작가가 필요한데, 함께 해주셔야 돼요. 우리 함께 가요. 그 부탁드리려고 뵙자고 한 거예요.

그녀는 이번에 꼭 선정될 것이며, 안 될 수 없는 특별한 아이템이라고, 이걸 계기로 '세상을 바꾸는 예술'이 크게 성장할 거라고, 파스타를 수저에 대고 도르르 말면서 말했다. 그녀의 말도 도르르 말려 들렸다. 영어 R 발음처럼.

돈이 있으면 뭐 해요? 쓸 줄 모르면 소용없죠. 자기가 평생 쓴 돈이 재산이라잖아요. 갖고 있는 게 재산이 아니고요. 참 맞는 말이죠. 작가님, 이번에 이 사업에 참여하면서 투자도 하시면 어떨까요? 그 사업을 따려면 60퍼센트 정도 진척이 돼 있어야 유리하거든요.

피자를 한 조각 베어 물던 내가 멈칫했다.

호호호. 아이, 농담! 농담이에요.

손사래까지 치는 모습이 과장돼 보였다. 내가 식사비를 지불했다. 그녀는 내가 지불하는 식사비에 불편한 기색이 전혀 없었고 만류하지도 않았다. 이미 정해져 있었다는 듯 자연스러운 태도를 보였다. 약간 의아했다. 남자니까 당연히 내야 한다고 생각했을까. 물론 처음 만났을 때 차 대접을 떠올리며 식사비는 내가 지불할 생각이긴 했다. 아무튼 조건이 필요치 않은 관계처럼 그녀의 태도는 자연스러웠다.

식사 후 다시 온실로 내려갔다. 레스토랑은 브레이크타임이 시작되었다. 노래하던 남자는 없고 피아노 뚜껑도 닫혀 있었다. 북적대던 곳이 한산했다. 대기실처럼 쓰이는 곳 같았다. 그녀의 이야기는 온실에서도 계속되었다. 푸른빛 눈동자 말고 유와 닮은 곳은 눈을 씻고 봐도 없다. 유는 수다스럽지 않았고 세속적이지도 않았다. 그녀의 이야기를 흘려들으며 유와 연관성을 찾으려 허우적대다 그만두었다. 멀미가 날 것 같았다. 포만감과 함께 나른함이 몰려왔다.

장마가 소강상태로 접어든 칠월 중순. 올 장마가 길어질 거라는 예보는 유월 말부터 있었다. 이제 비가 그만 왔으면 좋겠다는 말을 만나는 사람마다 할 정도로 지루한 장마였다. 모처럼 보이는 햇볕은 한여름인데도 반가웠다. 연구소에 합류하기로 한 일은 순조로웠다. 혼자 산다는 건 단출해서 좋다. 뭐든 하려고 마음만 먹으면 금방 실행에 옮길 수 있다. 정과 점심 약속이 있었는데, 정이 갑자기 머리 아프다며 취소했다. 가족력이 있다는 정은 뇌출혈을 의심했다. 나는 혼자 산행할 생각이었다. 얼음물 병을 배낭에 넣는데 전화벨이 울렸다. 윤 대표였다.

그녀는 장마가 끝났으니 만나자고 했다. 만남에 꼭 의미를 부여할 필요는 없지만 재밌지 않은가. 나 역시 만나서 확인하고 싶은 게 있다. 하이태리에선 윤 대표가 말을 많이 하는 바람에, 또 좋아하지 않는 파스타를 억지로 먹은 데다 졸음까지 밀려와, 나는 말을 거의 하지 못했다. 더구나 그녀의 말이나 행동이 유와 전혀 닮지 않아서였다. 그녀를 만나면 푸른 눈동자에 대하여 물어볼 생각이다. 내가 생각하는 게 비약인지 타당성 있는 건지 알 수 없지만. 내 머릿속에서 몇 번이고 스토리를 만들었다 지우곤 했다. 세상에 푸른 눈동자를 가진 사람이 유와 그녀만 있을까. 전혀 닮지 않은 가족도 있잖은가. 먼 친척쯤이라도 될 수 있지 않을까. 흔한 눈동자 색깔이 아니니까. 아무튼 퇴임을 앞에 두고 장마처럼 지루할 수 있는 일상에서 윤 대표처럼 상큼한 젊은 여성을 만나는 건, 장마 후 햇살처럼 산뜻한 기분일 수 있겠다 싶기도 했다.

내가 카페로 들어가자 그녀가 손을 살짝 들었다. 약간 초췌해 보였다. 지난번과 달리 굵은 검은색 뿔테 안경을 썼다. 아, 저 모습! 완전히 유다. 처음부터 그녀에게 묘한 이끌림을 느꼈던 게 기시감과 잠재의식 때문이었을까. 자리에 앉으며 말차를 주문했다. 가까이 보니 그녀의 외모는 더욱 유와 닮았다.

작가님, 지난번에 제가 말씀드린 거 생각해보셨어요? 요즘에도 바쁘세요? 이제 마무리 다 하셨을 텐데요. 저는 무척 바빠요. 다른 일을 또 벌였거든요. 예술이 밥이 될 것도 같아요. 후훗. 지난달에 외할머니가 돌아가시는 바람에 더 바빴어요. 물론 마음도 힘들었고요.

그녀가 초췌해 보인 건 그 때문인 듯했다. 말차를 한 모금 마신 그녀가 찻잔을 내려놓았다. 긴 머리에 꽂은 흰 리본이 살짝 보였다. 머리카락에 파묻혀 거의 보일 듯 말 듯했다.

리본을 꽂았군요. 말 안 했으면 모를 뻔했어요. 그래도 힘내요.

그래야죠. 외할머니가 저를 키워주셨거든요.

전역 후 나는 가정교사가 되었다. 공부만 할 수 있는 환경이 아니었다. 아버지가 하던 제조업은 입대 전부터 사양길을 걸었고, 전역했을 즈음 어머니는 경기도 광주의 한 반지하 단칸방에서 가사도우미로 생계를 꾸려나가고 있었다. 아버지는 분노 조절 장애로 온 동네사람들의 기피대상자가 되어 있었다. 당시에는 입주 가정교사 구하는 집이 흔치 않았다. 요행히 구한 가정교사 자리는 선배가 있던 집이었는데, 입주도 가능하다고 했다. 정원수 전지와 잔디 깎는 일을 해주는 조건이었다. 조경학과 3학년이며 군대에서 갖가지 잡무를 경험한 내게 그 정도의 일은 아무것도 아니었다. 무엇보다 입주

가능이라니 망설일 게 없었다. 복학과 동시에 평창동 그 집으로 들어갔다. 바로 유의 집이다. 조경학과생으로 가정교사가 될 수 있었던 것은 선배 덕분이었다.

유는 외할머니와 살았고 어머니는 가끔씩 집에 들렀다. 유의 어머니를 서너 번밖에 못 보았다. 입주 가정교사인 나와 출퇴근하는 가사도우미. 집안 구성원은 단출했고 남자는 없었다. 나는 학교에서 돌아오면 유가 올 때까지 공부하거나 잔디를 깎았다. 가끔 나무에 약도 치면서. 유의 외할머니는 성모상 앞에서 묵주 돌리며 기도하는 게 일이었다. 그 집에서 외할머니가 세상을 떠나고 내가 대학원에 입학할 때까지 이 년 동안 살았다. 유도 원하는 대학 의상학과에 들어갔고, 나는 조교로 학과 일 보며 대학원 등록금을 벌었다. 잠은 학과사무실이나 학교 근처 친구 자취방에서 해결했다.

제 이야기 들으시는 거죠? 어때요, 작가님! 투자하시겠어요? 일단 오백만 원이요. 선정되면 두 배로 드릴게요.

계좌 적어줘요.

정말요? 그럴 줄 알았어요. 작가님, 아니 교수님처럼 순수하고 훌륭한 분이 이런 일에 관심 안 가지실 리 없죠. 예술이 세상을 바꾸는 거라니까요. 역시, 통할 줄 알았어요. 후훗. 근데 조경학과 교수님이 소설가라니, 지난번에 대략 듣긴 했지만 궁금해요. 이야기 쓰는 게 좋아서라는 말 말고, 솔직히 말씀 좀 해주세요. 계기가 있죠? 그리고 미혼이시라면서요. 인터넷 검색하다가 우연히 알게 되었어요.

들뜬 듯 그녀의 목소리는 두 음정 올라간 듯했다. 투자 때문일까.

아니면 내 개인사에 관심이 있어서일까. 그녀가 바로 톡으로 계좌번호를 보냈다. 투자라니, 부동산 투자뿐 아니라 흔히 하는 주식 투자도 해본 적 없는 나다. 제대로 알지도 못하는 그녀에게 적다면 적고 크다면 큰돈을 선뜻 보낼 마음을 먹다니. 그 이유를 모르지 않았다. 특별한 관계 형성을 위해서다. 유를 찾는 데 그만큼의 투자는 필요할 테니까.

이런 얘기, 해도 될지 모르겠는데…….

어떤 거요, 작가님! 편히 말씀하세요. 투자가 망설여지시나요?

내 의중을 전혀 눈치 채지 못하는 그녀다. 심호흡했다. 이런 경우 소심한 내 성격이 항상 문제다. 이마에 땀이 촉촉하게 배어나오는 걸 느꼈다.

아……, 그게 아니고, 좀 사적인 이야긴데 해도 될까요?

그럼요. 괜찮아요. 말씀하세요. 뭔데요?

윤 대표 눈동자 말이에요. 음…….

후훗, 이상해요? 하긴 흔치 않잖아요. 하지만 아주 파랗진 않죠? 약간 푸른빛이 감도는 정도. 그걸 묻는 데 왜 그리 망설이세요.

역시 그녀는 거침없다. 물 흐르듯 자연스럽다.

가족 중에도 푸른빛 눈동자를 가진 분이 계신가요? 혹시.

네, 외할아버지와 엄마가 그래요. 엄마는 자랄 때 혼혈아냐고 놀림 받았대요. 더구나 한국전쟁 끝나고 몇 년 후에 엄마가 태어났거든요. 선조 세대 어디쯤에서 서양 사람과 섞였을지 몰라요. 사실 뭐 우리나라 단일민족 아니잖아요. 아무튼 엄마 눈동자는 푸른빛이었어요. 그것도 초록에 가까운.

어머니가요?

네에! 맞아요.

그녀는 고개를 깊이 끄덕였다. 확신이 들었다. 분명 그녀는 유의 딸이다. 어쩌면 내 딸일지도 모른다. 비약일까. 머리에서 디잉, 둔탁한 소리가 울렸다. 이제 결정적인 걸 물어봐야 한다.

혹시, 어머니 성함이……

아, 윤, 지자, 이자, 윤지이 씨인데요.

유가 아니다. 천유. 외자 이름이었는데, 성과 이름 모두 다르다. 조금 전까지 들었던 확신이 와르르 무너졌다. 다시 또 머리에서 디잉 소리가 났다. 그녀의 이야기는 계속 이어졌다.

전 눈이 나쁘지 않아요. 안경 쓰면 사람들이 눈동자에 관심 갖지 않거든요. 잘 안 보이니까요. 그래서 써요. 저는 외할머니 성을 따랐어요. 엄마는 사십 년 가까이 미국에서 살다 한국으로 온 지 오 년밖에 안 됐어요. 아빠와 이혼했거든요. 물론 그 아빠가 제 생부는 아니에요. 저는 한국에서 외할머니 손에 자랐고요. 엄마가 저를 낳고 바로 미국으로 갔다는데, 이야기 들은 건 없어요. 할머니도 엄마도 미국 생활에 대해 입을 다물었어요. 뭐 대단한 비밀이 있었는지 그건 모르겠어요. 아빠는 재미교포였는데 제게 참 잘해주셨어요. 고등학교 졸업 후 삼 년 동안 미국에서 같이 살기도 했어요. 휴, 왜 쓸데없이 이런 이야기까지 하죠? 히힛. 제가 좀 TMI가 심하죠?

그럼 혹시 생부에 대해서는……

음, 그건 들은 바 없어요. 오래된 엄마 노트에 낙서처럼 쓴 글을 본 적 있는데, 물론 생부에 대한 건 아니고, 그냥 낙서였어요. 무슨 말인지 연결도 안 되는 그런. 그 노트가 남아 있다는 게 의아해요. 엄마가 미국 가면서 웬만한 건 다 버려 아무것도 없거든요. 대학 다닐 때 쓰던 노트였는지 누렇게 색깔이 변했더라고요. 지금도 책장 어디에 꽂혀 있을 거예요.

외가는 어디예요? 혹시 평창동?

아뇨, 삼청동인데요.

그녀는 유의 딸이 아니다. 물론 내 딸은 더더욱 아니다. 푸른 눈동자 외엔 일치되는 게 없는 그저 스치는 인연으로 만난 이웃일 뿐이다.

집으로 돌아와 인터넷뱅크를 열어 오백만 원을 보냈다. 톡이 왔다. 작가님, 고맙습니다. 우리의 예술이 세상을 바꿀 수 있어요. 하트가 세 개나 찍혀 있었다. 그녀는 프로필 사진 속에서 활짝 웃고 있다. 사진을 한 장 한 장 넘겼다. 여러 장의 사진들. 그중 그녀의 어머니로 보이는 여성과 다정하게 찍은 사진도. 유는 아니었다. 검은 뿔테 안경과 유난히 푸른 눈동자 때문에 혼자 소설을 쓰고 있다니. 난 어쩔 수 없는 소설가였다. 실소가 나왔다. 무슨 상상을 했던 걸까. 그래도 오백만 원을 송금한 건 만약을 대비한 일종의 보험일까. 유를 생각하게 된 동기에 대한 보답일까. 그건 아무래도 좋다. 분명한 건 알 수 없고 설명할 수 없는 어떤 기운에 의해 한 행동이라고 해두자. 나 역시 명쾌하게 말할 수 없으니까.

담쟁이넝쿨 잎사귀가 붉은빛을 띠기 시작했다. 학교 교정은 이때가 아름다웠다. 배롱나무꽃이 거의 떨어져갈 무렵, 저렇게 담쟁이 잎이 물들기 시작하면 학교 뒷산 자투리땅에 조성한 코스모스 동산은 코스모스보다 더 예쁜 여학생들로 넘쳐났다. 몇몇이 그 동산을 거닐며 사진을 찍고 드문드문 놓인 나무 의자에 앉아 놀았다. 독서도. 조경학과 교수들이 제의해 만든 코스모스 동산은 학교의 명소였다. 타교생들도 심심찮게 찾아오곤 했으니까.

가정교사 그만둔 후 처음 유를 만난 것도 이맘때 거기에서였다.

어머! 선생님! 맞죠?

논문 쓰다 지끈거리는 머리를 식히러 나온 터였다. 학교에 남으려면 지체하지 말고 석사논문 쓴 후, 박사과정에 들어가야 했다. 생활이 나아지면서 도시 곳곳의 조경 사업뿐 아니라 가정에서도 정원 가꾸는 게 부의 척도인 양 유행하고 있을 즈음이었다. 지도교수는 박사학위를 외국에 나가서 받은 후, 학교에 남기를 바랐다. 그동안 아버지는 돌아가셨고, 어머니는 결혼하지 않은 이모와 살고 있었다. 마침 날 자랑거리로 삼던 이모는 유학비를 도와주겠노라 입버릇처럼 말했다. 석사논문은 크게 어려울 것도 문제될 것도 없었지만 나를 둘러싸고 있는 상황들은 녹록하지 않았다.

유, 어쩐 일이야?

선생님! 제가 반갑지 않은가 봐요. 저는 혹시 만날까 싶었는데요.

혹시 날 만날까 싶어서? 안 믿기는데.

유는 내 말에 까르르 웃으며 내 가슴을 한 대 쳤다. 귀여웠다. 답답했던 마음과 지끈대던 두통이 저만치 달아나버렸다. 그날 우리는 모든 게 즉흥적이었다. 그때나 지금이나 이해하기 힘들다.

우리는 시외버스 터미널에서 단양 가는 버스를 탔고, 고수동굴 앞 여관에서 묵었다. 단양행은 유의 생각이었다. 유는 고수동굴에 들어가 마늘과 쑥만 백 일 동안 먹은 후 웅녀가 되겠다고 웅얼거렸다. 나는 잠시라도 현실에서 떠나고 싶었다. 그뿐이었다. 추분이 가까운 가을 해는 짧았다. 우리가 도착했을 때 이미 어스름이 내렸다. 그날 밤 우리는 무슨 까닭에선지 울었고 안았으며 잠들었다. 아침에 눈떴을 때 유는 떠나고 없었다. 동굴로 가봤지만 입장 시간이 아니었다. 여학생은 새벽에 나가던걸요. 다시 여관으로 돌아왔을 때 여관 주인이 졸음 가득 담은 게슴츠레한 눈을 간신히 뜨고 말했다.

그 후 유를 만나지 못했다. 집으로 전화를 걸었지만 그런 학생 없다는 높낮이 없이 무심한 답변만 들었다. 유가 입학한 학교에도 가봤지만 없었다. 입학 후 한 학기도 마치지 못하고 자퇴한 터였다. 단양에서 세상을 다 잃은 듯 울었던 게 그래서였을까. 그 울음의 이유를 묻지 않은 걸 한동안 후회했다. 그러다 나는 봄에 미국 유학길에 올랐고 학위를 따는 데 십 년 가까이 흘렀다. 그곳의 생활은 떠올리고 싶지 않다. 힘들고, 고통스러웠으며, 하루하루 고단했다. 그래도 버틸 수 있는 건 모교에서 자리 잡을 수 있으리라는 희망 때문이었다. 유커녕 어머니 생각도 못 할 정도였다. 이모가 보내주는 학비가 큰 도움이 되었지만 안 해본 아르바이트가 없을 정도로, 모든 아르바이트를 섭렵해야 됐다. 공부를 그렇게 섭렵했더라면 내 인생이 달라졌을까.

학위 가지고 고국으로 돌아왔을 때, 내 나이는 사십이 넘었고 대학에 교수 자리는 나지 않았다. 여기저기 시간강사로 전전하다 지도교수가 은퇴하면서 오십 다 돼 모교에 자리 잡았다. 결혼할 생각을 하지 않은 건, 불안정한 현실 때문이었다. 어머니가 돌아가신 후여서 결혼을 재촉하는 사람도 없었다. 이모는 결혼에 부정적이었다. 가끔 이모가 와서 살림을 매만져주었고, 나는 이모에게 생활비를 보냈다. 그렇게 유학비 조달한 고마움을 표했다. 이모나 나나 부족한 것도 원하는 것도 없었다. 아직 정정한 이모는 내가 혼자 사는 데 부족함이 없도록 엽렵하게 돌보아주었다.

그렇게 잊고 살았던 유다. 윤 대표, 그녀를 만나지 않았다면 영원히 잊고 살았을지 모른다. 유와 있었던 하룻밤이 존재했던 걸까. 그 후의 모든 일들조차 상상인지 환상인지 분별할 수 없다. 혼란스럽다. 유를 찾는 게 퇴임 후 첫 과제인 양 생각되었다. 나는 그 일에 결사적으로 매달렸다. 연구하는 자세로 찾는다면 못 할 일도 아니겠지 싶었다. 그 힘들게 외국에서 학위를 받아 왔는데, 그보다 어려울 일은 없을 것 같았다.

하지만 쉽지 않았다. 세상에 쉬운 일이 없다는 말이 괜히 있는 게 아니었다. 천유, 인터넷에서 그 이름을 백 번도 더 검색했다. 내가 찾는 유는 없었다. 예전 살던 집에 가보았다. 이미 재개발되어 짐작조차 할 수 없는 마을로 바뀌었다. 주민등록번호를 알면 좀 쉬울 텐데요. 파출소장이 된 후배의 말에 한숨만 쉬었다. 유를 찾으려고 마음먹으니 더욱 간절해졌다. 박 교수, 이제 찾아서 뭐 하려고. 결혼해 잘 살고 있는데, 집안 분란이 나면 어쩔 거야. 관두게 관둬. 거기서 인연이 끊어진 건데, 구태여 이으려고 그럴 거 없네. 뇌출혈로 쓰러졌다 웬만큼 좋아진 정이 극구 말렸다. 그럴수록 유를 만나고 싶은 마음은 커지기만 했다.

결혼을 했더라도 이 나이쯤에는 무슨 상관이 있으랴. 유가 꼭 결혼했을 거라고 단정할 필요는 없었다. 그녀도 나처럼 혼자일 것 같은 느낌이 깊어지면, 남은 생애 함께 갈 수도 있지 않을까 상상했다. 그런 상상만으로도 하루가 새롭게 다가왔다. 너무 비약한다 싶으면 다시 원점으로 돌아가, 그냥 유를 한 번 보고 싶다는 생각에 머물렀다. 웅녀가 되고 싶다며 웅얼대던 그날 밤, 유는 잠들 때까지 울었다. 내게 안겨서도. 우는 이유를 묻지 않았던 건 내가 당면하고 있는 현실의 무게 때문이었다. 서로 안으면서 각자의 아프고 답답한 마음을 스스로 위로했던 걸까. 유는 그날 밤 웅녀가 되어 환웅을 만나기 위해 떠난 걸까.

객관적으로 볼 때 유를 찾지 않는 게 맞다. 하지만 찾지 말아야겠다고 생각하면 가슴이 답답하고 인생을 송두리째 도난당한 것처럼 허무해졌다. 이게 무슨 감정인가. 정은 혼자 평생 살아서 그런 거라고, 이제라도 여자를 만나는 게 좋겠다고 했다. 이모까지 돌아가시고 나면 천애고아는 물론 형제자매 하나 없는 외톨이가 되고 말 거라며. 틀린 말은 아니다. 그뿐인가. 친구도 많지 않은 나다. 작품 쓰면 되니까 걱정 말라고 흰소릴 해도 정은 키들거리기만 했다. 소크

라테스 아내 같은 악처라도 마누라가 있어야 한다고.

윤 대표 그녀가 유의 딸이 아니고 내 딸은 더더욱 아니라는 결론을 내렸으면서도 오백만 원을 보낸 건, 유를 닮은 그 푸른 눈동자에 대한 애정이라고 해두자. 그러리라.

투자금 송금 후 하트를 세 개나 찍어 문자 보냈던 윤 대표는 석 달이 넘도록 연락이 없다. 8월에 퇴임식을 했고, 연구소로 자리 옮겨 분주한 가운데 가을이 다 가는 것도 몰랐다. 그녀의 전화를 받은 건 가을 끝자락에서였다. 이상스레 가슴이 두근거렸다. 아무런 말도 아직 하지 않은 상태에서 휴대전화에 찍힌 이름만 봤을 뿐인데. 그녀는 인사를 건네지 않고 대뜸 말했다.

작가님! 여기 효사랑 장례식장이에요. 와주실 거죠? 꼭 오세요. 저 혼자예요. 외할머니가 돌아가셨을 때는 엄마가 계셨는데, 지금은 엄마가 돌아가셨거든요. 작가님 생각이 가장 먼저 났어요. 오실 거죠?

그녀의 목소리에 힘이 실려 있었다. 내가 꼭 와야 할 의무가 있는 것처럼. 만유인력이 그런 것일까. 아무튼 힘껏 끌어당겨 거부할 수 없는 느낌이었다. 그녀는 다시 쐐기 박듯 다짐받고 전화를 끊었다.

옷 갈아입고 검정색 넥타이를 맸다. 그리고 집에서 나섰다. 미국이 선진국이라고 해도 의식은 우리나라보다 주체적이지 않아. 한국에서는 결혼해도 여자의 성이 바뀌지 않잖아. 그런데 미국에서는 결혼하면 남편 성을 따른다지. 재미교포와 결혼해도 남편 성을 붙인다잖아. 이름도 발음하기 좋게 미국식으로 바꾸고. 그걸 보면 한국이 훨씬 페미니즘적이란 말이야. 엊그제 하산 길에 정이 지껄였다. 그렇다면 지난번에 윤 대표가 말하던 노트를 꼭 봐야 할 것 같았다. 머릿속에서 또 디잉, 소리가 났다.

발걸음이 빨라졌다. 뛰었다. 주차장으로 내려갔으나 차가 없다. 차키를 눌렀다. 삑삑 소리만 나고 자동차가 보이지 않는다. 마음이 급했다. 큰길로 다시 뛰어나가 택시 잡으려고 손을 흔들었다. 성이 바뀐다는 생각을 왜 못 했을까. 이름을 바꿨을지 모른다는 생각도. 효사랑 영안실에 누워 있는 윤 대표 그녀의 어머니가 유라면? 유일지 모른다. 아니 유다. 나는 허깨비처럼 손을 흔들어댔다. 택시는 쉽게 잡히지 않았다.

두 여자 이야기

소설 쓰는 모임에서 짧은 작품 두 편을 발표하고 합평하기로 했다. 제재는 '여자'였다. 여자가 여자 이야기를 쓰는 게 쉬울 것 같지만 그렇지도 않았다. 더구나 육십 대 초반에 든 내게 여자는 항상 불합리함의 중심에 있었다. 그렇다고 여자로서 층하 받으며 산 건 아니다. 누구와 비교당할 대상이 없었고 할머니와 엄마에게 후손이라곤 오로지 나 하나였으니까. 당시 사회적 분위기로 볼 때 여자는 소수 집단에 속했다. 남자라는 지배 집단에 종속돼 있는. 지구상에 있는 인간 중에 반은 남자고 반은 여자임에도 불구하고. 그렇다고 여자를 여성주의 관점에서 접근하는 건 식상했다.

며칠 동안 고민하다 내가 만났던 두 여자가 생각났다. '웃음이 헤픈 여자'와 '뻐드렁니를 가진 여자'다. 그 두 여자를 소설 속 인물로 그려내는 데에 필연적인 요소는 허구다. 신기한 건 의도하지 않아도 이야기가 저절로 가공되어가는 것이었다. 피아노를 웬만큼 치면 멜

로디만 봐도 저절로 화음 넣어 연주하게 되는 이치와 같다고 할까. 어쨌든 내가 쓴 두 여자의 이야기는 곧 시작된다. 개봉박두! 기대하시라.

1. 웃음이 헤픈 여자

그녀는 웃음이 헤펐다. 여자의 웃음이 헤프다는 말은 아무래도 긍정적이기보다 부정적으로 쓰일 때가 많다. 돈이 헤프다는 말도 부정적이지 않은가. 돈을 헤프게 쓰는 사람 옆에 있으면 콩고물이라도 떨어지는 법인데, 떨어지는 고물을 얻어먹고 뒤돌아서 헤프다고 흉보는 건 이율배반적이다. 웃음이 헤프다는 말 속에 음흉함이 도사리고 있다는 걸 나는 안다. 아무튼 그녀는 웃음이 헤펐다. 하지만 보통 생각하는 그런 의미, 즉 색스런 끼 뭐 그런 걸 내포하고 있다고 볼 순 없다. 그녀를 아는 사람은 누구라도 그 부분과 연관 지어 생각하지 못한다. 조금도 끼를 가지고 있진 않았고 그런 쪽으론 젬병이었으니까.

그녀가 웃음이 헤플 이유 또한 없었다. 아니 웃을 수 있다는 것도 불가사의하다. 그녀의 가정형편이나 입장을 생각하면. 남편은 백수건달에다 엇배기여서 똑 떨어지게 하는 게 없고, 자식은 아들만 주르르 넷이었다. 밥상에 숟가락 놔줄 고명딸 하나 없으니 살림은 그녀의 손이 가지 않고 되는 게 없었다. 없는 게 그뿐인가. 땅 한 평 없고 쌀 한 됫박 적선해줄 그 흔한 일가붙이도 없었다. 돈이 없고, 땅이 없고, 옷가지도 변변한 게 없었다.

그녀 가족이 우리 집 사랑채로 이사 들어온 건 어느 해 이른 봄 경칩이 막 지났을까, 꽃샘추위가 기승을 부리느라 뒤란의 막 피려는 매화 꽃봉오리를 잡아 흔들던 날이었다. 단출한 살림살이에 범강장달이까지는 아니라도 시커먼 남자들 다섯과 함께 들어올 때 난 무섬증마저 들었다. 남자 어른과 함께 살아본 기억이 없을 정도로 어렸을 적부터 할머니와 엄마 나 셋이 살았다. 그래서 남자를 기피하거나 불편해하는 성향을 가지고 있었다. 그녀의 남편이 엄마와 종씨라는 이유로 우리 집 사랑채로 이사 온 것이었는데, 나의 무섬증을 잠재운 건 그녀의 웃음이었다. 아무튼 함박웃음을 웃으며 머리에 이불보따리를 인 그녀가 대문으로 쑥 들어왔다. 이른 봄바람 때문이었을까. 그녀의 볼은 발그레했고 입고 있는 일 바지는 엉덩이가 반질거렸다.

"얘들아, 인사드려. 누이여. 앞으로 누나라고 불러야 하는 겨."

시커먼 남자애들 넷이서 고개를 꾸벅했다. 중학교 1학년인 큰애부터 두 살 터울로 초등학교 1학년까지였다. 중학교 3학년인 내가 누나인 건 맞았다.

안채만 해도 방이 세 개인 우리는 건넌방을 엄마가 쓰고 안방과 윗방을 할머니와 내가 사용하고 있었다. 사랑채는 쓰지 않아 거의 쓰러질 지경이었는데, 아버지 친구인 마을 이장님이 사람이 살아야 집이 쓰러지지 않는다며 소개해서 들어온 게 그녀 가족이었다, 집세는 일 년에 쌀 두 말이고 보증금은 없었다. 할머니와 엄마는 남자 없는 집에 시커먼 남자들이 우글대니 징그러울 만도 한데, 오히려 든든하다고 했다. 그녀의 남편은 엄마와 동성동본인데 두 살 어리다는 이유로 스스럼없이 누님으로, 그녀는 꼬박꼬박 성님으로 호칭했다. 일가붙이가 없는 그녀 가족에게 우리는 졸지에 일가붙이가 되고 말았다.

우리는 일꾼 두고 농사지어야 할 정도로 땅이 제법 많았다. 조상 대대로 내려온 선산과 논밭 중 일부는 종중 땅이고 일부는 할아버지 대에 마련한 거라고 했다. 아버지는 크게 재산을 불리진 못했어도 잦추진 않았다. 두 해에 걸쳐 할아버지와 아버지가 병으로 세상을 등지는 바람에 우리는 일꾼 없인 안 되었다. 농사와 선산 관리를 위해. 한동안 일꾼이나 소작할 사람 구하기가 쉬웠다. 겨울이 무르익어 경칩이 가까워 오면, 소작을 얻으려고 안방에 드나들며 할머니에게 머리를 조아리는 어른들이 제법 있었는데 언젠가부터 달라졌다. 무슨 바람이 불었는지, 너도나도 서울로 올라가 공장에 다니네, 기술을 배우네 하는 통에 소작을 주기도 만만치 않았다. 중년 남자들까지 돈 벌러 서울로 가버려 여자들의 손만으로 농사짓기가 어려웠다. 할머니와 엄마가 농사를 다 지을 수 없어 농토 일부를 내놔도 팔리지 않아 어딘 묵히고 어딘 도라지 씨를 뿌려두었다.

이장의 귀띔이 있었는지 그건 모르겠다. 이사 온 지 사나흘이나 됐을까 그녀가 안방으로 건너와 대뜸 물었다.

"아줌니, 성님, 농사를 우리가 지면 워뗘유?"

"그게 무슨 말인가?"

그때나 이때나 말이 워낙 적은 편인 엄마는 그녀를 뜨악한 눈으로 쳐다보았고, 할머니가 뜬금없다는 투로 물었다.

"애아버지도 있고, 뼈가 여물진 않았어도 농사 거들 만한 시커먼 놈들이 저렇게 넷이나 있으니, 우리가 아줌니네 농사를 지을 수 있지 않것슈? 남 줄 것 읍시 우리 줘유. 뼈가 뿌러지는 한이 있어두 열심히 지을게유."

그녀의 말은 간곡했다.

할머니와 엄마는 마다할 이유가 없었다. 안 그래도 일꾼이 나가버렸고 소작하겠다는 사람도 없어 논밭을 묵혀야 하나 도라지 씨를 더 뿌려야 하나 걱정이었다. 이미 도라지 씨 뿌려놓은 밭도 몇백 평이나 되는데 더 뿌리는 것도 안 될 말이었다. 오 년 정도 농사를 짓지 않아도 되는 임시방편은 되지만 도라지를 캐게 되면 그걸 어떻게 다 처치할 것인가. 뜬금없다는 투로 말했던 할머니의 얼굴에 화색이 돌았다. 그렇다고 그냥 허락할 할머니는 아니었다.

"대신 성실하게 농사를 지어야 허네. 안 그러면 일 년 후, 소작도 떼고 사랑채서도 나가야 혀."

할머니는 속으로 얼씨구나 했겠지만 시침 떼고 다짐을 받았다.

"그러믄유, 그러믄유. 여부가 있슈."

그녀는 금세 헤픈 그 웃음을 흐드러지게 웃으며 너스레 떨었다.

그녀의 남자들은 시커먼 모습과 달리 유순했다. 엇배기 남편이지만 그녀가 시키는 일을 깜냥껏 했다. 모든 게 어설퍼서 다시 그녀의 손이 가긴 해도. 이제 초등학교 1학년인 막내만 빼면 세 아들은 그런대로 농사일을 거들 만했다. 그녀는 목소리도 컸다. 아침마다 큰 소리로 남편과 아들 깨우고 닦달하는 소리가 안채 흔들고 담장을 넘어 온 동네에 퍼져 나갔다. 그래도 웃음이 반이나 섞여 있어 거슬리지 않았다.

"저 애어멈은 웃음 덕분에 잘살 거여. 징징거리는 거보다야 몇 배 듣기 좋잖여. 웃음이 좀 헤프긴 해도."

그녀의 걸걸한 웃음소리가 들릴 때마다 근엄하기 그지없는 할머니도 빙그레 미소 지으며 말했다. 시원한 웃음 한 번 안 웃고 조용조용하기만 한 엄마는 처음엔 그녀의 걸걸한 목소리와 웃음이 영 적응되지 않았고, 여자 목소리가 어떻게 담장을 넘는지 도대체 뭘 배우고 자랐는지 이해 가지 않는 듯했다. 입 밖에 내진 않았지만 표정에서 읽을 수 있었다. 서당 훈장 노릇을 한 아버지와 사범학교에 다니는 오빠들 틈에 고명딸로 자란 엄마로선 마땅히 그럴 만했다. 하지만 한 해 한 해 세월이 흐르면서 엄마는 그녀와 서로 자매처럼 지내게 되었다. 붙임성 있는 그녀가 성님, 성님, 하면서 살갑게 굴고 힘든 이불 빨래와 김장을 내 일처럼 함박지게 웃으면서 하는 바람에, 엄마는 그 웃음에 그만 녹아난 게 아닌가 싶다.

그녀가 우리 집 소작을 하고 사랑채에서 산 지 십 년쯤 되었을 때, 그녀의 남편이 병으로 죽었다. 위로 두 아들은 고등학교를 마치고 서울에서 직장 다니며 돈 벌어 그녀에게 보내왔다. 이제 소작을 하지 않더라도 밥 굶지 않게 되었다. 막 고등학교를 마친 셋째는 공무원 시험을 준비하는 중이었다. 장례를 우리 집 마당에 차일 치고 대청마루에 빈소 차려 치렀으며 우리 선산 한 귀퉁이에 묻었다. 우리 문중이 번족하지 않아 이렇다 저렇다 말할 사람이 없는지라 할머니의 주도로. 그녀의 가족은 십 년 사이에 우리 식구나 다름없는 자리에 와 있었다.

"남도 묻힐 자리 없으면 한 귀퉁이 내줄 수 있는 노릇인데, 한 식구로 살았고 에미 일가붙이라면 일가붙인디 그냥 나 몰라라 하겠어. 애비 발치 남쪽 양지바른 곳에다 산소 쓰도록 혀."

할머니의 말에 그녀는 범강장달이처럼 자란 아들 넷 불러 큰절하며 시상에나 이런 은덕이 워딨대유 허리를 굽실댔다. 이장을 비롯하여 동네 사람들이 할머니의 처사에 한 마디씩 덕담을 얹었다. 남에게 저렇게 덕을 베풀면 그게 어디로 가겠느냐고. 정수리에 부은 물은 발등상으로 내려가는 법이고, 세상에서 큰 덕 베푸는 게 길 내주는 것과 산소 자리 내주는 건데 하나밖에 없는 손녀에게 음덕이 갈 거라고. 엄마는 위로 오빠들만 있어 누님 소리 못 듣고 살다, 그녀의 남편에게 누님 소리 들은 값을 하는 것 같다며, 할머니의 처분에 흡족해했다.

장례를 치르면서도 그녀는 콩나물 무치다 히죽 웃고, 부침개를 부치다 싱긋 웃었다. 좋아서 웃는 웃음은 아니겠으나 시도 때도 없이 헤픈 웃음 흘리는 그녀에게 할머니가 한 소리 했다.

"웬 웃음이 그리 헤퍼. 남편 시체 뻗쳐놓고 웃는 여편네가 어디 있어. 남들 보는 데 눈치 없이. 조심혀!"

할머니가 부엌까지 쫓아 들어가 눈치를 주었다.

그렇게 웃음 헤픈 그녀도 문상객들이 오면 언제 웃었냐는 듯, 빈소 차린 대청 대들보뿐 아니라 온 집안이 들썩이고 마당에 친 차일이 넘어가도록 큰소리로 애고 대고 목놓아 곡을 해댔다.

남편이 없어도 그녀는 아들들과 함께 우리 집 땅을 소작했다. 힘들면 팔든지 다른 사람에게 주겠다고 하니 그녀는 완강히 거부했다.

"지 몸이 뿌서지는 한이 있다두 지을규. 우리 여섯 식구 누구 덕에 먹구살았는디, 안 돼유. 아줌니, 지가 지을규. 소출도 줄지 않을 테니 걱정 마셔유."

'부서지는'을 꼭 '뿌서지는'으로 발음하는 그녀는, 말대로 몸이 '뿌서지게' 농사지었고 소출도 줄지 않았다. 여전히 헤픈 웃음을 웃으며 웃음만큼 흐벅지게 농사도 잘 지었다. 힘들어도 웃고, 슬퍼도 웃고, 짜증 나도 웃었다. 동네 사람들은 아무래도 허파 검사를 해봐야 할 거라고 농지거리를 했다. 허파에 바람이 들어가지 않고서야 저렇게 헤프게 웃을 수 없다는 거였다. 얌전하기 그지없는 엄마도 그 둥근 허리통에 웃음보 하나 감추고 있는 게 아니냐고 우스갯소릴 했다. 그녀는 성님두 참, 성님두 참! 하면서 또 웃었다.

그렇게 그녀는 우리 집 사랑채에서 칠 년 더 살다 장가 든 큰아들 집으로 따라 나갔다. 며느리까지 직장에 다녀서 손자를 봐줘야 한다는 게 큰아들 집으로 간 이유였다. 공부하기 싫어 객지와 집을 들락거리며 살던 막내아들이 일찌감치 결혼해 우리 집 사랑채에 살면서 소작하던 농사도 그대로 지었다. 할머니가 돌아가셨을 때 산역을 도맡아 한 사람도 그녀의 막내아들이었다.

할머니 장례식에서 본 그녀는 어딘지 예전과 달라 보였다. 그렇다, 그녀에게 웃음, 그게 없었다. 웃음이 헤퍼 남편 빈소에서조차 참지 못해 할머니에게 퉁바리맞던 그녀에게서 그게 사라졌다. 그녀는 남편 장례식 때보다 할머니 장례식에서 더 많이 울었다. 엄마보다도, 나보다도, 더 울었다. 옛날의 곡비처럼 울어댔다. 모르는 사람이 보면 그녀가 할머니의 딸이거나 며느리로 착각할 정도였다.

"이 사람아, 그만 울게. 쓰러지겠어."

엄마가 말려도 아랑곳하지 않고 울었다.

동네 사람들이 수군거렸다. 웃음 헤픈 저 사람이 왜 저러느냐고, 아무래도 며느리 시집살이 때문이 아니겠느냐고, 세상이 막돼먹어도 그렇지 지 시어미가 어떻게 산 줄 들어서 알 텐데 설마 며느리 시집살이를 했겠느냐고. 동네 아낙들의 수군거리는 말이 그녀 귀에 안 들어갔을 리 만무하건만 아무런 대거리 없이 울기만 했다. 평소의 그녀라면 가만히 있지 않았을 거다. 평소의 그녀는 남편과 아들 넷을 쥐 잡듯 잡아도 남이 자기 식구 말하는 건 용납하지 않았다. 한마디라도 했다간 그녀가 남의 식구 가지고 왜 맘대로 판단하느냐고 누가 재판관으로 세웠느냐고 하도 따지고 덤비는 통에 혀 내두를 지경이었다. 물론 우리 할머니와 엄마는 예외였다. 엄마는 워낙 말을 하지 않지만 할머니는 그녀의 남편이나 아들들에게 거슬리는 게 있으면 그냥 넘어가지 않았다. 이러고저러고 잔소리했다. 그류, 아줌니 말씀 한마디도 틀린 게 읎슈, 누가 우리 집 식구한티 이런 말씀을 해주신대유, 다 잘되라고 하는 거 알어유, 하면서 그 헤픈 웃음을 한 바탕 웃어대곤 했다. 그런 그녀가 동네 사람들이 숙덕거리는 말을 들었음직도 하건만 도통 말없이 할머니 장례식 내내 울기만 했다. 울면서 콩나물 무치고, 숙주 삶고, 육개장을 끓었다.

장례 후 삼우제 지내고, 백일 탈상 할 때까지도, 그녀는 서울로 올라가지 않았다. 엄마와 안채에서 기거하며 몇 달 동안 지냈다. 사랑채에 막내아들이 살았지만 아직 신혼인 데다 방 두 개가 붙어 있어서 불편하다며 엄마가 쓰던 건넌방으로 옮기고 엄마는 안방으로 옮겼다. 그러는 사이 예전의 그녀로 돌아가기 시작했다.

"그래, 그렇게 웃어야지, 자네 같지."

엄마가 부추기면 함박웃음을 웃기도 했다.

다시 또 완전히 그 헤픈 웃음을 되찾은 게 우리 집 안채에서 엄마와 함께 산 지 일 년이 다 되어서다. 동네 사람들도 그녀가 헤픈 웃음을 웃자 비로소 그녀 같다고 말했다. 그 후 아무도 그녀의 웃음을 헤프다고 흉보지 않았다. 이러쿵저러쿵 말도 하지 않았다. 그녀가 한동안 왜 웃지 않는지 아무도 모른다. 누구든 관심을 보이려 들면 엄마는 남의 사정을 속속들이 헤집어 알려고 할 것 없다고 딱 잘랐다. 웃는 사람도 속이 있어 웃고, 우는 사람도 속이 있어 우는 거라며.

2. 뻐드렁니를 가진 여자

신년 벽두, 여자가 전화를 했다. 울고 있는 게 분명했다. 가끔 흐홋 웃음소리를 냈지만 그건 뻐드렁니 때문인 듯했다. 그녀를 생각하면 그 뻐드렁니가 먼저 떠오를 만큼 특징적이었다. 전화선을 타고 오는 소리라 해도 울음이 섞인 걸 알아채지 못할 정도로 무딘 나는 아니다. 호흡 속에 감추려 노력한 흔적이 있더라도, 훌쩍 코를 들이마실 때도 울음이 섞였다. 울어도 상관없는데 여자는 군이 그걸 감추려는 듯했다. 그 마음을 짐작할 수 없는 건 아니다 섣불리 속단할 순 없다. 그게 무얼까, 무슨 일이 있었을까. 남의 일에 별 관심 없는 나라 할지라도 여자에게만은 그럴 수 없다. 지난날 여자가 베풀었던 호의를 생각하면 절대, 그냥, 모른 체할 수 없다.

여자가 전화한 건 거지반 일 년 만이다. 더 오래 전화 한 통 없이 지낸 적도 있었다. 여자나 나나 어느 날 불쑥 연락해도 어제 만나고 헤어진 듯 스스럼없었다. 신년 인사 건넨 여자는 언제나처럼 일상을 조곤조곤 이야기하기 시작했다.

"막내딸이 아기를 낳았지 뭐야. 얼마나 예쁜지. 우리도 저리 예뻐하며 아이들을 키웠을까?"

여자는 옛날을 그리워하는 건지, 지금이 행복하다는 건지 구분할 수 없게 차분한 말투로 이야기했다. 그런데 나는 왜 울음이 섞였다고 느꼈을까. 온 식구들의 안부와 근황을 훑은 후 갑자기 가쁜 숨을 내쉬었다.

"천천히, 천천히 이야기하세요. 저 시간 많아요."

"그래? 흐홋."

여자가 살짝 웃는데 뻐드렁니가 전선을 타고 온 목소리 속에 휜히 보이는 듯했다.

"으, 음. 내가 무슨 팔자인가 몰라. 며칠 전에 큰딸과 싸웠어. 별것도 아닌데, 딸이 내게 소릴 지르지 뭐야, 나도 모르게 막 퍼부었지."

여자는 약간 머뭇대더니 말을 이었다.

"따님이 효녀잖아요. 아마 회사에서 힘든 일이 있었나 보네요."

내 말은 사실이었다. 강압적이고 가부장적인 아버지 때문에 기 펴지 못하고 사는 여자에게 큰 힘이 되곤 했던 딸이다. 그런 딸과 싸웠다니 의아했다.

"어미 노릇 제대로 못 한 것 같아서 생전 말 한마디 안 하고 지들 비위만 맞추고 살았는데, 이제 저승길 앞둬서 마음이 변했나 왜 그런지 모르겠어. 태어나 처음으로 큰소리를 왁왁 질러댔어."

"네에……."

참고 산 세월이 얼마던가. 인고의 세월을 보냈다고 해도 틀린 말이 아닌 여자였다. 남편에게 신체적인 폭력은 물론 정신적 폭력까지 당하며, 평생 억울함과 분노를 가슴에 안고 꾹꾹 누르며 살아온 여자 아닌가.

"다른 사람도 아닌 딸이 내게 소리치는데 나도 모르게 더 큰소리가 나오지 뭐야. 지 아버지 죽고 딸네로 가는 게 아니었어. 왜 들어가서 이런 수모를 당하는지, 휴. 큰소리만 들으면 가슴이 쪼그라드는 것 같아. 나 살아온 세월이 눈물 골짜기였어. 내가 신앙인이라는 걸로, 여자라는 걸로, 이렇게 다 참아야 하는 거야? 민이 엄마, 말해봐, 응?"

내 촉이 맞았다. 여자는 처음부터 울고 있었다. 들키지 않으려고 위장했을 뿐. 그만큼의 거리가 우리 사이에 있다는 의미가 아니라, 모처럼 전화하면서 그런 모습을 보이고 싶지 않아서 위장했을 뿐이다. 나는 그 마음을 충분히 안다. 누구나 가슴에 상처를 안고 사는 게 인생이라지만 하소연할 데 없으면 눈물만 나온다는 것도. 상처 없는 사람 어디 있느냐고 말하고 싶지 않았다.

"알아요. 왜 안 그러겠어요. 울어도 돼요, 다 받아줄 테니 우세요. 그리고 다 말하세요, 들어줄게요."

내가 할 수 있는 말은 그것뿐이었다.

여자를 처음 만난 건 대전에서였다. 삼십 년 전 남편이 그곳 지사로 갔을 때다. 나 역시 근무지 이전 신청을 해놓았는데, 용케 남편과 같은 날에 발령이 났다. 팔 개월 된 민이 돌볼 사람을 급히 구해야 했다. 그때 세 든 주인집 아주머니의 소개로 여자를 만났다. 주인집 아주머니의 육촌동생인 여자는 부지런했고 민이를 잘 돌봐주었다. 민이만 봐주면 된다고 했는데 퇴근해 보면 집안 청소며 빨래는 물론 반찬까지 만들어놓곤 했다. 살림하는 비용까지 충분히 얹어서 건네긴 했어도 진심으로 살펴주는 여자에게 육친의 정 비슷한 걸 느끼는 건 당연했다. 그렇게 삼 년, 대전에서 살다 서울로 다시 올라올 때까지 우리는 한 식구처럼 지냈다.

그 후 여자를 딱 한 번 만났다. 여자의 남편이 죽었을 때다. 대전으로 내려가는 차 안에서 한두 번 보았을까 말까 한 그 남편의 얼굴이 이상하게 확연히 떠올랐다. 운전하는 민이 아빠에게 물었다.

"여보, 그 아저씨 기억해요?"

남편은 고개를 저으며 잠시 가만히 있더니 말했다.

"……그 아주머니 얼굴도 생각 안 나는걸."

남자들은 웬만해선 사람을 꼼꼼히 보는 것 같지 않았다. 심지어 여자 얼굴도 기억에 전혀 없다고 하는 걸 보면. 내 남편만 그런 건지. 사람은 하도 다양하니까 단정적으로 말할 수 없다. 그렇게 여자를 만났던 게 십 년 전이다.

사람 관계라는 게 또 인연이라는 게 묘하긴 하다. 삼십 년 세월 동안 단 한 번밖에 만난 적 없는 여자와 내가 동기간 같은 육친의 정을 느낀다는 게. 형제라도 남 같은 경우가 있나 하면, 남이라도 동기간처럼 느끼는 경우도 있다. 여자가 그랬다.

"내가 말 안 했지? 창피해서 그랬는데, 우리 애들 아버지 말이야. 툭하면 주먹질하고 욕하고 소리 질렀어. 애들이 알까 봐 쉬쉬하고 속상한 거 내색도 못 했는데, 소리 지르는 걸 큰딸이 알게 모르게 닮았나 봐."

나는 주인집 아주머니에게 들어서 알고 있었다는 말을 하지 못했다. 처음으로 속 내놓고 하는 말이기 때문이다.

"네에, 몰랐어요."

여자가 말을 이었다.

"내가 딸네 집으로 들어간 게 괜히 간 건가. 지 아버지 죽고 적적하기도 했지만 애들 봐주고 살림 살아주느라 그런 건데. 이제 애들 다 크니까 딸도 내가 거추장스러운 건지, 지들 비위 맞추고 큰소리

한번 안 내니까 만만한 건지, 지 아버지가 자기 죽으면 작은 방이라도 하나 얻어 따로 살라고 하드만. 죽을 때 깨달으면 무슨 소용이래."

여자는 쉴 새 없이 쏟아놓았다.

여자의 서러움이 내게 전이되는 듯했다. 가슴이 욱신거렸다. 그 상처를 안고 살아온 세월을 어떻게 위로할 수 있을까. 위로라는 말이 허공에 매달려 흔들리고 있는 듯했다. 무엇이, 어떻게 하는 게, 위로란 말인가. 들어주기만 할 뿐 아무 말도 할 수 없었다.

"한 번 올라오세요. 내일이라도. 여기서 며칠 자고 가세요. 민이도 보고."

겨우 나온 말은 그뿐이었다.

"우리 민이? 날 알아보기나 할까. 아주 어렸을 때 보고 못 봤어. 결혼식에도 못 갔는데, 한국에 들어온 거야?"

내 생각은 적중했다. 민이에게 유난히 살가웠던 여자는 민이 이야기가 나오니 어투가 바뀌었다. 미국에서 유학하다 만난 사람과 미국에서 결혼하는 바람에 여자를 초대하지도 못했다.

"네, 들어왔어요. 우리 집 근처에 살아요. 민이도 볼 겸 한 번 올라오세요."

어떻게 하든 기분 전환을 시켜주고 싶었다. 내가 힘들 때 힘이 되어준 사람 아닌가. 그때 대전에서 여자가 아니었다면 어떻게 새로운 환경에 적응하며 민이를 키울 수 있었을까.

"그러면 좋은데 그것도 쉽지 않아. 막내딸이 산후조리원에서 나오는데, 가서 몸조리를 해줘야 해."

여자는 한숨을 내쉬며 말했다.

안타까워서 속이 부글거렸다. 남편도 모자라 애들에게 언제까지 매여 있을 것인가. 팔자는 자기가 만든다는 말도 있잖은가. 아무리 전근대적인 사고에 경도돼 있다고 해도 이건 아니었다. 사람의 생각이 변하고 세상이 변했는데 여자만 변하지 않은 것 같았다.

"그럼, 큰딸에게 말하세요. 함부로 하지 말라고요. 남편에게 받은 상처도 말하세요. 딸도 결혼해 사는 성인이니까 이해할 거예요. 자식도 옛날 우리가 생각했던 자식들이 아니에요. 시대가 변했고 의식도 변했어요. 부모 말에, 남편 말에 순종만 하는 사람은 없어요. 아주머니 연세가 얼마인데, 그렇게 살다가 가실 거예요? 억울하잖아요. 상처를 싸매기만 하면 고름 돼요. 감은 걸 풀고 햇볕에 뽀송뽀송하게 말려야 된다니까요. 막내딸은 산후조리원에서 보름 있었으면 살살 움직여도 돼요. 내일 당장 올라오세요. 지금도 좋고요. 기다릴게요. 서울 오는 고속버스 표 끊고 전화하세요. 바로 나갈 테니까요."

거기까지 말하고 여자의 대답을 듣지 않은 채 전화를 얼른 끊었다. 여자가 망설일지 모른다는 생각이 들어서다.

내가 이렇게 말 많은 사람이었던가. 스스로도 놀랐다. 여자가 올라온다고 해도 마음이 심란할 걸 모르지 않는다. 그 자리에서 문제를 해결하는 게 가장 빠르다는 것도 안다. 하지만 우리의 삶도 거풍시키듯 바람 쐬는 게 괜찮을 수 있다. 여자는 살아온 습성을 버리기 힘들지 모른다. 그 굴레에서 벗어나긴 더욱. 그렇더라도 내게 잠시 기댈 수 있는 시간을 만들어주고 싶었다. 그게 받은 것에 대한 작은

보답의 손짓일 테니까.

종일 여자의 전화를 기다렸지만 허사였다. 기다리다 전화를 걸어도 받지 않았다. 궁금증만 커졌다. 잠자리에 들 때까지 여자와 통화가 되지 않았다. 여자의 딸들 전화번호를 나는 모른다. 옛날 주인집 아주머니는 돌아가신 지 오래여서 여자와 연락이 닿는 사람은 없다. 우리 사이에 큰 강이 가로막고 있는 듯했다. 순간, 가끔 간다는 기도원 생각이 났다. 거기는 통화가 되지 않는 곳이라고 했던 말도. 잠자리에 누워 한동안 뒤척이다 잠이 들었다.

꿈을 꾸었다. 여자를 만났다. 고속버스 터미널 대합실에서. 머리에 인 커다란 보따리를 의자에 내려놓고 내 손을 잡으며 웃었다. 여자의 뻐드렁니가 하늘을 향해 높이 뻗쳐올랐다. 뻐드렁니는 계속 길어졌다. 여자는 잡았던 내 손을 슬며시 놓고 소녀처럼 웃으며 멀어져 갔다. 뻐드렁니를 타고 날아가는 것도 같았다.

გ

이 두 편의 소설을 발표했을 때 함께 했던 문우들 중 유 선생이 물었다.

"자기, 이렇게 수다스러운 여자였어? 글과 사람은 같다더니 아닌가 봐."

김 선생은 키득거리며 웃었고 내 옆에 앉은 친구 영지는 어깨를 으쓱하더니 나를 쿡 찔렀다. 이미 알고 있는 걸 다른 이들이 이제야 눈치챈 것 같다는 식으로.

"뭐, 그것보다 작품 합평을 하시죠. 어떤가요, 소설 같은가요?"

내 말에 문우들은 자세를 고쳐 앉고 진지한 태도로 합평에 몰두했다. 그렇다고 해서 대단한 이야기가 나온 건 아니다. 작가 마음이니까 하는 이야기 참고만 하고 마음대로 고쳐보라는 마지막 조언 같지 않은 조언으로 합평회를 마쳤다. 그날 참석했던 일곱 명 문우 중에 작품 발표를 한 사람은 나 하나였다. 모두 구상 중이고 바빠서 완성하지 못했단다. 좌장을 맡은 유 선생이 시놉시스라도 발표하라고 했지만 본인도 써 오지 않은지라 그 말은 위력이 없었다.

뒤풀이 장소로 자리를 옮겼다. 합평회할 때 살살 하던 문우들이 술이 들어가더니 신랄하게 내 글을 난도질하기 시작했다. 소설이 꼭 수필 같다, 소설적 형상화가 되지 않았으니 소설이냐, 지금 세상에도 저런 여자가 있느냐, 시의성을 갖지 못한 소설이 무슨 독자의 시선을 끌겠느냐, 독자가 없으면 소설 쓸 이유가 없다, 그래 다 좋다 치고 주제가 뭐냐, 그녀와 여자처럼 살지 말라는 거냐, 두 여자를 통해 보여주려는 게 뭐냔 말이다 등등. 그중에 김 선생이 가장 신랄했다. 소설도 아닌 걸 소설로 포장해 발표했다며 이건 자료밖에 되지 않는다고 입에 거품을 물었다. 무슨 말을 더 했는지 모르겠다. 귀가 먹먹하고 머리가 빙빙 돌 것 같았다.

듣다 못해 자리에서 벌떡 일어났다.

"비겁한 것들! 꼭 술의 힘을 빌려야 해! 그래, 당신들은 얼마나 잘 쓰는데. 구슬이 서 말이라도 꿰어야 보배야. 이거 왜 이래! 난 이야기라도 만들었어. 당신들은 뭐 했는데!"

나 역시 잘 마시지 않던 술의 힘 때문이었을까. 그야말로 주사를 부렸다.

짧지만 소설 두 편 쓰느라 머리가 터지는 줄 알았다. 전업 작가가 아닌 내가 끄트머리에 와 있는 직장 생활을 마무리해야 하는 중에 쓴 글 아닌가. 더구나 민이가 갑자기 귀국하는 통에 더 정신이 없었다. 평생 동안 이렇게 스트레스 받은 적이 없었다. 그걸 모르고 멋대로 떠들어대는 문우들의 태도에 나도 모르게 화가 났던 거였다. 나 같은 태도는 합평 자리에서 금물인데도.

"이렇게 두 여자의 삶을 꾸며낸 게 어디예요? 난 죽었다 깨어나도 못 합니다. 우리 멋진 최 작가를 위해 건배합시다!"

영지가 날 끌어 앉히며 말했다. 맞아 맞아, 놀랍게도 모두 박수치며 환호했다. 뭔가. 판세는 즉각 뒤집어졌다. 내가 대단한 작가라도 되는 것처럼 치켜세우며 예서제서 술잔을 채워 건넸다. 말은 하고 봐야 한다. 소설도 쓰고 봐야 한다. 독자층이나 성향도 다양하지 않은가. 주눅 들 것 없이 쓰는 게 우선이다.

내가 주사 부린 후 뒤풀이 자리는 더 흥겨웠다. 흥에 겨워 그날 밥값과 술값을 내 카드로 긁고 말았다. 난 흥이 많다, 숨기고 있었지만. 소설과 흥은 상관관계가 있을까. 광기를 가졌다는 면에선 일맥상통한다. 아니 그런가. 그러고 보면, '웃음이 헤픈 여자'와 '뻐드렁니를 가진 여자' 모두 흥이 있다. 아, 제목을 수정해야 할까. '흥 있는 여자들'이나 '광기를 가진 여자'로. 제목이 고민이다.

두 남자 이야기

1

그를 한마디로 말하면 '성실' 그 자체의 인간이었다. 그가 정성스
럽고 참되다는 의미의 성실을 알고나 있었을까. 그냥 무작정 성실했
다. 그의 아내는 성실이라는 말만 들어도 진저리쳤다. 이웃 사람들
이 그처럼 성실한 사람 못 봤다고 하면, 들은 척하지 않고 샐쭉해서
구시렁댔다. 무슨 이름을 그 따위로 지어 그런지 모르겠다며 이름까
지 들먹였다.

아내의 이름 타령은 나름대로 일리가 있다. 아내 시아버지의 아
버지가 지어준 그의 이름이 '성실'이었으니까. 가운데 돌림자가 '성'
이었는데 막내에서 막내로 내려오다 보니 이미 사촌부터 십이촌까
지 쓸 자를 다 써서 남아 있는 '실'을 넣어 지었다는 말이 있고, 그녀
의 시아버지가 낳자마자 잃은 두 아들 다음에 낳은 그를 붙잡으려는

열망으로 열매 '실'을 썼다는 얘기도 있다. 자식이 열매인지 뭔지 모르겠지만 열매라는 게 본디 주렁주렁 달리는 속성을 가져서 그런지, 그 후로 남동생 둘과 여동생 하나를 봤다. 하긴 자식이 열매라는 말도 설득력 있다. 인류의 영원한 베스트셀러인 '바이블' 시편에 자식은 여호와의 기업이요 태의 열매라는 말이 기록돼 있으니.

그는 가장 먼저 부모, 다음엔 형제들에게, 성실했다. 오로지 부모와 형제들에게만. 아내와 자기가 낳은 태의 열매인 자식들에겐 그렇지 못했다. 그나마 자식은 아내보다야 나았지만 부모 형제와 비교안 될 정도로 미미했다. 아내는 속으로 툴툴거렸다. 어째서 평생 남에게만 그렇게 성실한지 모르겠다고. 아내 입장에서 보면 시부모와 남편의 형제들은 피 한 방울 섞이지 않은 엄연한 남이었다. 하지만 남편에겐 기막히고 기막힌 자기 핏줄들 아닌가. 어느 날 그걸 생각한 아내는 말 바꿔 '지 피붙이'밖에 모른다고 투덜댔다. 하지만 내색하지 못했다. 아내 역시 성실의 사촌쯤 되는 근실한 여자였으니까.

아참, 그러고 보니 아내의 이름은 부지런하고 진실하다는 의미를 가진 '근실'이다. 그녀가 태어났을 때 아버지는 역마살이 끼었는지 전국을 떠돌며 살다 돌아왔다. 돌아온 이유가 그녀 할아버지가 병으로 죽네 사네 한다는 소문을 바람결에 들었기 때문이다. 다 죽게 된 할아버지를 본 그녀의 아버지는 앗 뜨거워라! 정신 차렸는지 팔자에 그럴 때가 되었는지 집 안에 눌러 앉았다. 열 달 전쯤 그녀의 증조할아버지 기일에 집에 들렀다가 잉태된 그녀가 때마침 태어났는지라 이름을 근실이라 짓고 근실하게 살기로 마음을 고쳐먹었다나 어쨌다나. 그녀는 점순이, 정희, 춘자, 경숙이, 순옥이 등 일명 순, 희, 자, 숙, 옥이 들어간 당시의 유행하는 이름이 아닌 것에 늘 불만이었는데, 어느 날인가 그녀의 어머니가 이름에 얽힌 이야기를 해주는 바람에 이해하고 넘어갔다. 시집온 뒤론 이름 불린 적이 없는 그녀였기에 남편 이름만 갖고 타박했다. 성실이나 근실이나 의미로 본다면 오십 보 백 보 아닌가 말이다.

그가 자기 피붙이에게만 성실한 것이 그녀에게 불만이었지 실은 딱히 불만스러운 게 없었다. 회사 생활 성실하게 잘하지, 월급 한 푼 허투루 축내지 않고 그대로 내놓지, 그 흔한 술 담배 안 하지, 친구 좋아해 헛돈 쓰거나 돈 빌려주지 않지, 당구나 바둑을 비롯한 잡기 하나 하는 게 없어 휴일에도 밖으로 나돌지 않고 두 아이들과 놀아주지. 딱히 허물 잡을 만한 일은 없는 사람이었다.

아내가 지 피붙이에게만 성실하다고 구시렁댄 전말은 이러하다. 그는 지금까지 아내의 생일을 한 번도 챙겨주지 않았고, 단둘이 그 흔한 외식 역시 하지 않았다. 그녀는 시어머니 받들고 시동생들 시누이 결혼시키려면 그래야 하는 줄 알고 부지런하고 진실하게 살림을 살았다. 월급 타면 시어머니에게 생활비 보내고 동생들 결혼자금 마련 적금 들면서 옷 한 가지 못 사 입으며. 그러는 사이 아이들이 태어나 키우고 가르치느라 아이들이 먹다 만 생선토막 가시를 핥고 김치 쪼가리나 씹으며 살다 보니 나이 오십 줄에 들고 말았다. 얼굴 마사지 한 번 안 해본 그녀는 또래보다 쪼글쪼글한 얼굴을 볼 때 한숨이 절로 나왔지만 알토란같이 자라는 두 아이 덕분에 시름을 덜었다.

어쨌든 객관적으로 볼 때 그가 성실하다는 것에 동의하지 않을 사람은 없다. 더 이상 진급하지 않는 중소기업의 만년 경리과장 자리에 있어도 불만을 표하지 않으니까. 그의 아래 부하직원이 수십 명은 아니라도 몇 명 있는데도 일등으로 출근했으며, 조퇴 결석은 물론 지각조차 한 적 없었다. 상고 3학년 때 실습 나갔던 회사에 그대로 채용되어 월급이 적거나 많거나 요동하지 않고 자리를 지킨 그다. 같이 취업한 친구들이 몇 번이나 회사를 옮겨 앉아, 이젠 제법 큰 회사에 부장이 되고 차장이 되었다는 소식이 들어와도 귓등으로 흘렸다.

그 이유는 꼭 하나다. 많지 않은 농사 지어 어렵게 그를 상고에 보낸 홀어머니 때문이다. 그의 어머니는 사람은 자고로 한 우물을 파야지 옮겨 다니면 절대 안 된다고 가르쳤다. 이 일 저 일 사업에 손댔다가 있던 재산 거지반 다 없애고 애들 넷이 다 크기도 전에 세상 떠난 그의 아버지를 어머니는 원망했다. 사 남매 중 맏이인 그는 어머니에게 남편이자 아들이며 친구였으며, 심성이 유순하고 고지식해 어머니의 말을 법으로 여기며 자랐다. 아래로 두세 살 터울로 조르륵 있는 세 동생들 학비 조력하며 어른이 되었고, 군대 갔다 오면 친척의 중매로 아내와 일찍 결혼했다.

동생들에겐 더없는 형이고 오빠였던 그는 아내에게까지 성실할 수 있는 힘이 부족했던 것인지 모른다. 월급 타 갖다주는 것으로 할 노릇 다 했다고 생각할 정도로 답답한 인사는 아니었지만 아들 노릇, 형 오빠 노릇 하기에 여력이 없었다. 거기다 아들딸이 태어나자 아내에게 나눠줄 마음이 더욱 없었다. 아내는 아이들에게도 밀리는 신세가 되고 말았다. 아이들까지 나 몰라라 하고 어머니와 형제들만 챙겼다면 더 열불날 일인데, 그나마 다행이라면 다행이었다.

그는 자라는 아들딸에게 역시 '성실'을 강조했다. 자고로 사람은 성실해야 한다. 학교에 지각 결석 조퇴 그런 건 절대로 하면 안 되는 거야. 성실한 사람은 어딜 가도 알아보는 사람이 있지, 암 있고말고. 그럴 때마다 아내는 그 말라비틀어진 성실이 어느 고릿적 이야긴가 싶어 속이 부글거렸다. 성실도 성실 나름이지, 당신은 성실이 아니고 답답한 거라고 소리치고 싶은 마음이 굴뚝같았다. 그래도 하지 못한 건 아이들 앞에서 남편 체면을 지켜주고 싶었고 더 정확하게는 시어머니의 부탁 때문이었다.

시어머니는 결혼 직후에 부탁이 있다며 말했다. 평생 아무것도 바라지 않을 테니, 당신 아들이 하는 말에 토 달지 말고 성실하게 순종해달라고. 처음엔 그게 뭐 그리 대수일까 싶고 어른의 부탁이니 그러겠다고 했다. 약속한 것이니 성실하게 지키리란 각오도. 아내 역시 고지식하기론 남편 못지않은 사람이었다. 시어머니와 약속했다고 그걸 끝까지 지키려고 한다는 게. 속이 부글부글 양은 냄비에 물 끓듯 끓어도 성실하게 지켜야 한다고 믿었다.

이러구러 세월이 흘러 아들의 결혼 앞두고 사돈댁과 상견례를 하게 되었다. 며느릿감은 아들과 같은 초등학교 교사였다. 시대가 바뀐 걸 그는 몰랐던 걸까. 혼사에서 아직도 칼자루를 남자 쪽이 쥐고 있다고 착각한 모양일까. 평소에 말이 거의 없는 그가 근엄한 어조로 말했다.

"자고로, 여자는 남편에게 순종하고 성실하게 내조해야 합니다. 우리 집안은 예로부터 지금까지 그래왔지요. 그게 우리 집 가풍입니다. 남자가 어떻게 하더라도 여자는 성실하게 순종하는 게."

남편의 말은 중학교 교장이라는 예비 바깥사돈의 말보다 더 위엄이 있었다.

가풍은 개뿔! 아내는 가슴이 뜨끔했다. 이 양반이 지금 시절이 어느 시절이라고 저런 말을 할까 싶어, 가만히 양복 저고리 자락을 잡아당기며 제어했다. 눈치코치 모르고 성실하기만 한 남편은 아랑곳하지 않고 다음 말을 이었다.

"우리 안식구도 평생 제가 하는 말에 토 달지 않고 성실하게 순종했답니다. 우리 집으로 시집오는 사람은 그래야 해요. 허험."

이거야 원! 헛기침까지 해대며 유세 아닌 유세를 부리는데 아내는 기함할 지경이었다.

예비 안사돈의 얼굴엔 불편한 빛이 역력했고, 예비 바깥사돈은 물만 벌컥벌컥 마셨다. 예비 며느릿감은 눈을 아래로 내리깐 채 입을 꼭 다물고 있었다. 아들만 남편 닮아 소눈깔만 한 눈을 뒤룩뒤룩 굴리며 안절부절못했다. 아내는 남편이 세상 물정 모른다, 모른다, 이렇게 모를까 싶어 기가 막혔다. 성실하게 순종해왔다는 말이 그때처럼 치욕스럽게 생각된 적 없었다. 차라리 천치로 살았다고 하는 편이 낫다. 아니 맞다. 성실하게 사는 건 본인 하나로 족하고, 아내

하나로 족하지, 지금 세상이 어떤 세상인데, 새로 들어올 예비 며느리에게 강요한단 말인가.

아들 결혼은 깨끗하게 물 건너갔다. 집에 돌아온 아내는 아들 상견례 자리라고 뻗쳐 입고 갔던 정장, 집안의 누구 결혼식에나 장례식에 갈 때 교복처럼 입는 딱 한 벌 있는 그 정장을 벗어 방바닥에 내팽개치며 소리쳤다.

"성실이 밥 먹여줬욧! 또 순종은 무슨 얼어죽을 순종이란 말이요. 상견례 자리서 할 이야기가 그리 없어 내가 천치로 산 걸 자랑한단 말이요?"

아내는 처음으로 몇 마디 퍼부었다.

"아니, 이 사람이 거 참!"

그는 군색하게 얼버무리고 입을 다물었다.

다음 날 아침 그는 여전히 일찍 일어나 일등으로 회사에 출근했다. 아들은 며칠 동안 학교에 병가 내고 술을 퍼마시며 괴로워했다. '성실'의 진수를 보여준 그의 이야기는 여기까지다.

2

세상에서 가장 미루기를 잘하는 인간이 있다. 막내삼촌이다. 뭐든 당장 하는 게 없다. 일어나면 세수부터 하는 나와 달리, 학교 가기 직전에야 수돗가로 나가 고양이 세수를 했다. 숙제도 미루다, 미루다 학교 가기 직전에 할 때가 허다했다. 지각할까 걱정된 엄마의 눈치 때문에 내가 후딱 해줄 때도 있었다. 할머니는 삼촌과 내가 꼭 같이 학교에 가고 오기를 바랐다. 우리 집에서는 할아버지보다 할머니 입김이 셌다. 엄마는 사소한 걸로 집안이 시끄러워지는 걸 경계해서, 삼촌과 잘 지내야 한다고 내게 당부하곤 했다.

말똥구리가 미루기를 잘하는지 어쩐지, 그건 나도 모르겠다. 할머니는 삼촌에게 말끝마다 그랬다.

"예기랄, 미루긴 말똥구리를 닮았나."

어릴 적부터 하도 들어서 귀에 딱지가 앉을 지경이었다. 국어책에서 말똥구리가 말똥을 굴려 서식처까지 끌고 가는 이야기를 읽었다. 읽어도 할머니의 그 말뜻을 이해할 수 없었다. 말똥구리처럼 굴린다고 하면 말이 되는데, 미룬다는 건 뭔지. 삼촌은 할머니가 시키는 건 모두 다음으로 미루었다. 이따 할게요, 아니면, 내일 할게요, 라고. 그럴 때마다 할머니는 눈을 흘기며 말했다. 말똥구리를 닮았느냐고.

삼촌은 게을렀고 느렸다. 할머니가 낳은 아들 넷, 딸 넷 중에 막내인 삼촌은 나와 같은 학년이었다. 엄마는 건넌방에서 나를 낳았고, 할머니는 안방에서 삼촌을 낳았다. 생일도 하루 차이밖에 나지 않게. 그것도 내가 하루 먼저 태어났다. 그때 할머니는 쉰 살이었는데, 서른 살인 아버지를 필두로 두세 살 터울로 일곱을 낳고, 칠 년이 지나 삼촌이 잉태된 걸 알았다. 할머니는 동네 부끄럽다며 우물가에도 나가지 못하고 열 달 동안 집 안에서만 지냈다. 쉰둥이로 태어난 삼촌은 나와 함께 우리 엄마 젖을 먹고 자랐다. 할머니의 젖이 나이 때문인지 금세 말라버렸기 때문이다. 엄마는 삼촌과 나를 형제처럼 길렀다. 스무 살이 되어 서울에 있는 대학에 갈 때까지.

할머니가 우리 따라 서울로 와서 살림을 돌봤다. 공교롭게 삼촌과 나는 같은 대학 같은 과에 입학했고 자연스럽게 내 친구가 삼촌 친구가 되었다. 학우들은 처음엔 쌍둥이 줄 알았다가 숙질 간이라는 걸 알고 놀라워했다. 막내삼촌은 모두에게 삼촌으로 불렸다. 그냥 이름이 '삼촌'이었다. 여학생 남학생 할 것 없이. 삼촌은 그게 불만이었다. 여학생들에게 오빠 소리 듣는 게 소원이라고도 했지만 동기는 물론 후배 여학생들에게도 듣지 못했다. 심지어 같은 과 선배들까지 삼촌이라고 했으니 그 호칭이 지겹기도 했을 거다.

삼촌은 머리가 나쁘진 않았다. 어쩌면 나보다 더 좋았다. 공부하지 않아도 열심히 공부한 나와 같은 대학 같은 과에 들어간 걸 보면. 초등학교 때부터 숙제를 제대로 하지 않던 습관이 대학까지 이어진 건 당연하다. 문제는 삼촌의 리포트다. 할머니는 의당 내가 해주려니 했다.

"삼촌은 할미가 다 늙어서 낳았기 때문에 몸이 약해. 니가 해줘라. 삼촌이잖니."

삼촌은 할머니 말에 빙글빙글 웃으며 읽지 않는 신문만 뒤적거렸다. 같은 주제로 써야 하는 리포트를 내용만 다르게 두 개씩 쓴다는 게 어디 쉬운 일인가. 방학 때 집에 가서 엄마에게 애로사항을 말해도 별로 신통한 답이 없었다. 엄마도 할머니와 똑같았으니까. 삼촌이 한다 해도 미루다, 미루다, 못 해냈을 게 뻔하다. 성적이 나빠 학사경고 받고 졸업이 늦어지면 나만 더 골치 아플 일이었다. 부지런해도 한몫, 느려 터져도 한몫이라는 말이 있던가. 군대만큼은 따로 가게 되었는데 삼촌은 후방에 나는 최전방에 배치됐다. 신은 언제나 삼촌 편이었다. 툭하면 휴가 나와 최전방에 있는 나를 면회 오곤 했다. 할머니와 엄마를 대동하고 예의 그 빙글거리는 웃음으로 나타나 고생한다고 말할 때, 위로는커녕 얄미운 마음이 먼저 들었다. 어쨌든 후방에서 대대장 운전병으로 있다 전역한 삼촌은 운전 실력 하나는 확실히 익혀 가지고 나왔다.

"이걸로 먹고살 건 아니지만 운전은 나 따라올 사람 없을걸."

삼촌은 잘난 척했다. 그렇게 미루기 잘하고 게으른 삼촌이 어떻게 대대장 운전병 노릇을 했는지 납득이 안 가지만 군대라는 곳이 이해되고 납득되는 곳 아니잖은가. 아무튼 부지런한 놈도 느린 놈도 모두 한몫이라는 게 맞다.

전역 후 우리는 복학했고, 할머니는 여전히 우리들 밥을 해주었고, 나는 삼촌의 리포트와 내 리포트 두 개를 쓰는 평범한 일상이 다시 시작되었다. 군대에 다녀왔다고 달라지는 사람 과연 있을까. 삼촌을 볼 때 전혀 없다는 것이 맞다. 삼촌은 여전했다. 학사경고 받고 졸업이 늦어질까 봐 내 학점보다 삼촌 학점을 걱정하는 학기가 계속되었다. 삼촌은 지각을 밥 먹듯 했고 결석도 잦았다. 그래도 희한하게 성적은 나와 비슷했다. 머리가 나보다 좋다는 게 그것으로 증명되었다고 할까. 용케 아는 문제가 나왔다고 해도 한두 번이지 매 학기 그럴 수 있느냐 말이다. 미루고 느리고 게으른 삼촌에겐 거기까지가 호시절이었다면 당연하다 할 텐데, 인생이 꼭 그렇게 정직하게만 흘러가는 건 아닌 듯했다. 아무튼.

졸업 후, 삼촌은 은행에, 나는 제법 큰 기업체에 취직했다. 은행이라는 곳이 그렇지 않은가. 은행 창구에서 업무가 시작되는 시간과 끝나는 시간은 공식적인 출퇴근 시간과 차이가 났다. 월급이 많은 대신 이른 출근과 늦은 퇴근이 담보돼 있었다. 하루이틀 늦는 건 그렇다 해도, 매일 지각하는 직원을 봐주는 직장이 어디 있을까.

"오 분만, 오 분만 더 있다가 일어날게요."

하소연하는 삼촌을 깨우는 게 할머니의 아침 미션이었다.

"어여 일어나! 이러다 짤리겠다, 예기랄."

할머니는 억지로 일으킬 수 없었다. 덩치 또한 큰데 하루가 다르게 노쇠해지는 할머니가 무슨 재주로 일으킨단 말인가. 할머니 입에선 '예기랄' 소리가 줄방귀처럼 흘러나오는 날이 잦았고, 일주일에 삼사 일 지각이니 은행 상사의 눈총을 견딜 수 없던 삼촌은 결국 그만두고 말았다. 지각 때문이기만 했으랴. 매사에 미루고 바로 처리하지 않는 습관까지 얹혀 그 자리를 보존할 수 없었으리라. 그걸 알고 제풀에 지쳐 떨어졌는지 할머니 말대로 잘린 건지. 당연한 귀결이었다. 학교까진 내가 옆에서 도와줄 수 있었다 해도 직장 일까지야 어쩔 수 없는 일 아닌가.

은행에서 나온 삼촌은 빈둥빈둥 삼 개월 동안 놀다 느닷없이 북 카페를 차렸다. 북 카페라는 말을 듣고 나는 웃음이 터져 박장대소

했다. 책이라곤 만화책도 싫어하는 인간이 북 카페라니. 내 예상대로 반년도 못 버티고 문을 닫았다. 아르바이트생만 쓰고 본인은 탱자탱자 놀기만 하니, 운영이 제대로 되겠는가 말이다. 한 반년 백수 건달로 지내는 동안 몰골은 폐인 저리 가라였다. 씻는 것 미루고, 밥 먹는 것도 미루고, 낮이고 밤이고 잠만 자니, 몰골이 온전할 리 있겠는가. 할머니는 예기랄, 말똥구리처럼 미루긴 징그럽게 미룬다고 잔소리를 하다, 하다, 니들끼리 해 먹든지 굶든지 하라며 다 팽개치고 고향집으로 내려가 버렸다. 할머니는 왜 '제기랄'이 아니고 '예기랄'이라고 하는지 늘 그게 궁금했으나 물어보지 못했다. 나도 미루다, 미루다, 못 물어보았다.

세상에서 가장 미루기를 잘하는 사람이라 해도 주구장천 빈둥거리는 건 쉽지 않은가 보다. 삼촌이 다시 취직했다. 택시 운전기사로. 자가용 기사는 매여서 싫고, 택시 운전 하다가 개인택시 받아 자유롭게 일하며 살겠다는 거다. 게다가 군대서 운전병으로 근무하며 실력을 닦았으니 안성맞춤 아닌가. 삼촌의 말이다. 내 생각엔 그것도 쉽지 않은 일일 듯한데, 아무튼 삼촌은 회사 택시를 운전했다. 처음엔 스페어 운전기사로 몇 달 했지만. 택시라고 만만하게 보는 건, 천만의 말씀, 만만의 콩떡이다. 출근 때문에 잠을 미룰 수 없고, 씻는 걸 미룰 수 없으며, 먹는 걸 미룰 수 없었다.

그렇게 미루기 잘하는 삼촌이라도 청춘인데 여자를 사귀고 싶지 않았겠는가. 더구나 나는 사내 연애 중이었다. 가끔 여자 친구를 집으로 데리고 오면 삼촌이 노골적으로 싫어했다. 그건 삼촌의 작전.

눈치 보이면 여자를 소개해달라는 게 아닌가. 우리의 빛나는 연애에 삼촌은 걸림돌이었다. 그뿐인가, 결혼하고 싶어도 할 수 없었다. 할머니는 당연했고 엄마도 삼촌보다 앞서 결혼할 수 없다고 했기 때문이다. 내가 결혼하려면 저 징글징글한 삼촌을 치워야 하는 게 당면 과제가 되었다. 여자 친구와 궁리 끝에 여자를 삼촌에게 소개해주기로 했다. 삼촌은 회심의 미소를 지었다. 자기 작전에 말려들었다고. 나는 여자 사귀려면 그 미루는 버릇 좀 제발 고치라고 했다. 약속 시간 꼭 지키는 건 물론, 잘하라고.

드디어 소개팅 하는 날, 근무 시간까지 바꿔 시간을 맞춘 삼촌. 제 버릇 개 못 준다고, 약속 시간 한 시간이 넘도록 나타나지 않았다. 안 봐도 뻔하다. 시계를 보며 오 분만, 오 분만 미루다 잠이 푹 들어버린 게. 소개팅녀로부터 연락받고 전화했지만 삼촌은 받지 않았다. 다섯 번이나 걸어도 받지 않자 걱정이 되어 집으로 가보았다. 삼촌은 옷을 다 차려입은 채, 기절한 듯 미동도 하지 않았다. 흔들었다. 가까스로 잠에서 깬 삼촌은 실상을 깨닫고 아연실색했다. 이미 늦었다. 변명을 듣자면 이랬다. 지난밤에 너무 설레고 기대되어 잠이 오지 않아 잠을 설쳤단다. 아침에 일어나 소개팅에 나가려고 꽃 단장하고 나니 한 시간이나 일러 잠시 눕는다는 게 잠이 들었다는 거였다. 이 못 말리는 인간아! 소리치고 싶었지만 삼촌 아닌가. 아무리 세상이 막돼먹었다고 그럴 수 없는 노릇이라 애먼 내 가슴만 탁탁 쳐서 멍이 들었다.

그렇게 끝났다면 제 버릇 개 못 주니까 그렇게 살다 가랄 수밖에 없는데, 인생이라는 게 항상 예외가 있잖은가. 내 전화를 받고 여자친구와 소개팅녀가 집으로 달려왔다. 나 같으면 저런 인간과 다시 만나고 싶은 생각이 없을 텐데, 짚신도 짝이 있고 젓가락도 짝이 있으며 제 눈에 안경이라고, 소개팅녀가 삼촌에게 적극적으로 관심을 보이는 게 아닌가. 자기는 느리게 살기를 추구하는 자연주의자라나 뭐라나. 현대인들의 빨리빨리 문화를 경멸하고 몸이 원하는 대로 자연스럽게 사는 걸 존중한다고. 세상에 참 별난 인간도 다 있다. 어떤 소피스트는 인간이 만물의 척도라고 하더니, 그 소개팅녀가 그 소피스트의 제자인가 보다.

삼촌은 나보다 석 달 먼저 소개팅녀와 결혼했다. 합동결혼식 얘기도 나왔는데, 형제라면 몰라도 숙질 간에 그럴 수 없는 일이라고 할머니가 우기는 바람에. 하루 일찍 태어난 내가 결혼은 석 달이나 늦게 했다. 엄마는 내 결혼 때보다 삼촌 결혼 때 더 많이 웃었다. 그 이유를 모르겠다. 고모는 넌 부지런하고 야무져서 어떤 여자든 충분히 만날 수 있을 거라고 믿었지만, 삼촌은 느리고 게으르며 야무지지 못해서 걱정이었다고 했다. 그게 이유가 될 것도 같다. 나도 삼촌이 걱정됐으니까. 예기랄, 말똥구리처럼 미루긴, 하던 할머니는 삼촌이 장가가던 날 식장에서 덩실덩실 춤을 추다 발목을 삐끗해서 할아버지의 빈축을 샀다.

세상에서 가장 미루기 잘하는 삼촌은 딱 맞는 숙모 만나 잘 살고 있다. 무남독녀인 숙모 만나 처가 재산을 다 물려받게 되어 평생 일하지 않고 탱자탱자 놀아도 다 못 쓴단다. 더구나 숙모는 말똥구리처럼 미루는 게 특기인 삼촌을 죽기 살기로 사랑한다나 뭐라나. 자기 삶의 철학에 딱 맞는 사람을 만났다니, 부지런한 사람도 한몫, 느린 사람도 한몫이란 말이 괜히 있는 건 아닌 듯하다. 참, 희한한 게 삼촌은 택시 운전을 그만두지 않는 거다. 개인택시 받을 때까지 한다는데 그것도 두고볼 일이긴 하지만. 어쨌든 세상에서 미루기를 가장 잘하는 인간의 이야기는 여기까지다.

෨

대학교 친구인 석과 단둘이 여행을 떠난 건 석 때문이었다. 아버지의 성실성 때문에 여자 친구와 헤어진 석은 상실감이 컸다. 여자 친구는 관계를 계속 이어갈 생각이 있지만 여자의 부모가 결사반대라고 했다. 결혼이 파투난 이유를 듣고 나서 내가 말했다.

"아버지의 그 성실성이 지금 세상에도 필요할까. 가치가 시대에 따라 다르긴 하지."

"그것도 정도 나름이지. 우리 아버지는 앞뒤가 꽉꽉 막힌 거라고 보는 게 맞아."

석은 울분을 터뜨렸다.

"하긴 우리 삼촌 봐. 평생 일신 편하게 살잖아."

"그러고 보면 세상엔 성실한 사람과 그렇지 않은 사람으로 나뉘는 것 같은데. 하."

석은 어이없다는 듯 실소했다.

밤은 깊어갔다. 석은 이야기하며 마셨던 와인에 취한 듯 금세 잠이 들었다. 결혼한 지 석 달 만에 친구와 여행 가도록 허락한 아내에게 새삼 고마웠다. 자정이 가까워오는 시간에 전화하는 건 아무리 부부 사이라 해도 실례인 것 같았다. 문자를 남겼다. 고맙고 사랑해, 잘 자. 금세 읽은 아내가 답장을 보냈다. 자기도 잘 자요. 사랑해, 라고. 옆의 석은 벌써 나지막하게 코를 골았다. 아내와 상의해서 석에게 여자를 소개해줘야 할까 보다. 숙모 같은 여자로. 언젠가 석의 집에 놀러 갔을 때 따뜻한 밥상을 차려주던 어머니 모습이 어른거렸다.

합장

"유이야, 할머니가 심상치 않으셔. 어지간하면 토요일에 내려와. 그렇게 좋아하시던 담배를 끊고, 곡기조차 놓으신 지 사흘이여."

어머니의 목소리는 비 맞은 가랑잎처럼 눅눅했다.

"그게 벌써 언제부턴데. 할머니, 안 돌아가셔요. 금세 언제 그랬냐 싶게 일어나실 텐데 뭐."

"그래도 한 번 내려와 보는 게 좋을 거여. 너 안 오냐고 찾으셔."

일 년이면 서너 번씩 돌아가실 듯하다 깨어나곤 하는 할머니. 저녁나절에 걸려온 어머니의 간곡한 전화를 나는 예사롭게 받아들였다. 어머니는 내 말에 동조한 듯 바로 전화를 끊었다. 할머니는 몇 년째 그 상태였다.

일주일쯤 전 혼자 여행을 떠나기로 계획했다. 여행이라고 해봤자 가까운 곳이 고작이었다. 시든 화초 같은 삶, 시든 잎사귀를 달고 척

늘어져 있던 화초 줄기, 물을 주고 나서 두 시간쯤 후면 다시 싱싱하게 서 있는 잎사귀처럼, 여행을 마치고 돌아오면 나도 그랬다. 삶이 시든 화초 같다고 느낀 건 결혼 후 얼마 되지 않아서였다.

남편은 내 기준으로 볼 때 괜찮은 남자였다. 결혼에 환상을 갖고 있진 않았어도 최소한 평범하게 살 것 같았다. 나는 평범하게 살길 바랐다. 결혼 생활의 모범전형이라는 게 있을까. 부부가 함께 사는 걸 본 적 없이 자란 나는 모범전형도 평범하게 산다는 것도, 그 의미를 명확하게 알지 못했다. 책에서 배운 가정의 모습과 부부의 모습을 막연하게 그리고 있었다. 그건 일찍 아버지를 여의고 할머니와 어머니 손에 자란 내 성장 배경과 무관하지 않다. 전혀 학습되지 않은 생경한 환경에 던져진 걸 결혼 직후에 알았다.

예정대로 금요일 오전 연안부두를 향하여 출발했다. 마침 개교기념일이었다. 전날까지만 해도 말갛게 개었던 하늘이 아침부터 어둡더니, 제2경인고속도로를 달릴 때 빗줄기가 제법 굵어졌다. 비가 퍼붓거나 날이 어두울 때 혼자 하는 여행이 두렵다. 하지만 혼자라는 홀가분함이 그 두려움을 앞지르기에 충분하다. 윈도 브러시를 2단으로 하고 음악을 켰다. 은은하고 애상적인 쇼팽의 피아노곡이 흘러나왔다.

한 시간 반 걸려 도착한 연안부두엔 정박한 배가 많았다. 크고 작은 배가 머무는 가운데로 선착장이 길게 누웠다. 바람이 세차게 불어도 빗줄기는 아까보다 누그러졌다. 가랑비. 낚시꾼들이 여럿 눈에 띄었다. 낚싯대를 드리운 밀짚모자 쓴 중년 남자가 흘낏 쳐다보았다. 우산을 쓰지 않은 채 선착장으로 걸어가는 내게, 바람이 세니 가까이 가지 말라고 했다. 가볍게 목례하고 그를 지나쳐 걸었다. 갈매기 한 마리 안 보이는 바다다.

언제부턴가 혼자 여행하기 시작했다. 엄밀히 말한다면 혼자 살고 싶은 마음이 간절해졌다. 친구 은지가 투덜댔다. 그렇게 혼자가 좋으면 결혼을 왜 했어? 암튼 인혁 씨 겉도는 것 하나도 탓 못 해. 아니, 어쩜 그쪽에서 먼저 시작했는지도 모르지만 말이야. 그랬다. 결혼 생활은 처음부터 삐거덕거렸다. 남편에게 기대했던 건 다른 게 없었다. 신뢰, 그거 하나였다. 첫사랑이던 선우의 배신으로 얻은 불신을 회복하고 싶었던 걸까, 남편에게서. 기대했던 단 하나 신뢰는 너무나 쉽게, 빨리, 무너졌다. 혼자 살고 싶은 간절한 마음은 거기에 기인했으리라.

결혼 반년 후, 남편이 처음으로 밖에서 밤을 지내고 오던 날, 조바심이 들어 잠을 이루지 못했다. 작은 소리에도 귀를 바짝 세우고 남편의 발자국 소리인지 아닌지 가늠하느라 안간힘 썼다. 사고가 났을지 모른다는 방정맞은 생각과 야속함이 교차되어, 조급함이 극에 달한 상태로 아침을 맞았다. 저녁에 돌아온 남편은 급한 출장이었다고 말했다.

그런 날이 반복되는 가운데 여자가 있느냐고 직설적으로 물었다. 생기지 않는 아이 때문이냐는 말도 함께. 남편이 부인하기 바랐다. 그러나 순순히 여자가 있다며 시간을 달라고 했다. 그러고 얼마 되지 않아 결혼 전부터 사귀고 있던 여자를 정리했다. 그 후 나는 남편에게 가까이 가지 못했다. 오히려 내 곁에서 밀어내며, 마음의 단추를 하나하나 채워갔다. 불신의 늪은 깊었고 밑바닥에 도사리고 있는 건 냉담이었다.

남편에겐 여자가 끊이지 않았다. 그 바람기를 은폐하려는 듯, 남편은 사이 좋은 부부로 보이려고 행동했다. 나는 더 냉담해졌다. 부부동반 회식 자리나 회사 야유회에서 보여주는 자상함과 배려에, 동료 직원 부인들은 탄성을 지르며 부러워했다. 그런 친밀한 행동과 말은 사람들이 사라짐과 동시에 역시 사라졌다. 여름날의 열기와 북적거림이 모두 사라진 겨울바다처럼. 나는 남편의 완벽한 연기에 진저리쳤다.

나는 목까지 올라오는 셔츠를 입지 못한다. 입지 못하는 것뿐만 아니라 입고 있는 사람만 봐도 목이 답답해지고 침이 잘 넘어가지 않는다. 언제부터 그랬는지 정확하게 알 수 없다. 목에 생선가시가 걸린 것 같고, 살덩이가 돋아난 듯 느끼기도 했다. 며칠 후면 가라앉겠지 했는데 그게 아니었다. 침을 넘기지 못할 정도로 증세가 심했다. 견디다 못해 찾아간 병원의 의사는 목 안까지 사진 찍고 귓속과 콧속을 살피더니 신경성이라고 했다. 처방한 약을 보름 동안 꾸준히 먹었다. 증세는 호전되지 않고 오히려 더 심해졌다.

은지의 성화 때문에 함께 한의원에 찾아갔다. 인상 좋은 한의사는 진맥과 문진한 다음 친구가 있느냐고 물었다.

"있어요, 많아요."

필요 이상으로 강한 어조가 무의식적으로 튀어나왔다.

"아니, 그런 친구 말고요. 마음을 열어놓고 편히 이야기할 친구요."

나는 진료실 밖 의자에 앉아 있는 은지를 떠올렸다.

"그런 친구도 있는데요."

한의사가 다시 말했다.

"화가 가슴 가득 차서 목까지 올라왔어요. 억제하고 있는 것을 풀어줘야 해요. 약 한 제만 드시면 좋아지니 마음 편히 하고 친구와 이야기를 많이 하세요."

의사의 음성은 온화한 인상에 어울리게 부드러웠다.

한의원에서 가져온 한약을 다 먹은 지 한참 되었는데 증상은 여전했다. 음식물 삼키기가 힘들었다. 마음이 편하지 않은 것도 아닌데 무슨 이유인지 알 수 없었다. 은지는 매일처럼 전화해서 내 상태를 물었고 걱정했다. 가끔 죽을 사 오거나 끓여가지고 와 억지로라도 먹으라고 성화였다.

남편에게 다시 또 여자가 생긴 건, 혼전에 사귀던 여자와 헤어진 지 얼마 되지 않아서였다. 남편이 나에게 보이는 관심과 몸짓은 자기방어 수단에 불과했다. 남편의 새로운 여자는 동료인 김 과장 부인이었다. 그 여자와 남편은 김 과장이 공사 현장에서 사고 당했을 때, 남편이 일 처리를 맡으면서 만나게 된 듯하다. 그 여자가 답례로 갈비 세트를 들고 왔을 때 처음 보았다. 마침 은지가 놀러 와 있던 날이었다. 흘금거리며 여자의 행동거지를 살피던 은지는 그녀가 돌아가자 고개를 갸우뚱하더니 소파에 털썩 앉았다.

"이런 말, 해도 될지 모르겠는데, 니 남편 단속 잘해. 고상 떨다가

버스 지나간 후 울고불고 난리 치지 말고. 알았냐?"

은지는 탁자에 놓인 물을 벌컥벌컥 마셨다. 결혼 전부터 사귀던 여자를 정리한 지 얼마 되지 않았다고 차마 말하지 못했다. 은지는 측은하다는 듯 나를 한참 응시했다. 가슴에 바람이 지나가는 소리가 들렸다. 목이 답답해서 토할 것 같았다. 은지는 제주도에 여행 갔을 때 여자와 남편이 함께 있는 걸 보았다고 했다. 호텔 휴게실에서 남편을 본 은지가 반가워서 인사하려다가 흠칫 놀랐다고. 옆에 있는 그 여자와 너무 다정해 보였지만 긁어 부스럼 만드는 것 아닌가 하는 우려 때문에 침묵했단다. 은지는 좋지 않은 예감이 적중했다며 나보다 더 신경질을 부렸다. 나는 요 몇 달 동안 유난히 자주 있던 남편의 출장을 생각해냈다. 이제는 덤덤하다 못해 의무적인 부부 생활도 떠올렸다.

"바로 저 여자야, 맞어."

은지가 결심한 듯 단호하게 말했다.

"혼자 살고 싶어."

은지의 말과 무관한 말이 튀어나왔다.

나는 소파에서 벌떡 일어났다. 은지가 뜨악한 표정으로 올려다보며 뭐라고 말했지만 더 이상 내 귀에 들어오지 않았다. 혼자 살고 싶어. 혼자 살고 싶어. 되새김질하듯 자꾸 입에서 맴도는 언어들을 삼키지 못하고 웅얼웅얼 뱉어냈다.

연안부두에서 집으로 돌아올 때쯤 날이 갰다. 저녁 햇살이 차창을 통해 들어왔다. 아파트 주차장에 차를 세울 때 휴대전화가 울렸다. 안

부를 묻는 남동생의 전화였다. 남편은 아직 돌아오지 않았다. 따뜻한 물로 샤워하는데 경인고속도로 달릴 때 내리던 빗줄기가 샤워기 꼭지를 통해 다시 쏟아지는 것 같았다. 오스스 소름이 돋았다. 몸살 기운이 있는 듯했다. 아무 때나 감기 몸살을 앓는 나를 은지가 놀리곤 했다. 여름 감기는 개도 안 걸리는데 너는 전천후구나, 하면서.

소파에 앉아 수건으로 머리카락을 꾹꾹 누르며 텔레비전을 켰다. 늦더위가 기승을 부린다는 뉴스가 흘러나왔다. 더위 피해 한강변에 나온 시민들의 모습이 텔레비전 화면에 비춰지고, 카메라 세례 받은 어린이들이 손가락으로 브이를 그리며 장난스럽게 웃었다. 아이 아버지로 보이는 남자가 더위 때문에 짜증스럽다고 말하는데, 표정은 행복해 보였다. 텔레비전을 껐다. 까만 화면은 다 잊은 듯 침묵했다. 감기약을 입에 털어 넣고 자리에 누웠다. 잠을 청했다.

시커먼 가마솥에서 뽀얗고 후끈한 김이 무럭무럭 피어오른다. 알 감자와 옥수수 익는 냄새가 회를 동할 듯 구수하게 콧속에 스며들었다. 행주로 솥뚜껑 손잡이를 감아쥐며 열었다. 젓가락으로 그중 굵은 감자를 찔렀다. 푹 들어간다.

"어디 보자, 다 익었냐?"

할머니가 아궁이 앞에 나와 앉으며 꺼내보라고 재촉했다.

"언제 나오셨어요? 뜸이 덜 들었어요."

"시간 읂다. 어여 끄내봐."

할머니는 평소의 느긋한 성미와 다르게 성화를 부렸다. 소쿠리에 감자와 옥수수를 꺼내놓자마자, 앞으로 다가앉아 걸신들린 사람처럼 게걸스럽게 먹기 시작했다.

"할머니, 물과 함께 천천히 드세요. 왜 이리 급하게……."

"손 저리 치워. 시간 읎대잖어."

눈을 허옇게 흘기며 뿌리쳤다. 살기를 느꼈다. 무서웠다. 꿈이다. 침대 옆을 더듬어보았다. 비어 있다. 새벽 두 시가 넘었다. 남편은 들어오지 않을 모양이다. 남편이 결혼 전부터 사귀었다는 여자, 갈비를 들고 왔던 김 과장 부인, 김 과장, 알 수 없는 어떤 여자, 그들의 웃음소리와 말이 어지럽게 허공을 떠다닌다.

현실과 사람에 대한 실망감은 나를 결혼으로 성급하게 내몰았다. 성적이 좋아 대학 졸업과 동시에 취직될 거라는 막연한 기대를 가지고 있었다. 내성적이고 소극적인 나는 회사 면접에서 계속 떨어졌다. 임용고사 치르고 합격 후 발령을 기다렸지만 일 년이 다 되도록 연락이 없었다. 더구나 캠퍼스 커플로 만났던 선우의 배신은 죽고 싶도록 깊은 상실감을 안겼다. 고모의 소개로 남편을 만났다. 남편은 맏아들이었다. 그의 어머니는 맞선 후 바로 결혼을 서둘렀고, 나는 현실 도피처로 그를 선택했다. 남편은 지난주 내내 출장이다 접대다 하며 외박하거나 늦었다. 진위를 묻지 않았다. 이미 그것은 의미 없는 물음이었으니까.

꿈속에서 보인 할머니의 이해할 수 없는 행동만이 한 주간 내내 머릿속을 어지럽혔다. 뒤숭숭한 꿈, 시간 없다고 서두르는 할머니의 기이한 꿈속 행동, 그것만이. 일간 한번 다녀가라는 어머니의 목소리도 귓전에 맴돌았다. 친정에서 하룻밤 잘 생각으로 짐을 챙겼다.

소나무 삭정이처럼 시커멓게 삭은 친정의 나무 대문은 한쪽으로 약간 지그러져 있었다. 오른손으로 슬쩍, 밀었다. 대문 옆에 있는 초록색 지붕의 개집 앞에서 검은 바탕에 귀만 하얀 강아지 한 마리가 발톱으로 땅을 후벼 파다가, 내 발자국 소리를 듣고 워얼 워얼 짖어댔다. 그러다 그만두고 검은 눈으로 멀뚱거리며 쳐다보더니, 다시 땅 파는 짓을 계속했다. 강아지가 나를 기억해낸 듯했다. 잠시 후 꼬리까지 살살 흔드는 걸 보니, 확실히 알아본 모양이었다.

문이 활짝 열어젖혀진 안방을 들여다보았다. 아무도 없다. 뒷문 위쪽의 사진틀 속에서 남동생보다 더 젊은 아버지가 빙그레 웃었다. 결혼사진 속 나는 남편의 팔짱을 끼고, 웃는 듯 우는 듯 어설픈 표정으로 서 있다. 신부가 결혼식 내내 우는 걸 첨 봤어, 도대체 왜 저런대. 시누이가 눈살 찡그리며 나를 흘깃거렸다. 애, 너 정말 왜 그래? 그만해라. 니 시댁 사람들 눈초리가 곱지 않어. 은지가 웨딩드레스 아랫단을 펴주는 척하며 들릴 듯 말 듯 말했다. 어머니는 입 꼭 다물고 눈을 내리깔았다. 이모와 고모는 객석에 나란히 앉아 벌건 눈으로 나를 쳐다보았다. 이제 찍습니다. 다정하게 조금 더 가까이 서요. 사진사의 주문이 귓가에서 윙윙거렸다. 어설픈 표정은 그렇게 연출되었다.

윗목에 덩그렇게 놓인 키 낮은 궤짝 위에 담요가 올려 있고 아랫목에는 횃대보가 둘러쳐졌다. 불룩하게 나온 배. 어머니는 아직도 그 안에 옷을 걸어두는 모양이다. 어머니가 시집올 때 해 온 거라는 횃대보. 거기에 'Sweet Home'이라는 영자가 십자수로 위에 수

놓아졌고, 아래쪽엔 구절초 꽃이 레이지데이지 자수로 장식되어 있다. 빛이 바래 흐릿해진 수실은 세월의 흐름을 말하는 듯했다. Sweet Home, 스물다섯 살에 청상이 된 어머니에게 해당되는 것일까. 더구나 시어머니를 백수 가깝도록 청상의 몸으로 모신 어머니에게.

건넌방 문은 굳게 닫혔다. 팽팽하게 창호지 바른 방문은 햇살에 비치어 붉은빛을 띠었다. 봉숭아 잎과 꽃 몇 개 붙여 모양내고, 손바닥만 한 유리를 붙여놓은 것은 예나 지금이나 똑같았다. 문고리를 잡고 당기자 문이 쉽게 열렸다. 할머니는 거기 있었다. 개켜놓은 이불 위에 얼굴을 모로 하고 엎드려 미동도 하지 않은 채. 연한 갈색 스웨터에 잿빛 몸뻬 입고 다리를 잔뜩 오그렸다. 루비 같았다.

예전에 집에서 기르던 강아지 루비. 외가에 다녀온 어머니가 보자기를 풀자 루비가 몸을 후드득 털며 나왔다. 갈색 털이었다. 학교에 가는 시간을 빼고 루비는 거의 내 품에 안겨 있었다. 밥 먹을 때 마루 아래 섬돌에 앉아 밥상 쳐다보는 게 안쓰러워서, 밥 한 숟가락 퍼서 섬돌에 놓아주곤 했다. 꼬리 치며 날름날름 받아먹는 루비를 할머니는 미워했다. 사람도 다 안 먹었는디 지깐 게 뭐시라고 턱 받치고 앉어 받아 먹는댜. 할머니는 식구들이 밥 먹기 전에 루비에게 밥을 주지 못하게 했다. 이듬해 봄 루비는 쥐약 묻은 고구마를 먹고 죽었다. 헛간에서 다리를 오그리고 거품과 눈물이 범벅된 채 바들바들 떨면서.

"할머니!"

"……."

"할머니!"

두 번째 부르자 할머니는 모로 했던 몸을 움찔했다.

"누우구우여."

할머니의 가느다란 목소리는 마르고 튼 검푸르딩딩한 입술 사이에서 신음처럼 흘러나왔다.

"유이요."

할머니는 간신히 눈 뜨며 몸을 뒤챘다. 할머니의 상체를 들어 이불 뒤에 대고 비스듬히 앉혔다. 백발인 할머니의 머리카락은 헝클어지고 진득진득했다. 검버섯이 더덕더덕 난 얼굴에 깊게 파인 주름은 지난한 삶의 골짜기처럼 골이 깊었다. 할머니는 머리맡에 놓인 상자 안에서 담배를 꺼냈다. 수전증으로 손이 덜덜 떨렸다. 라이터로 불을 붙여주었다. 할머니는 깊이 빨았다가 연기를 후우 내놓았다.

"담배 끊었다고 하더니만, 다시 피우세요?"

할머니는 마른기침을 한참 동안 해댔다.

"담배는 평생에 내 친구여."

또 기침을 했다.

"거 봐요. 몸에 나쁘잖아요."

"이만큼 살면 됐지. 어여 내가 죽어야 니 에미가 편할 낀데."

"왜 그런 말을 하세요."

"이젠 덧정 읎다. 내가 어여 죽어야 할 낀데. 아, 접때는 사흘이나 밥두 못 먹구 똑 죽는 줄만 알았구마는, 뭐시 원통해서 아즉도 못 죽는댜, 그래."

하얀 담배 연기와 함께 토해내는 한탄이 울음처럼 들렸다. 할머니 얼굴에 흘러내린 머리카락을 쓸어 올리자 손이 진득거렸다.

"바쁜데 이젠 내려오지 말고 할미 죽었단 소리 들으면 와."

담배를 한 개비 더 피우고 난 할머니는 정신이 맑아졌는지 목소리가 또렷했다. 몸 상태가 생각보다 나쁘지 않았다. 재떨이를 문 앞으로 밀어내고 자리에 누운 할머니 옆에 나도 누웠다. 쿰쿰한 메주 냄새와 담배 냄새가 얼크러진 묘한 냄새가 할머니 몸에서 났다.

두 시간의 단조로운 고속도로 운전으로 몸이 무거웠다. 설핏 잠이 들었다. 누가 할머니와 나 사이에 비집고 들어온다. 길게 기른 허연 수염과 흰 바지저고리, 가만히 보니 할아버지다. 할아버지는 내게 눈길을 주지 않고 할머니를 향해 모로 누웠다. 생전처럼 무서운 인상이었는데 이상하게 무섭지 않았다. 오히려 따뜻한 느낌이 들었다.

할아버지는 호랑이 상이었다. 술에 취해 비틀거리며 청사알리이 벼억계에수우우야 수우이 가암을 자아라앙 마아라. 마을이 떠나가도록 목청 돋워 시조를 읊어댔다. 느티나무가 서 있는 마을 어귀에 할아버지가 들어설 때쯤이면, 숨바꼭질하거나 자치기하던 마을 아이들은 꽁지가 빠지게 뛰어 들어가 담벼락과 장독 뒤에 숨었다. 세상에서 제일 무서운 사람이었다. 그를 우리는 호랑이 할아버지라고 불렀다.

그때 우리가 무서워하는 사람은 호랑이 할아버지와 뚝방집 할머니였다. 학교 오고 가는 길목에서 개울 쪽으로 난 뚝 근처에 있는 외딴집. 그 집에 허리가 잔뜩 꼬부라지고 머리가 하얀 할머니가 기다란 곰방대를 들고 사립문 앞에 앉아 있곤 했다. 모습이 어찌나 암상 스럽고 기이한지 그 할머니를 보면 오금이 저렸다. 그 할머니를 싸고도는 이상한 소문 때문에 더 무서웠다. 어떤 아이는 그 할머니가 욕 잘하고, 힘이 세서 커다란 돌멩이를 번쩍번쩍 드는데, 아기가 보이면 무조건 훔쳐 간다고 했다. 훔쳐 간 아기가 젖을 못 먹고 굶어 죽었는데, 비가 오는 날이면 그 뚝방집에서 아기 울음소리가 나는 걸 들었단다. 우리는 모이기만 하면 호랑이 할아버지와 뚝방집 할머니 이야기로 조잘댔다. 그렇게 무서워한 할아버지가 내 친할아버지라는 걸 초등학교 4학년 때 알았다. 할아버지는 사촌인 정이네 집에 살고 있었다.

할아버지가 할머니와 나 사이에 파고들어 잠에서 깼다. 아무리 꿈이라지만 할머니 곁에 할아버지가 눕는다는 건 기이한 일이었다. 생전에 두 분이 한방에 있는 것을 못 보았고, 할아버지가 돌아가셨을 때도 할머니는 정이네 집에 가지 않았다. 심지어 할아버지 태운 상여를 상두꾼이 메고 와 우리 집 앞에서 노제 지낼 때도, 할머니는 건넌방 문을 닫은 채 내다보지 않았다. 동네 어른들이 와서 마지막 가는 영감님에게 인사하라고 성화했지만 기침 소리조차 내지 않고 침묵했다. 요령잡이가 원통해서 못 가겠네 이제 가면 언제 오나 어허 어야 하고 선창하면, 상두꾼들이 따라서 복창하는 소리가 구슬프게 온 집안을 에워싸도 할머니는 꿈쩍하지 않았다.

"다 잔겨?"

할머니는 꼿꼿하게 앉아 여전히 담배를 피우고 있었다. 언제 아팠냐 싶게 말짱한 모습으로.

"지금 막 꿈을 꾸었는데 할아버지가 왜 할머니 옆에 누워요?"

퉁명스럽게 내뱉듯 하는 말에 할머니는 조금도 이상하지 않다는 표정으로 담배만 태웠다. 재떨이에 꽁초를 비벼 끄던 할머니가 뜬금없이 말했다.

"너 아냐?"

"뭘요?"

"나 죽으면 어디로 간다?"

눈의 초점은 창가를 향한 채, 할머니는 남의 일처럼 표정 없이 물었다. 어느새 머리를 빗었는지 매초롬했다. 작은할머니가 돌아가셨을 때도 그랬다.

작은할머니는 할아버지의 작은댁이다. 할아버지가 살아 있을 때 우리 집에 발걸음조차 하지 않던 작은할머니가 할아버지 사후 우리 집에 자주 드나들며 할머니와 친자매처럼 지냈다. 고모는 할 도리다 하면서도 작은할머니를 싫어했다. 할머니 선물 사 올 때 작은할머니의 몫도 꼭 챙겼으면서. 할아버지가 돌아가신 후 작은집과 우리는 화목해졌다. 삼 년쯤 후 작은할머니도 세상을 떠났다. 두 분은 선산에 거리를 두고 이쪽과 저쪽에 묻혔다.

"할머니!"

"그랴."

"내가 지금 꿈을 꾸었거든요. 할아버지 꿈이에요. 이상한 것은 할아버지가 할머니 곁에 누우시던걸. 왜 그런 꿈을 꿀까요? 두 분 사이도 안 좋은데."

내 물음에 할머니는 대꾸하지 않은 채 독백처럼 중얼거렸다.

"다 소용 읎다."

"네?"

"소용 읎대잖어. 니 할애비가. 삼 년 전부텀 내가 눕기만 하면 맨날 내 곁에 와서 드러누워. 그래서 내가 먼저 간 여자 있잖으냐고 혔지. 근데 소용 읎다."

할머니의 어투는 옳은 일을 한 어린애처럼 득의에 찬 듯 의기양양해 보였다.

"니 할애비가 꿈에 보여두 작은할미 은고 나서 모습은 안 뵈구. 그전에 우리 식구끼리 살든 것만 뵈는 거여. 작은할미 은기 전에는 살림도 근동에서 제일 택택혔지. 느이 큰고모 세 살이구, 애비 백일 지났을 적에 할애비가 작은할미를 데리고 왔어. 벌써 배가 불룩혔지. 니 작은할미는 건넌방에, 나는 안채에 이태를 그렇게 살았어. 휴우……."

할머니는 답답증이 나는지 앙상하고 핏기 없는 주먹으로 가슴을 두어 번 쿵쿵 두드렸다. 다시 한숨을 포옥 내쉬더니 이미 목이 훤히 드러나 보이는 셔츠의 목둘레를 잡아당겨 늘였다. 나도 답답증이 났다.

"그러다 작은할미는 니 할애비한테 속닥거려 기어이 윗동네에 기와집을 짓고 들어갔지. 니 할애비도 같이. 근데 이제 소용 읎다는 겨."

"뭐가 소용없다는 거예요?"

"니 작은할미가 소용 읐다는 거지 뭐여. 내가 꿈에 뵈면 늘 그러거든, 먼저 간 여자 있는디 왜 날 찾느냐구. 그러면 니 할애비는 다 소용 읐으니 어여 가자고 하지 뭐여?"

"그전에는 할아버지가 할머니한테 잘하셨어요?"

"우리 살던 곳은 괴산여. 내가 난 곳이 곰실이라 나를 곰실댁이라구 불렀지. 괴산에서 아주 잘 살았구, 머슴을 셋이나 두구서. 거기가 양반 마을인데 니 할애비를 그냥 두겠어? 친정에 와 있는 니 작은할미한테 애를 배게 했으니 말여. 조리돌림을 합네, 멍석말이를 합네 야단이었어. 그 많던 땅을 헐값에 급히 팔아버리고 거길 떠나 여기로 온 거여."

할머니는 또 한숨을 내쉬었다. 힘들면 이야기 그만하라고 했지만 실은 더 듣고 싶었다.

"작은할머니는 내버려두구요?"

"아녀, 그전에 니 할애비가 대전으로 이사 시켜놨지. 그랬다가 배가 불룩해져서 여기 들어와 이태를 같이 살았대잖어."

"어떻게 한 집에서 살아요?"

"시절이 그랬으니께. 휴우."

할머니는 한숨과 함께 담배 연기를 뱉어냈다.

"할머니, 돌아가시면 어디에 묻히고 싶어요?"

"암 데나 묻지 뭐."

"혹시 할아버지와 합장(合葬)하고 싶으세요?"

할머니의 눈이 맛있는 음식을 앞에 놓은 아이 눈처럼 갑자기 빛이 나기 시작했다.

"왜, 왜 그런냐?"

"아니, 할머니 의사가 중요하지. 할머니가 합장하고 싶으면 말씀하세요."

"이런들 알겠냐, 저런들 알겠냐."

"그래두, 할머니 뜻이 중요하니까 솔직히 말씀하세요."

"은젠가 뭘 보는 사람이 그러더라. 니 할애비랑 합장할 팔자라구."

"그럼 합장하고 싶다고 말씀하세요. 네?"

할머니 턱밑으로 바짝 대들며 채근했다. 퀴퀴하고 진한 니코틴 냄새가 코를 찔렀다.

할머니는 언제나 입버릇처럼 말했다. 아까시나무 밭이라도 할아버지와 멀찌감치 떨어진 곳에 홀로 묻어달라고. 만약 그렇지 않고 맘대로 합장하면 귀신이 되어서라도 성가시게 할 거라고. 어둠의 끝에 빛이 있듯이 미움의 끝자락에 사랑이 있는 걸까. 화해가 있는 걸까. 풀리지 않은 수수께끼 풀듯 끙끙대며 할머니 옆에 누워 밤을 보냈다. 밤새 할머니의 앓는 소리와 마른기침 소리, 가르랑가르랑 가래 끓는 소리가 나를 휩싸고 돌았다. 할머니 몸에서 나는 특이한 냄새에 답답하고 조급하던 마음이 오히려 평온해졌다.

남편은 아침 운동 다녀온 모양이다. 상기된 얼굴로 컵에 물을 따르며, 토스트 굽고 있는 나에게 물었다.

"할머니 좀 어떠셔?"

사흘 만에 들어와 할머니의 안부를 묻는 남편의 모습이 생경했다. 남편은 나를 슬쩍 쳐다보더니 컵에 따른 물을 벌컥벌컥 마셔댔다.

"어젯밤 꿈에 내 윗니가 하나 빠졌거든."

"……."

"이가 빠지면 누가 죽는다지 않아?"

"당신과 상관없잖아. 우리 그만 정리해요."

순간적으로 여과 없이 내뱉었다. 더 이상 남편과 마주하고 싶지 않았다. 내 입에서 나온 말은 온 집 안을 헤집고 뛰어다니는 듯했다.

"내게만 덮어씌우지 마."

차분하면서도 요동 없는 그의 말은 위력이 없었다.

"이대로 사는 건 이제 싫어요."

"그래?"

남편은 컵에 남은 물을 모두 삼키고 욕실로 향했다.

사흘 만에 들어온 남편은 한마디 해명이 없었다. 처음 외박하던 날은 급한 출장을 다녀왔다고 했던가. 그 후 서너 번은 더듬거리며 친구 아이 돌이라고도 했고, 친구 아버지 문상이 있었다고 했다. 그 것도 잠시, 요즘은 아예 당연한 듯 말이 없다. 진부한 거짓말에 관심 조차 없는 내 의중을 알아차렸기 때문일까. 욕실로 뚜벅뚜벅 걸어가 는 남편의 발자국 소리가 들렸다. 곧이어 쏴아 물소리가 났다.

샤워 마치고 외출복으로 갈아입은 남편이 식탁에 앉아 토스트와 계란 프라이에 손대지 않은 채 말했다.

"김 과장 해외 지사로 발령 났어. 가족도 함께 갈 거야."

"……"

더 이상 아무런 말도 하고 싶지 않아 침묵했다.

할머니의 부음은 그로부터 사흘이 지난 새벽, 풀벌레 울음소리를 가르며 들려왔다. 무더위 속에서도 지난밤은 유난히 시원했다. 열대야로 며칠 잠을 설친 나는 오랜만에 푹 잠들었다. 새벽 5시 20분. 어렴풋이 잠에서 깨어났을 때 전화벨이 울렸다. 직감적으로 할머니의 부음이라는 걸 알았다.

"유이야, 할머니 돌아가셨어."

어머니는 울음뿐인 짧은 말을 가까스로 읊조렸다.

밤새 울던 풀벌레는 새벽까지도 그 울음을 그치지 않았다. 푸릇한 새벽 기운이 기지개 켜는 창가에서 회색의 도시를 내다보았다. 어제처럼, 또 그제처럼, 도시는 무표정했다. 남편과 나 사이의 간극도 거리라기보다, 저 도시 같은 표정일지 모른다는 생각이 들었다.

친정 대문 앞에는 할머니가 신던 흰 고무신과 짚신 세 켤레, 간단한 음식, 간장 종지가 오른 사자밥상이 놓여 있었다. 안마당에는 벌써 흰 차일이 쳐졌고 조문객들로 소란했다. 할머니는 사진 속에서 빙그레 웃으며 나를 맞이했다. 살 만큼 사시다 갔다고, 호상이라고, 웃고 떠드는 마을 사람들과 친지들은 잔칫집 분위기를 연출했다.

작은할머니가 낳은 금석 삼촌과 고모가 할머니의 매장 문제를 놓고 입씨름했다. 삼촌은 할머니와 할아버지의 합장을 반대했고, 고모는 독기 품고 덤볐다.

"글쎄, 합장은 안 된다니까요. 누님도 생각해보세요. 합장하면 집 안에 안 좋다는데, 특히 자식들한테 나쁘대요. 합장도 운이 맞아야 한다잖아요."

"살아생전 영감 한 번 제대로 차지 못 한 양반 생각도 해줘야지. 그럼 니 엄마하고 합장해야 된다는 거니?"

고모의 목소리에서 쇳소리가 났다. 출가외인이니 누님은 상관하지 말라는 금석 삼촌의 말은 힘을 잃었다.

"왜들 그러세요. 돌아가신 분 앞에서 집안싸움을 다 하구. 그만들 두세요."

삼촌과 고모의 입씨름을 보다못한 어머니가 언성을 높였다. 고모와 삼촌은 불그레한 얼굴과 굳은 표정으로 할머니의 영정을 직시한 채 잠잠해졌다.

"살아서 차지 못 한 영감님 돌아가신 다음에 차지한들 무슨 소용이 있을 거라고. 어머님도 참 알다가 모르겠어요. 접때부터 이상스레 자꾸 물으시더라고요. 죽으면 어디다 묻을 거냐고. 눈만 감으면 아버님이 매일 곁에 오셔서 주무시고 가는데, 다 소용 없으니 어서 오라고 하신대요. 벌써 삼 년 전부터. 원수처럼 밉던 마음이 싸악 녹아지셨다지 뭐예요? 생전에 잘해주던 모습으로만 뵌신대요. 어머님이 꼭 합장을 하라는 말씀은 없었지만 해드리는 게 좋을 것 같아요."

어머니가 차근차근 이야기하며 집안 사람들의 눈치를 살폈다. 당숙과 큰삼촌이 수긍하는 눈치였다. 금석 삼촌의 얼굴도 누그러진 빛이 역력했다. 고모는 여전히 할머니의 영정에 시선을 고정했다.

장례식 날은 유난히 바람이 좋았다. 늦여름의 살갗을 태울 듯한 햇살은 구름 사이로 숨었다가 간간이 얼굴을 내보였다. 할머니를 태운 꽃상여는 춤을 추듯이 산들바람에 너울거렸다. 할머니가 김매고 가꾸던 서악산 아래 콩밭엔 콩꼬투리가 여물어가고, 밭두렁엔 분홍빛 메꽃이 아침이슬 머금고 피어 할머니 가는 길을 지켜보았다. 요령잡이가 부르는 만가와 선창, 상두꾼들의 후렴은 구슬프기보다 신명 나게 들렸다.

할머니는 돌아가신 다음에야 흙이 다 된 할아버지를 차지하고 곁에 누웠다. 그날 저녁부터 가을을 재촉하는 가랑비가 조용히 내렸다.

할머니 장례에 삼우제까지 마친 후, 집으로 돌아오는 길. 경부고속도로는 시원하게 뚫려 있었다. 아침에 반짝 개었던 날씨는 오후부터 꾸무럭대기 시작하더니 급기야 비를 토해내기 시작했다. 여름 끝자락에서 가을비가 장맛비처럼 쏟아졌다.

"잔디가 잘 살겠어."

남편은 셔츠 주머니에서 담배를 꺼내다가 다시 집어넣으며 열없는 듯 말했다. 윈도 브러시가 빠르게 움직이고, 긴장이 풀리며 잠이 어둠처럼 몰려왔다. 핸들 잡지 않은 손으로 내 손 가만히 잡는 남편의 손길을 어렴풋이 느끼며, 잠 속으로 빠져들었다.

파리가 쏘아 올린 사랑방정식

1

위이이잉, 파리다. 그것도 왕파리. 거무튀튀하고 푸르스름한 날 개를 쫙 펴고 높이 난다. 방충망이 견고하게 쳐져 있는데 어떻게 방 으로 들어왔을까. 파리채가 필요하다. 없다. 그게 있을 리 없잖은가. 파리채로 때려잡으면 될 것 같아 수건을 휘둘러본다. 어느새 숨어버 렸다가 또 위이이잉 머리 뒤쪽에서 소리를 낸다. 나갈 수 있게 방충 망을 열어놓아야 할까. 그럴 수 없다. 그러다 초파리나 모기가 들어 오면 더 낭패니까. 신경이 곤두선다. 겨우 파리 한 마리 때문에. 몸 이 나른하다.

내 귀 뒤에서 파리가 또 위이이잉 소리를 낸다. 어쩔 수 없이 스 스로 나가도록 방충망을 열었다. 수건을 휘두르며 말했다. 어서, 나 가! 나가란 말이야! 내가 너를 죽게 하지 마! 라고. 파리채를 사러 마트에 가야할까. 지금 세상에 파리채 파는 곳이 있을까. 적어도 파리채에 얻어맞아 뭉그러진 파리를 보고 싶진 않다.

휴대전화가 울린다. 모르는 번호다. 받을까 말까 망설이다 받았다.

"윤, 오랜만입니다. 사십 년은 된 것 같은데요. 모르시겠어요?"

전화기 저쪽의 목소리가 귀에 익다. 그, 민석이다. 파리가 다시 내 머리 위에서 위이이잉 소리를 낸다. 다시 수건을 휘두른다.

"여보세요? 윤 맞나요? 진에게서 전화번호 받았는데, 접니다. 안 들리나요?"

안타까운 듯 외치는 목소리가 환청처럼 웡웡거렸다. 열어놓은 방충망 밖으로 파리가 휙 나갔다. 속 시원하다. 파리는 창공으로 날아간다. 힘차게.

"저 윤 맞아요. 파리가, 파리가……."

"네? 하하핫. 그 파리 말인가요?"

전선을 타고 그가 호탕하게 웃었다. 예전의 빙긋 소리 없이 웃던 웃음과 달리.

그를 처음 만난 건 '진' 때문이었다. 진이 사관학교 입학 며칠 앞두고 나를 찾아왔다. 진이 찾아온 건 의외였다. 더구나 함께 입학하게 된 친구라며 그를 대동하고. 그의 첫인상은 밋밋했다. 평범하게 생긴 얼굴이었고, 키가 크지도 작지도 않았으며, 말도 거의 하지 않았으니까. 그날 우리 셋은 읍내 작은 음식점에서 생태찌개에 소주를 마셨다. 어른이 되어가는 길목에서, 그것도 군대나 다름없는 사관학교 입학을 앞두고. 진은 많이 마셨고 꿈과 함께 내게 고백 비슷한 걸 했다. 그는 묵묵히 술잔을 들었다.

함석지붕 위로 봄을 재촉하는 비가 내렸다. 빗소리는 낭만적으로 들렸다.

"아, 저 빗소리 참 좋아!"

술기운 때문이었을까. 나도 모르게 탄성 비슷하게 질렀다. 그가 빙긋 웃었다.

"왜요? 웃기나요?"

"윤, 빗소리가 왜 좋아? 난 우울해서 싫어."

진이 창밖을 내다보며 말했다.

"봄이 오는 소리잖아. 봄은 만물을 회생시키고. 그래서 특히 봄비 내리는 소리가 좋아."

술기운에 지른 탄성이 겸연쩍어 한 말이었다. 감정을 욱여넣는 것에 더 익숙한 나다. 날것 같은 감정을 내놓는 게 어딘지 어색했다.

파리 한 마리가 생태찌개가 담긴 노란 냄비 손잡이 위에 앉았다. 진이 손을 휘저어 쫓았다. 파리는 음식점 벽에 들러붙었다. 파리 앉았던 냄비 손잡이가 불결해 보였다. 식어가는 생태찌개를 떠 먹는데 다시 냄비 가장자리에 앉았다. 그가 쫓았다. 파리는 날아서 주방 탁자 위에 앉았다. 파리가 날아가는 동선을 따라 시선을 옮겼다. 그는 여전히 술을 마셨고 진은 반복적으로 자기 꿈을 이야기했다.

탁!

음식점 주인이 파리채로 내리쳤다. 파리는 넓적하고 불그레한 파리채에 뭉그러졌을 거다. 봄이 오니까 파리도 한 마리씩 나온다고, 주인은 파리채를 벽에 걸며 중얼댔다. 뭉그러진 파리가 불쑥 가엾어졌다. 조금 전까지 불결해 보였던 파리였는데. 진과 그는 술잔 앞에서 입학하게 될 사관학교 이야기를 했다. 지루했다. 파리채 안에서 뭉그러졌을 파리처럼 내 기분도 뭉그러졌다. 그들이 꿈 이야기할 때, 나는 빗소리 따위에 감동하고 있다는 게 우스웠다.

사관학교 입학 후, 그는 매주 수요일에 어김없이 내게 편지를 보냈다. 그 편지는 보통 일주일 전후해서 내 손에 들어왔다. 지식이 풍부했고 특히 철학에 조예가 깊어 그의 이야기 상당 부분을 정확하게 이해하기 힘들었다. 몇 번 읽은 후에야 대략적으로 이해되었다. 그럴 때마다 후려친 파리채 안에 뭉그러진 파리 생각이 났다. 자격지심일까, 그 파리가 나 같은 것은. 정성 들여 쓴 그의 편지 내용이 분홍빛으로 물들기 시작했을 때, 그 느낌은 절정에 이르렀다. 지체하지 않고 그에게 마지막 편지를 보냈다. 온몸과 정신이 뭉그러지는 것 같은 느낌을 견딜 수 없었으므로.

내 마음을 전혀 이해하지 못하는 그는 나로부터 마지막 편지 받고도 수차례 편지를 보냈다. 회유하는. 그래, 회유였다. 그는 영문을 모르겠다고 했다. 그랬을 거다. 지적 차이의 간극을 극복하기 힘들다는 말을 하지 못했으니까. 뭉그러진 심신을 지탱할 수 있는 건, 원인이 되는 걸 잘라내야 했으니까. 그건 내가 나를 지키는 방법이었다. 나는 치졸하고 비겁할 수 있는 그 방법을 택했다.

2

파리채를 사기로 했다. 그날 이후로 파리가 또 한 마리 들어왔는데 방충망을 열어두어도 나가지 않았다. 수건을 휘두르면 어느 구석엔지 숨었다가 조용해지면 다시 위이이잉 소리를 내며 날아다녔다. 그러다 안마의자 손잡이에 앉았고 잡으려는 순간 휙 날아가 버렸다. 꼭 내 고무줄을 끊고 도망가다 손에 잡힐 것 같은 순간에 냅다 도망치는 그놈 같았다. 그놈, 그래 그놈이다. 진철. 하도 약이 올라 붙여준 별명이 '진절머리'인 진철. 파리채를 사면서 진철이 생각났다. 진저리 나도록 약 올리는 파리 때문이었다.

열두세 살짜리가 '진절머리'라는 어휘를 쓸 수 있었던 건 순전히 할머니 때문이다. 할머니의 입에서 나오는 단어 중에 자주 나오는 게 진절머리였다. 원인 제공자는 할아버지였다. 술이라면 사족 못 쓰는 할아버지. 돼지 키워 팔아도 술로 홀라당, 누에 쳐서 목돈을 만져도 술로 홀라당. 그뿐인가. 그러다 마음에 드는 술집 여자를 만나면 몇 날 며칠이고 그 술집에서 살다가 돈 다 털리고 나서야 집으로 스며들었다. 그럴 때마다 할머니 입에서는 진절머리라는 어휘가 쉴 새 없이 쏟아져 나왔다. 에이그, 진절머리 나. 진절머리 나는 인사. 징글징글 진저리 나는 네 할애비. 뭐, 그런 류의.

진절머리는 가장 나쁜 의미를 가진 어휘로 인식되었다, 그때의 내겐. 얼마나 약 오르고 미웠으면 진철에게 진절머리라는 별명을 붙여주었을까. 이름에서 유추될 수 있는 어휘긴 했다. 내가 처음 그 별명을 부를 때, 짝꿍은 손뼉 쳤다. 의미를 알지 못하지만 '머리'가 붙은 게 재밌는 모양이었다. 한둘이 부르기 시작했고 반 아이들 모두 진철을 진절머리로 부르게 되었다. 심지어 선생님도 말 안 듣는 진철에게 가끔 으이구 이 진절머리야! 라고 했다.

진철이는 건넛마을에 살았다. 개울 건너 마을 앞 첫 집에. 우리 집 앞의 논밭이 진절머리네 거였다. 엄밀히 말하면 그 할아버지의. 옛날에 방귀깨나 뀌었다는 그 할아버지는 우리 집 앞 논밭 외에 건넛마을에도 상당한 논밭을 갖고 있었다. 진절머리는 밭에서 일하는 자기 엄마를 따라와 우리 마을에서 놀곤 했다. 학교에서 만나는 것도 진저리 나는데. 툭하면 우리 집에 와서 물을 떠 갔다. 수돗가에서 펌프 물을. 뿌걱뿌걱 세찬 펌프 소리가 나서 나가 보면, 진절머리가 펌프질을 하고 있었다. 한 번은 따졌다.

"너, 왜 내 고무줄을 자꾸 끊니? 도망은 왜 가!"

앙칼진 목소리가 작은 마당을 가득 메웠다. 진절머리가 놀란 듯했다. 빤히 쳐다보더니, 갑자기 파리처럼 손을 비볐다, 싹싹. 물기 묻은 손에서 뽀드득 소리가 났다. 엄마가 들어오다 보고 내게 눈을 흘겼다. 미소와 함께. 엄마에게 꾸벅 인사하던 진절머리가 메롱, 혀를 쏙 내밀었다 들이밀며 도망갔다. 물주전자를 들고.

고무줄 끊기와 공깃돌 흩는 행동이 졸업할 때까지 계속되었다. 진절머리와 진저리 나는 그 싸움이 끝난 건 우리가 중학교에 가면서부터다. 그것도 실제론 끝난 건 아니었다. 잠시 휴전. 대학에 가서 또 만났으니까. 연극 동아리에 들어갔을 때, 진절머리는 나보다 먼저 들어와 있었다. 그때야 그가 같은 학교로 진학했다는 걸 알았다. 진저리 나는 끈질긴 인연이었다. 그 사실을 알고 나는 연극 동아리에 나가지 않았다. 그와 얽히고 싶지 않아서.

인연은 진절머리 나도록 끈질겼다. 고무줄 끊고, 공깃돌 흩고, 치마 들추는 행위야 남자애들이 흔히 하는 관심 정도일 수 있다. 문제는 그놈이 하는 그 행위가 몸서리치도록 싫은 데 있다. 보통 여자애들은 눈을 흘기며 째려보는 것에서 끝나곤 했는데, 나는 필요 이상으로 신경질을 부렸다. 끔찍하게 싫었기 때문이다. 싫은 건 싫은 거다. 같은 행위를 해도 진저리 나게 싫은 경우가 분명히 있다. 그놈은 쾌감을 느끼는 듯했다. 음흉하게 길길 거리며 웃는 그 모습, 소름 돈는다. 내가 남자기피증이 생긴 건 진절머리 진철의 그런 모습에 기인한다고 해도 과언이 아니다.

뭉그러지는 내 마음 같았던 파리를, 뭉그러지게 때려주고 싶은 충동을 느낀 게, 어쩌면 기억의 창고 가장 아래 있는 진절머리에 대한 좋지 못한 감정 때문일 거다. 어쨌든 파리채를 사야겠다고 생각했다. 파리 잡는 게 쉽지 않았다. 부채로도 안 되고, 책받침으로도 안 되었으니까. 금세 잡을 것 같아 손 뻗치면 얼른 눈치채고 위이이잉 날아서 천장에 붙어버리든지, 아예 눈에 띄지도 않게 숨어버리곤 했다. 파리채가 있다면 순식간에 때려잡을 것 같았다.

없는 것 빼고 다 있다는 대형 생필품 파는 마트로 갔다. 살림에 필요한 것은 무엇이든 다 있었다. 작고 예쁜 물품들이 견고한 것부터 조악해 보이는 것까지. 그것도 오백 원짜리부터 있었다. 보통 일이천 원짜리였다. 파리채가 있을 거라고 확신하지 못하고, 구경할 심산으로 주욱 둘러보았다. 신천지가 따로 없다. 이런 물품들을 어떻게 다 만들어냈을까. 생활에 필요한 모든 게 있었다. 그것도 아주 저렴한 가격에 살 수 있는.

파리채도 물론 있었다. 크기와 색깔과 모양까지 아주 다양한 것들이. 그 옛날 옛적 내가 어릴 적에 보았던 전형적인 파리채부터 새로운 것까지 여러 종이었다. 초록색, 빨간색, 노란색, 연두색, 보라색. 길이를 늘였다 줄일 수도 있었다. 파리채가 이렇게 다양할 수 있다니 다양성 가진 세상 맞다. 파리채 코너에서 한동안 뜸을 들이다 그중 손잡이와 바닥이 모두 플라스틱인 빨간색으로 하나 골랐다. 오백 원. 바닥이 가격처럼 가벼워 할랑할랑하다. 그래야 파리를 순식간에 때려잡을 수 있을 것 같았다.

오백 원만 결제하는 건 민망할 듯했다. 볼펜 두 개와 밥주걱을 하나 골랐다. 계산대 앞에 사람들이 줄 서 있다. 줄 서는 건 언제나 진저리 난다. 통학버스 탈 때, 놀이기구 탈 때, 아파트 청약 신청할 때, 코로나가 극성 부리던 시절 마스크 살 때, 줄을 섰다. 그 줄 서는 게 싫어 직장에 들어가자마자 차를 샀고, 놀이기구를 타지 않았으며, 마스크도 만들어 썼다.

계산대 한쪽에 무인계산대가 있었다. 그쪽으로 갔다. 카드 마그네틱이 손상되었는지 결제가 되지 않았다. 얼마 전부터 안 되곤 했는데 아주 망가져버린 듯했다. 할 수 없이 계산대로 자리를 옮겼다. 앞의 두 사람 계산이 끝나고 내 차례다. 근무 조가 바뀌는 시간인지 내 앞에서 직원이 바뀌었다. 남자다, 그것도 늙수그레한. 남자는 틱, 틱, 물품의 바코드를 찍었다.

"오천오백 원입니다. 포인트 입력하시나요?"

아니라며 카드를 내밀었다. 역시 카드 사용이 안 된다. 남자가 나를 보며 말했다. 다른 카드 없느냐고. 그러다 빙긋 웃었다.

"윤, 맞지? 나야, 진철이."

그랬다. 그는 진절머리였다. 진저리 나는 인연이다. 여기가 어디라고 또 다시 만나게 된 것인지. 잘 쓰지 않는 카드를 내밀어 계산했다.

옆의 카페에서 진절머리를 기다리게 되리라고 꿈에도 생각지 못했다. 계산 마친 진철이가 말했다. 윤, 잠시 옆 카페에서 기다려. 금방 나갈게. 아르바이트생 도착할 시간 되었어. 몇십 년 만에 만났는데, 그냥 헤어질 수 없잖아, 라고. 바쁘다고 핑계 댈 일도 아니었다. 세월 이기는 장사 없다고 진저리 치게 싫은 감정도 무뎌진 걸까. 희한하게 반가운 느낌까지 들었으니.

카페 문을 열고 들어온 진절머리 진철이가 이마에 흐른 땀을 훔치며 앉았다. 싱긋. 저 웃음은 펌프질 한 시원한 물을 주전자에 담아 들고 나가며, 혀 쏙 내밀었다 들이민 후 웃던 웃음이다. 진저리 나게 싫었던 기억이 고스란히 떠올랐다. 순간적으로 그 상황도 그랬다. 진절머리는 마트에서 본 유니폼 차림의 모습과 사뭇 달랐다. 그래, 중후하다면 그렇게 볼 수 있다. 저 얄미운 웃음만 빼면.

"어이, 윤! 결혼 안 했다며? 아직도야?"

어디서 내 소식을 들은 걸까. 동창회라곤 나가지 않고 잡지사 한 곳에 정기적으로 에세이 연재하며, 고등학교 국어 선생 노릇으로 밥 벌어 먹고 사는 나의 근황을 누가 알려준 걸까. 결혼 '못했다'고 했으면 그 자리에서 발딱 일어나 나왔을 텐데, '안 했다'고 표현한 게 그나마 나아 앉아 있었다. 고개만 까딱하고. '아직도'냐고 묻는 건 분명히 거슬린다. 꼭 해야 된다는 의미를 내포하고 있으니. 아, 저 진절머리.

"커피 시키자. 난, 아아."

안다, 아이스 아메리카노. 그 나이에 어울리지 않게 무슨 아아냐 싶었지만 잠자코 있었다. 나는 언제나처럼 디카페인이다. 그가 주문대로 갔다 금세 돌아와 앉으며 말했다.

"윤, 아직도 어리네. 카페인에 적응 안 된 걸 보면. 크큭."

진절머리는 나의 작은 부분까지 기억하고 있을지 모른다. 그것도 진저리 난다. 꼭 내게 들러붙어 떨어지지 않던 거머리 같다. 하긴 그때 그 거머리를 떼어준 건 저 진절머리였다.

우리 집 모내기하는 날이었다. 나는 못줄 띄우는 걸 맡았다. 건너편에는 할머니가 등에 사촌동생을 업고 있었다. 옆집 아저씨가 논 위에 있는 모판에서 모를 갖다 달라고 했다. 양손에 두 개씩 네 뭉치를 들고 논으로 들어가 전해주고 논두렁으로 올라왔다. 종아리가 근질거렸다. 파리가 아니고 거머리, 시커먼 거머리 두 마리가 붙어 있었다. 발을 동동 굴렀지만 쉽게 떨어지지 않았다. 내 대신 못줄 잡고 있던 진절머리가 손으로 거머리를 떼어 던졌다. 그때도 저렇게 싱긋 웃었다. 그러고 보면 진절머리 진철은 거머리와 파리를 떠올리게 하는 인간이다.

"언제부터 여기서 마트 하는 거야?"

"좀 됐지. 윤은 이곳에 살아?"

대답 대신 고개를 끄덕였다.

부르르르 차임벨이 몸을 떨었고 진철이 일어나 주문대로 가 아이스 아메리카노와 디카페인 커피를 들고 왔다. 작은 치즈케이크도 하나.

"아침도 못 먹었는데, 아르바이트생이 못 나온다는 바람에 가게로 얼른 뛰어나왔지. 윤 만나려고 그랬나 봐. 급히 한 사람 불렀는데 다행히 거의 왔다잖아. 하하."

저 능청, 그것도 진절머리의 특성 중 하나다.

내가 결혼 직전까지 갔던 남자가 없었던 건 아니다. 신혼여행지까지 물색하던 어느 날, 불현듯 결혼하고 싶지 않아 파혼했다. 그 행위는 지금 생각해도 납득하기 힘들 만큼 즉흥적이고, 비상식적이었다. 이유야 몇 있지만 명확히 설명할 수 없다. 결혼 날짜가 다가올수록 무덤덤하고 나른하기만 했다. 결혼하려던 대상도 진절머리 못지않게 능청스럽기 한량없는 남자였다. 그 능청이 여유로 생각되기까지 한 걸 보면, 그게 싫었던 것은 아니다. 세상의 모든 일이 설명될 수 있는 걸까. 그냥 좋은 경우도 있듯. 결혼이 '그냥' 싫었다. 그래서 파혼했다. 진절머리는 그것까지 알고 있을까. 그러면서도 능청스럽게 결혼 안 했다며, 라고 물었을까. 그만큼 그의 능청은 단수가 높을지 모른다.

"윤, 점심 먹었어? 커피보다 밥 먹을 걸 그랬나? 참, 어머니는 아직 거기 사시지? 우린 그곳 떠난 지 오래야. 우리 어머니는 오 년 전에 돌아가셨어."

진절머리 어머니 모습이 어렴풋이 떠올랐다. 윤아, 너 우리 며느리 될래? 하면서 장난스럽게 웃던 모습도. 그것 역시 질색하는 것 중의 하나였다. 그의 어머니가 우리 집 대문으로 들어서면 얼른 뒷문으로 빠져나가곤 했다. 어쩌다 마주치게 되면 그렇게 농을 했다. 그 농을 아무렇지 않게 받아주는 엄마도 싫었다. 돌아가신 지 오 년이 되었다는 그의 어머니 모습이 새삼 아련해졌다.

"아니, 지금은 동생 집에 사셔. 고향에 가본 지, 오래야."

진철네가 그 많던 재산 헐값에 팔고 마을을 떴다. 진철의 아버지가 선거판에 뛰어든 게 원인이었다. 국회의원 선거에 지고 빚만 남았는데 표마저 턱없이 적게 얻었다. 그게 창피하다며 땅 팔아 빚 갚고 그곳을 떠났다. 내가 마지막으로 진철을 만난 건 대학의 연극 동아리에서였다. 흥미 없어 슬며시 동아리에서 빠져나온 나는 재수해서 사범대학으로 학교를 옮겼다.

"지금 학교에 있다며? 소식은 간간이 들었지. 내 동생 진영이 알지? 걔한테 들었어."

진영이와 내 동생이 친구라는 사실을 잊고 있었다. 그것도 아주 단짝. 동생이 진철의 소식을 알았을 텐데 말하지 않은 건 내가 진저리나도록 그를 싫어했다는 걸 알기 때문일 게다. 아무리 어릴 적 일이라 해도, 그걸 기억하는 동생은 말 꺼내기 쉽지 않을 것 같다. 의문이 풀렸다. 누구에게 내 소식을 들어 그렇게 상세히 알까 싶었는데.

그날 진철과 특별히 나눈 이야기는 없다. 그가 결혼 후 아이 없이 이혼했고, 지금은 혼자 살고 있다는 것. 생필품 대형마트 운영에 재미 붙이고 있다는 것. 사관학교 마친 후 군인으로 있다 전역한 진과 가끔 한 번씩 만나고 있다는 것. 그런 정도였다. 모두 관심 밖이다. 조만간 진과 같이 보자고 했지만 일부러 시간 내고 싶진 않다. 나이 들수록 과거의 사람 만나는 게 부담스럽다. 지금과 전혀 다를 수 있는 그때의 감정을 다시 불러 재현해내고 싶지 않다. 그러다 보면 분명히 상처 되거나 기분이 나빠지는 일이 생길 게 뻔하다. 그런 경험도 몇 번 있었다. 우연히 만나게 되는 것이야 어쩔 수 없다 해도 특별히 시간 만들어 만나고 싶은 사람은 없다.

카페에서 함께 있었던 시간은 30분 남짓이었다. 진철의 휴대전화가 진저리 나게 울렸다. 거의 다 왔다던 아르바이트생이 갑자기 못 오게 되었다는 것이다. 대화가 연결되지 않을 정도로 울어대는 전화벨 때문에 일어설 수밖에 없었다. 아쉬움은 없다. 더 있어봤자 할 이야기도 마땅치 않았으니까. 몇십 년 동안 못 만나고 살았는데 새삼 할 이야기가 있으랴 싶었다.

오백 원짜리 파리채는 요긴하다. 날아다니는 초파리도 단번에 때려잡을 수 있다. 아침부터 위이이잉 날아다니던 파리 한 마리는 어디로 숨었는지 보이지 않는다. 다시 평온한 늦은 오후. 저녁 햇살이 창문을 뚫고 들어왔다. 가만히 보니 홍콩 벤자민 잎사귀 위에서 파리가 낮잠을 즐기고 있다. 망설였다. 때려잡다 나무 잎사귀가 상할

게 염려돼서다. 거무튀튀한 파리 날개 위에 빛나는 푸르스름한 빛. 파리가 깨기 전에 잡아야 한다. 파리채로 내리치려는 순간 전화벨이 울렸다. 파리가 잠에서 깨어나 위이이이잉 천장으로 날아갔다.

"윤, 다른 아르바이트생 구했어. 우리 저녁 먹자. 만나서 할 이야기도 있고."

진철이다. 아, 진절머리 나는 진철이. 도움 안 되는.

"아, 왜! 파리 잡을 수 있었는데 도망갔잖아."

"내가 잡아줄게. 걱정 마! 하하하.

새된 내 목소리에 진철이 웃음을 터뜨렸다. 파리는 천장에 붙어서 꼼짝 않고 있다. 수화기 저쪽에서 진저리 나는 진철의 목소리가 경쾌하게 들렸다. 웬걸, 슬며시 미소가 비어져 나왔다. 알 수 없다, 그 미소의 이유를. 가끔 설명할 수 없는 이유들도 있잖은가.

진절머리 진철은 마다하는 저녁 식사를 극구 고집했다. 파리와 닮았다. 그 끈질긴 게. 꼭 할 말이 있다고 했다. 나는 가끔 이유 없이 어떤 일을 저질러버린다거나, 이유 없이 슬픔이 밀려든다거나, 기분이 상승한다거나 뭐 그런 일이 있다. 한때는 내가 조울증 환자 아닐까 생각하기도 했다. 감정의 기복이 심해서 주체 못 할 때가 있기 때문이다. 하지만 보통은 과묵한 편이다. 보이시한 내 외양과 어울린다면 어울린다.

파리는 여전히 천장에 붙어 있다. 내가 파리채를 대려는 순간 어느새 눈치채고 달아나 버린다. 야속한 저 파리. 진철이가 잡아준다고 말한 것은 허세다. 그러고도 남을 진절머리다. 저렇게 뺀질거리며 피해 다니는 파리 한 마리 때문에 시간 낭비하는 게 약 오른다. 그렇다고 문을 열어놓지도 못한다. 너, 나가! 나가란 말이야! 안 그러면 사망할 수도 있어. 내가 가만 안 둘 거거든. 이렇게 말한다고 파리가 알아듣고 나갈 수 있는 것도 아니다. 야속하다.

어릴 적 진철이가 그랬다. 우리 집 펌프 물을 퍼갈 때뿐 아니었다. 학교 마당에서 공기놀이할 때도. 쉬는 시간이 끝나가자 친구들과 나는 포플러나무 밑에 공깃돌을 모아 가지런히 놓았다. 하교 후 잠깐 놀다 갈 생각이었다. 다섯 개 공깃돌로 하는 놀이가 아니었다. 동글동글 고만고만한 것 백 개도 넘게 흩어놓고 하나씩 두 개씩 서서히 올려 다섯 개까지 따가는 놀이였다.

수업 시작종이 땡땡 울렸다. 친구들과 나는 얼른 공깃돌을 모아놓고 교실로 뛰어 들어가려던 찰나, 어디서 나타났는지 진절머리 진철이가 나타나 공깃돌을 두 발로 막 휘저으며 흩어놓았다. 동글동글 고만고만한 예쁜 공깃돌이 운동장 이쪽저쪽으로 뿔뿔이 흩어졌다. 말릴 새도 없었다. 순식간에 일어난 일이었다. 그래놓고 진절머리는 후다다닥 뛰어 달아났다. 친구들과 나는 부리나케 흩어진 공깃돌을 주워 모아놓고 교실로 뛰어 들어갔다. 늦었다. 담임이 우리 넷에게 교실 마루에 무릎 꿇고 앉아 손 들라고 했다. 손을 높이 들고 앞을 보다 진절머리와 눈이 마주쳤다. 능청스럽게 빙글빙글 웃으며 혀를 쏙 내밀었다 들이밀었다.

천장에 붙었다 달아난 파리가 꼭 진절머리처럼 약을 올렸다. 그 진절머리의 저녁 초대에 응한 것은 파리를 잡을 수 없으니 파리 닮은 진철이라도 때려잡고 싶었던 걸까. 모르겠다. 솔직히 다시 마주치고 싶지 않은 인간이 있다면 첫 번째가 진절머리일 거다. 카페에서 그 진절머리를 기다린 것도 이해되지 않는데, 저녁 약속을 한 것은 더욱 그러하다. 전화번호를 달란다고 알려준 것도. 말로 설명하거나 이해될 수 없는 일이 종종 일어나는 게 인생인지도 모른다.

해 넘어간 여름 끝자락인데 더웠다. 파리와 실랑이하느라 땀을 흘린지라 샤워하고 콘솔 앞에 섰다. 브라운 색깔의 콘솔 위에 몇 가지 화장품이 놓여 있다. 선크림 듬뿍 바르고 비비크림을 엷게 펴 발랐다. 립스틱은 핑크. 가볍고 옅은 화장이다. 아무리 존재감 없는 인간이라 해도 맨 얼굴로 가는 건 예의가 아니다. 최소한의 예의, 그래 그건 언제 누구에게라도 있어야 하는 덕목이다. 덕목이라니, 그 진절머리를 만나러 가는 것도 이해할 수 없는데, 덕목까지. 사람은, 아니 나는, 참으로 알 수 없는 인간이다.

검은색 마 소재 바지에 베이지색 블라우스, 검은색 샌들, 바나나 껍질로 짠 숄더백. 승강기 거울에 비친 나는 사십 대 후반쯤으로 보인다. 상큼하다. 승강기는 주욱 주욱 내려갔다. 7층에서 멈추자 여자가 아이 손을 잡고 탔다.

"선생님, 데이트 가세요? 멋지세요."

묘한 표정으로 날 스캔하듯 주욱 훑어보더니 말을 건다. 이곳으로 이사 왔을 때 여자는 통장이라며 처음으로 현관문을 두드렸다. 혼자 사는 게 무슨 요주의 인물이라도 되는 것처럼 이것저것 묻던 여자. 내가 교사라는 것 때문인지 마주칠 때마다 교육 현실의 불합

리성을 입에 올리곤 했다. 나도 잘 모르는 걸 여자는 알고 있다는 게 놀라울 따름이었다.

"아, 아니요. 옛날 친구가 요 앞으로 온다고 해서요."

진절머리가 옛날 친구로 둔갑하는 순간이다. 데이트가 아니라는 걸 강조하느라 나온 말이었지만.

진철은 지하주차장에서 기다리고 있었다. 약속 장소로 가겠다고 했는데, 진철이 굳이 아파트 동 호수를 물어 결국 알려주고 말았다. 주소를 감출 이유는 없다. 알려고만 든다면 동생들을 통해 얼마든지 알 수 있으니까. 차에서 내린 진철이 차 문을 열어주었다. 뒷좌석, 상석이다. 잠시 망설이다 조수석에 앉았다. 아무리 진저리 나는 진철이라 해도 그건 예의가 아니다. 사실 나는 상석에 대한 강박증이 있다. 진철이라 해도 뒷좌석에 앉을 수 없다. 단둘인데. 진철의 차에서 은은한 허브 향이 났다. 방향제를 뿌렸나 보다. 진철도 나름대로 신경이 쓰였던 모양일까. 아니면 본래 성격이 상큼한 인간일까. 대학에 입학하고 동아리에서 만난 게 마지막이었으니까

"신경 썼네. 나한테 예쁘게 보이고 싶었어?"

저 느물거리는 모습은 여전하다.

무슨 개소리냐고 거친 말이 쏟아질 뻔했다. 중학교든 고등학교든 남자학교에 주로 근무하다 보니 그 정도는 거친 말도 아니다.

"무슨, 쓸데없는 말을."

간결하고 차갑게 대꾸했다. 진철이 움찔하는 듯했다. 심호흡 한 번 하더니 싱긋 웃었다.

"그래, 파리는 잡았어?"

"아니, 뺀질대는 누구처럼 약 올리며 도망갔어."

"으하하핫! 누구? 나? 이런!"

그렇게 별 시답잖은 이야기하면서 도착한 곳은 강물이 내려다보이는 레스토랑이었다. 강 둘레에 놓인 덱을 따라 걷는 산책자들이 보였다. 강물은 잔잔했다. 갈대가 검푸른빛으로 무성해지고, 강 옆의 산은 서서히 내리는 어둠을 삼켰다.

"말해. 무슨 할 말이 있는 거야?"

레스토랑의 은은한 불빛 아래서 차림표를 보던 진철이 고갤 들었다.

"윤, 어때? 스테이크. 아니면 코스로 할까? 난 헤비한 게 좋은데."

"난 가벼운 게 좋아. 저녁이잖아, 단품으로 해. 헤비라니, 나 국어 선생이야. 그 짧은 말 속에 외국어가 세 단어나 들어 있어. 하여간에 쓸데없이 외국어 내지 외래어 남발하는 사람들 보면 머리 아파. 아무튼 할 말이 뭔지 그것부터 해봐."

막힌 둑이 터진 것처럼 말이 와르르 쏟아져 나왔다. 안 나왔으면 모를까 와놓고 타박하는 것 같아서 멈칫했다. 그게 내 성격이기도 하다. 참을 때까지 참았다 계기가 왔을 때 다 쏟아놓는다. 그러면 너답지 않게 왜 그러느냐고 하는 사람이 대다수다. 나다운 게 뭐야? 라고 물었던 적이 어디 한두 번인가. 이 년 전에 헤어진 '석'도 그 때문이었다. 말과 행동 다 참고 받아주다 도저히 할 수 없어 내가 불만을 쏟아냈다. 그날 집으로 돌아오자마자 석으로부터 헤어지자는 이별 통보를 받았다.

"응, 다른 게 아니고, 그냥. 우리 참 오랜만이잖아. 그렇게 헤어지고 말 정도밖에 되지 않는 걸까. 나는 아니었는데. 윤은 그때나 이때나 나한테 진절머리만 나? 아니니까 나온 거지, 그치?"

역시 진절머리 진철이다. 끈질기고 느긋하다. 거기다 빙긋 웃기까지.

진철은 말을 이었다. 생필품 마트를 운영하느라 이렇게 경치 좋은 곳에 와본 적 없다고. 여기도 직원이 알려주었다고. 검색해서 리뷰를 읽어보고 왔는데 역시 좋은 곳이라고. 강을 내려다보고 있는 내가 듣든지 말든지 아랑곳하지 않는 듯 진철은 음식이 나올 때까지 이야기를 계속했다. 주문한 A 코스는 진철의 말대로 헤비하지도 그렇다고 가볍지도 않았다. 천천히 나왔고 양이 많지 않아 적절했다.

식사하는 동안 진철은 음식이 나올 때마다 하나씩 설명을 곁들였다. 양파수프 만드는 과정까지 설명하는 데 놀라지 않을 수 없었다. 장난꾸러기 진절머리가 아니었다. 전문가 못지않은 음식에 대한 해박한 지식과 품평이 의외로 흥미로웠다. 오랫동안 혼자 객지로 떠돌며 살았던 나로선 놀라울 수밖에 없는.

"윤, 한때 내 꿈이 요리사였어. 어머니가 반대만 하지 않았어도 난 백 아무개 같은 요리사가 되었을지 몰라."

무심결에 고개를 끄덕였다. 어릴 적 진철이와 현재의 진철이가 가끔 같은 인물이었다가 아니었다가 혼란스러웠다. 장난꾸러기 같은 기질은 여전했으나 예상치 못한 모습이 툭툭 튀어나오곤 했으니까. 특히 서양요리에는 일가견이 있었다. 와인에도. 몇 년 산 어디

것의 맛은 어쩌고저쩌고, 이름 외우기조차 힘든 걸 진철은 예사롭게 주워섬겼다.

"그래서 하고 싶은 얘기가 뭐냐고. 왜 자꾸 핵심은 말 안 하고 변죽만 울려."

진철의 말에 매료되는 것 같아 그 기세를 끊어야 했다. 농구나 배구 축구 같은 게임에서도 그러지 않던가. 상대방이 자꾸 득점하면 타임을 신청해서 끊어주는 것 말이다. 나는 그 진절머리에게 매료되고 싶지 않다. 그건 미래를 예측하는 내 촉수의 예민함 때문일 거다.

"윤, 단도직입적으로 말할게. 너 내 여자 친구 돼주라. 우리 사귀자. 너도 혼자, 나도 혼자잖아. 난 한 번 갔다 오긴 했지만 겨우 두 달이었어. 호적엔 기록조차 없어. 혼인신고를 하지 않았거든."

"뭐야? 그 말도 안 되는 소리! 장난 그만해!"

"윤, 휴대전화 좀 줘봐."

진철은 내 허락 없이 식탁에 올려놓은 전화기를 집어 들었다.

"자, 이제부터 내가 전화하면 유머레스크가 흘러나올 거야. 내가 다른 사람과 구분되도록 입력했어."

제멋대로 진절머리.

잠이 오지 않는다. 몇 년 동안에 일어날 일이, 하루 그것도 오후에, 한꺼번에, 일어나버린 것 같았다. 레스토랑에서 나는 대답하지 않았다. 진철은 생각해보라는 말을 던지고 아무 일도 없었다는 듯 능청스럽게 농담하고 장난치면서 차까지 마신 후, 집에 데려다주고 갔다. 선택의 공을 나에게 던지고. 진철의 말처럼 우리가 더 알아보고 말고 할 건 없다. 내 마음이 문제지. 동생 진영에게 나의 근황을 들어 알고 있었다고 했다. 결국 내 언저리에서 늘 맴돌았다는 데에 가슴이 약간 뭉클해지는 것 비슷한 느낌을 받았다.

아파트 입구에서 헤어질 때 진철이 말했다.

"이 진절머리 나는 진철이와 진절머리 나도록 남은 생 같이 가보는 것, 나쁘지 않을 거야. 어릴 적부터 내가 좋아하는 것 모른다고 하면 안 되기! 적극적으로 다가가지 못한 건, 나도 사실은 소심한 성격이거든. 싫다고 할까 봐, 그게 눈에 보였으니까. 하지만 이젠 두려움 때문에 마음을 감추긴 싫어. 무의미하거든.『위대한 개츠비』, 읽었지? 내가 왜 이곳에 마트를 열었을까, 생각해봐."

진절머리 진철은 진저리 나도록 길게 말했다. 밤이어서 아파트 입구 도로에 차가 없는 게 다행이었다.

"그만. 가봐."

내 말은 짧았다.

잠자리에 누워 하루를 회상했다. 파리채 사러 갔다가, 뜻하지 않게 진절머리 만나고, 카페에서 차 마시고, 다시 파리 잡다가, 저녁 초대에 응해 저녁 먹고, 또 차 마시고, 상상 못 했던 고백을 듣고. 어지러웠다. 꿈속에서 일어난 일만 같았다. 개츠비, 개츠비라니. 그럼 내가 데이지란 말인가. 그 결말은 비극적이지 않던가. 나는 절대 데이지 같은 여자가 아니다. 진절머리는 그 작품을 제대로 읽었을까. 아마 인상적인 하나의 모티브 때문에 개츠비를 들먹인 것일 게다.

오로지 데이지를 사랑하는 그 순수 하나 때문에. 단순한 진절머리!

그때 휴대전화 불이 번쩍 들어왔다. 진철이다. 잘 자. 대답은 천천히 해도 돼. 하늘 아래 그것도 가까운 곳에서 몇십 년 동안 너를 마음에 두고 있는 한 사람이 있다는 사실, 잊지 마. 하트. 유치 찬란 너덜너덜! 진저리 쳤다. 위이이잉, 파리 날아가는 소리를 잠결에 들었다. 진저리 나는 저 파리.

3

진절머리 진철이와 저녁 먹고 온 날, '그'에게서 부재중 전화 두 통과 문자 하나가 들어와 있었다. 사람 만날 때 휴대전화 울림을 무음으로 하는 건 나의 습관이다. 수업에 들어갈 때도 그렇고. 그러다 깜빡 잊고 풀어놓지 않을 때가 잦았다. 그래도 문제가 되는 일은 없었다. 특별히 개인적으로 오는 전화가 많지 않았으니까. 잠들기 직전에 휴대전화를 확인하는 것 또한 습관이다.

진철이 남은 생 진저리 나도록 함께 살아보자던 말이 소설 속의 개츠비 행동과 겹치면서 머릿속을 어지럽혔다. 이 나이에 굳이 누구와 얽혀서 산다는 게 과연 가능할까. 혼자 살아온 날이 앞으로 살아갈 날보다 많은데, 새로운 관계를 이제 만들 필요가 있을까. 진철의 말이 딱히 싫거나 매혹적이지도 않았다. 깊이 생각하면 더 끌리지 않았다. 어렸을 적부터 진철의 마음을 몰랐던 건 아니다. 놀던 고무줄 끊고 공기놀이 훼방하는 진철의 행동 저변에 날 좋아하는 마음이

깔려 있다는 걸 어렴풋이 눈치챘다.

그때 난 진절머리 진철이의 짝꿍 '경준'에게 관심이 있었다. '그'는 경준과 닮았다. 사관학교 입학을 앞두고 찾아왔던 '진', 진을 따라왔던 그. 생면부지의 그와 그날 읍내 골목 술집에서 소주를 마실 수 있었던 것도 경준 때문인지 모르겠다. 흰 피부와 말수 적은 그가 독서를 좋아한다는 말에 경준과 닮았다고 생각했다. 혹시 그와 경준이 형제 아닐까 싶을 정도로 모습도 닮았다.

지적 간극을 느꼈지만 한동안 편지를 주고받았고, 쓸데없는 자존심 때문에 결별했으며, 사십 년 가까운 시간이 흐른 후 다시 연락했던 그다. 그는 얼마 전에 뜬금없이 한 전화 이후 연락이 없었다. 그렇다고 내가 연락을 하는 건 자연스럽지 않았다. 그날도 나는 파리 이야기를 했고, 그는 별다른 표현이 없었다. 오랜만이라며 호탕하게 웃던 웃음만 파리처럼 천장에 붙었다, 벽에 붙었다, 내 다리 한쪽에 붙었다, 맴돌았다.

그랬던 그가, 경준과 닮은 그가, 진철과 만나고 돌아온 날 전화 두 통과 문자 하나를 남기다니. 문자의 내용은 간단명료했다. 윤, 잘 지내나요? 다시 연락하려 했는데, 바쁜 일이 있었어요. 오늘 저녁 근처 지나다 불쑥 생각나서 전화했고, 못 받기에 문자 남깁니다. 그거였다. 아무런 언질도 감정도 스며 있지 않은 아주 평범한 문자. 무슨 말을 적어야 할지 알 수 없어 머뭇거리다 썼다. 네, 잘 지내요. 그러셨군요. 건강하세요. 건조한 문장들이다. 지웠다. 다시 몇 자 적었다 지웠다. 밤이 깊어가고 있는데, 다른 남자를 만나고, 그로부터 사귀자는 말을 들었는데, 마음을 표현한다는 게 불경스럽게 생각되었다. 따지고 보면 그럴 일도 아니었다. 아침에 생각나는 대로 몇 자 쓰기로 하고, 잠을 청했다.

아침바람은 가을을 품고 있다. 서늘한 기운. 휴대전화를 열었다. 그에게 문자를 보냈다. 안녕하세요? 이곳을 지나셨군요, 일 보고 있어서 전화 못 받았네요. 더 이상 쓸 말이 없다. 문자 발송. 커피포트에 물을 올렸다. 물 끓는 소리가 날 즈음 휴대전화 벨이 울렸다. 그였다. 물 끓는 소리가 요란했다.

"윤, 아직 방학이죠? 오늘 뭐 하세요?"

뜬금없이 묻는 건 경준과 달랐다. 적어도 경준이라면 그렇게 단도직입적으로 묻지 않았을 거다.

"네, 그냥요. 특별한 일은……."

"아, 없다는 거죠? 그럼 점심 같이 합시다. 진도 함께요."

다른 말 내놓을 새 없었다. 더구나 진도 함께라니 둘만 만나는 것보다 훨씬 자연스러울 거다.

"그래요. 장소와 시간 정해서 알려주세요."

"아니, 윤의 집 앞으로 갈게요. 진이 알고 있답니다. 사실 어젯밤에 둘이 약속했거든요. 혹시 윤 시간이 안 되면 둘이라도 보자고요. 자세한 이야기와 회포는 만나서 풉시다. 하핫."

아파트 정문 앞에 멈춘 차에서 그가 내렸다. 예전 모습과 크게 다르지 않았다. 조수석에서 진이 손을 들었다. 그가 뒷좌석 문을 열었다. 거기 진철이 빙글빙글 웃으며 앉아 있었다. 진과 진철 그리고 그가 얽혀 있었으리라고 전혀 생각하지 못했다. 아니, 못 할 일이었다. 진과 그는 사관학교에 같이 들어간 동기지만 진철은 아니었고 진과 진철은 나와 초등학교 동창이지만 그는 또 아니었다. 애써 놀란 표정을 감추었다. 태연한 척 상관없는 척했다. 하긴 셋이 친구든 직장 동료든 무슨 상관이란 말인가. 셋의 손바닥 안에서 내가 놀고 있는 느낌이 들었지만 무시했다.

차 안에서 쉴 새 없이 떠드는 진과 진철을 보며 드는 생각은 하나였다. 숨었다 나타나곤 하는 파리, 그 파리나 퇴치했어야 한다는. 그렇다고 내릴 수도 없었다. 어쩌면 그 셋은 나의 복잡한 심경을 모르거나 짐작조차 못 할 거다. 전날 나를 만났다는 사실을 진철은 잊은 듯했다. 내게 참으로 오랜만이라고 너스레를 떨었고, 여전히 예쁘다고 입에 발린 소릴 했다.

들은 척 만 척 창밖을 내다보았다. 내 옆구리를 진철이 살짝 손가락으로 찔렀다. 곁눈질로 보았다. 진절머리는 앞에 앉은 두 사람 모르게 두 손을 파리처럼 싹싹 빌고 있었다. 진저리 나는 진절머리. 모른 체하며 다시 창밖으로 시선을 던졌다. 차는 어느새 아파트 숲을 지나 검푸른 벼 포기가 넘실대는 숯고개로 접어들었다.

4

내가 상상했던 시나리오를 억지로라도 불러온다면, 진절머리 진철이와 엮이는 게 아니었다. 절대. 차라리 경준이라면 몇 번 상상해

본 적 있다. 얼굴이 희고 말수가 적으며 공부 잘했던 아이. 윗마을 큰아버지네 갔을 적에 아버지 따라온 경준과 학교가 아닌 큰아버지 집에서 마주쳤다. 큰아버지 친구인 경준의 아버지가 서로 데면데면 해하는 우릴 놀렸다. 내외하느냐고. 솔직히 내외의 말뜻을 모르고, 부부의 의미로 받아들였던 난 얼굴이 빨개졌다. 그날 이후로 몇 번 경준과 결혼하는 걸 상상했다. 경준에게 가졌던 관심이 그렇게 비약되었다. 열두 살 적 일이다.

상상은 힘이 세다. 상상은 거저 되는 게 아니라 관심이 있어야 된다. 어느 대상이든 사건이든 관심을 기울일 때 가능성이 있다. 내가 이 마을로 와서 살게 된 것 역시 우연이 아니다. 그 바탕엔 숱하게 상상했던 경험이 자리한다. 알고 보면 사람의 행동이나 생각은 우연히 일어나지 않는다. 개연성과 인과성이 깃들어 있다. 소설보다 더 소설적으로.

도심에 있는 A중학교에 근무할 때였다. 지금 살고 있는 아파트 옆을 숱하게 지나다녔다. 비닐하우스 농장이 즐비한 옆에 아담하고 평화로운 마을이 눈에 띄었다. 좁지 않은 골목이 보이고 정원수가 우줄거리며 바람에 흔들리는 것도 보였다. 오렌지색 낮은 지붕 아래 넓은 창이 있는 집, 이 층과 다락방이 보이는 집, 노인 몇과 아이가 놀이터에서 햇살을 받고 있는 마을. 나는 오렌지색 낮은 지붕 집에 살고 있는 상상을 했고, 다락방에서 별 보는 상상도 했다. 그 마을 주민이 되어 살고 싶었다. 쉬는 날이면 저 놀이터에서 한가로운 그네에 앉아 하늘 쳐다보고, 우줄거리며 흔들리는 정원수를 보고 싶었다.

그 후부터 비닐하우스 옆을 지날 때마다 거기 들어선 아파트에 사는 것을 상상하곤 했다. 마을 앞에 흐르고 있는 개울가에 서 있는 걸 상상했고, 옆 마을 놀이터에 앉아 있는 것도 상상했다. 어느 땐 그곳에 사는 꿈을 꾸었다. 비닐하우스는 보이지 않고, 고층 아파트가 빼곡하게 들어서 있는 그곳 꿈을. 목을 뒤로 한껏 젖혀 고층 꼭대기까지 쳐다보았고, 어느 한 칸 차지하고 사는 꿈을 꾸기도 했다. 사실 그게 꿈인지 상상인지 구분 가지 않을 때도 있었다. 옆 동료 교사가 수업 안 들어가느냐고 묻는 말에 놀라 정신을 차린 적도 있으니까.

비닐하우스가 즐비하던 곳에 들어선 이 아파트에 입주했을 때, 마을은 황량하기 그지없었다. 산책로가 조성되지 않은 개울 앞에 나가면 도깨비바늘이 바짓단에 들러붙어 떼는 데 한참 애먹곤 했다. 상업 시설이 전혀 없어 생활용품은 학교 근처에서 사 가지고 왔다. 시간이 흐르면서 근린상가 지역에 다양한 물품 파는 상점들이 생기기 시작했다. 그중 파리채 사러 간 생필품 대형마트에서 진절머리 진철이를 만나다니. 상상하지 못했던 일이다. 글쎄, 진절머리가 개츠비처럼 내 주위를 맴돌았다고 생각하진 않는다. 꾸며낸 이야기가 틀림없다. 진철이라면 그럴 수 있으니까.

며칠 전 뜻하지 않게 진, 민석, 진철의 관계를 알게 된 후 약간 혼란스러웠다. 셋이 고등학교 때 삼총사였다니 상상도 못 했던 일이다. 진철이 우리 마을 근린상가에 대형 생필품 마트를 개업한 게 우연한 일이 아니란 확신이 들었다. 그는 개츠비가 맞을지 모른다. 그렇다면 내가 데이지여야 하는데, 나는 데이지가 되고 싶지 않다. 그들은 나를 내려주고 가면서 각각 무슨 상상을 했을까. 또 무슨 이야기를 하며 낄낄거렸을까. 속마음을 은폐한 채. 음흉한 인간들.

진저리쳤다. 내 상상력은 다시 발현되기 시작했다. 무섭다. 언젠가 그대로 이루어질까 봐서. 머릿속에 거머리처럼 들러붙어 떨어지지 않는 진철, 내 눈치 보며 당시 상황을 납득시키려고 노력하던 그 모습이 비굴해 보였다. 상상은 관심에서 시작되는 게 맞을까. 진저리 나는 진절머리 진철에게 관심은 가당치 않다.

휴대전화 효과음이 경쾌하게 났다. 그, 민석의 메시지다. 윤, 그날 놀랐지? 며칠 동안 고민했어. 문자로라도 의견을 물었어야 했는데. 진철이 장난에 넘어간 내 잘못이야. 조만간 조용히 한번 봐. 연락할게. 잘 지내. 메시지가 길었다. 평소와 달리.

파리 한 마리가 위이이잉 소릴 내며 날아올랐다. 파리채를 들고 따라갔다. 놓쳤다. 가을이 오고 있는데, 파리는 왜 없어지지 않는 걸까. 언젠가 옆 자리 연 선생이 말했다. 아파트엔 겨울에도 파리와 모기가 있다고. 생존 조건이 맞아 웬만해선 없어지지 않는다고. 이제 파리와 모기가 없는 아파트를 상상 속에 그려봐야 할까.

다시 휴대전화 벨이 울린다. 드보르자크의 유머레스크, 경쾌한 음악이 흘러나온다.

기억과 관계의 순환, 그리고 순정한 마음

심영의

기억과 관계의 순환, 그리고 순정한 마음

1. 나는야 오늘도 술래

가수 조용필이 1982년에 발표한 노래 〈못 찾겠다 꾀꼬리〉에서 우리는, "나는야 오늘도 술래, 나는야 언제나 술래"라는 화자의 자기인식을 거듭 확인할 수 있다. 최명숙 소설을 읽는 독자도 그의 소설에서 마치 끝나지 않는 술래잡기처럼 무언가를 끊임없이 찾아 헤매는 인물을 만날 수 있다. 그들은 대체로 지난 시간의 기억에 자유롭지 못하고, 무엇보다 오래전 맺었던 관계에 집착하는 모습을 보인다. 그것은 묵은 상처이기도 하고, 상흔을 치유하는 과정이기도 하다.

다시 말하면, 최명숙 소설은 뫼비우스의 띠처럼 기억과 관계가 끊임없이 연결된 순환의 고리이기도 하다. 오래전 관계를 맺었으나 인연으로 연결되지 못했던 이들과 조우하거나 혹은 술래처럼 그들을 찾아 헤매는 인물이 많다. 기억은 정체성과 밀접한 관련이 있다.

기억이란 한 주체가 자신의 과거를 현재와 관련 짓는 정신적 행위이며, 시간 경험이다. 우리는 이 시간 경험 속에서 해체와 재구성을 반복한다.

　최명숙 소설의 인물은 하나같이 마음의 상처가 간단치 않다. 고통스러웠던 과거의 삶은 현재의 삶과 만난다. 중요한 것은 이 만남에서 삶의 변화가 일어난다는 사실이다. 그것은 대체로 타자에 대한 연민과 세계의 모순에 대한 긍정적인 이해로 귀결된다. 갈등이 증폭되어 파멸에 이르는 대신 상처를 껴안고 화해로 끝난다. 작가의 성정이 그리하기 때문인데, 이는 소설을 읽어가면서 자연스레 느낄 수 있는 일이다.

　독자는 「숨은그림찾기」를 소설집 맨 앞에 배치한 작가의 의도를 헤아려보면서 소설을 읽을 법하다. 소설을 '이야기를 이야기하는 것'이라 할 때, 이야기들이 어떻게 연결되고 구성되어 있느냐 하는 문맥적 관계가 중요하다. 그렇더라도 '그것'이라는 지시대명사는 무엇을 지칭하는 것일까를 궁금해할 것이다. 독자가 숨은 그림을 찾듯 '그것'이 무엇인지 끝까지 화자의 이야기를 들어보라는 것일 수도 있겠다. 그렇게 읽다 보면, 「숨은그림찾기」의 '나'가 오래전 고향에서 영미 오빠로 짐작되는 이에게 성폭행 피해를 당할 뻔한 악몽을 잊지 못하면서도 그의 뒷모습이 그러했을 뿐이라고 생각하는 것과 만난다. 「달빛」의 '나'가 30여 년 전 삼촌의 죽음을 비통해하던 작은엄마가 담배 건조실 안에서 영진 아재의 커다란 몸집과 엉켜 있는 것을 보았었는데, 내가 껌을 훔쳐 먹지 않았던 것처럼 작은엄마도 영진 아재와 사실은 아무 일 없었을지 모른다고 생각하는 장면과도 만난다.

그렇다면 작가가 화자의 입을 빌려 "여전히 찾아내지 못하는 그림이 두어 개 있다"고 스스로 밝히고 있듯이 지나온 시간과 숱한 인연과의 진실 찾기를 다 마치지 못했다는 뜻으로 읽을 수도 있겠다. 「숨은그림찾기」에서 독자는 소설이 마무리될 무렵에야 '그것'이 '담배'라는 것을 알게 된다. 왜 '담배'라 하지 않고 처음부터 끝까지 '그것'이라고 하지? 그런 생각을 여전히 지우지는 못할 것 같기도 한데, 물론 "방 안은 '그것'의 향에 휩싸인다"라고도 하고, "'그것'을 끄고 똑바로 눕는다."라고도 하고, 회사 후배인 유민호와 나의 오피스텔에서 하룻밤을 지내고 나서 "그가 슬며시 내 목덜미에 얹었던 손을 거두고 두어 발짝 옆으로 물러나더니 콘솔 위에 있던 그것을 집어 들"고, 나에게도 내밀었는데 나는 "끊었어"라고 말하는 장면들을 통해 '그것'이 '담배'겠구나 하고 생각할 수는 있겠다.

그래도 왜 '담배'라고 하지 않고 굳이 '그것'이라고 할 까닭이 있을까, 궁금해할 것이다. 문학은 고양이를 고양이라고 부르지 않는 것, 곧 은유로서의 수사학이라 하겠는데, 다만 대상을 새롭게 바라보는 인식의 전환과 그다지 관련 없는 수사라면 달리 생각해볼 수 있겠다. '숨은그림찾기'에 독자도 동참해달라는 작가의 부탁이자 서술 전략으로 이해하자.

최명숙 소설의 인물들은 20년 혹은 30년 전, 누군가와 만나고 헤어졌던 기억에서 자유롭지 않다. 그리고 그들과 오랜 시간이 지나

해후한다. 조심스럽게 다시 관계를 맺거나 돌아서기를 되풀이한다. 「숨은그림찾기」의 '나'는 고등학교 때 첫 키스를 나눈 재영을 종종 기억한다. 그와 인연을 이어가지 못했던 건 영미 오빠에게 성폭행 피해를 당할 뻔한 악몽 때문이다. 결혼 오 년 만에 바람기 많은 남편 과 이혼하며, 직장 후배에게 배신당하고 시골로 돌아온 '나'에게 '재 영'이 다시 찾아와 내 마음을 흐리게 한다.

「달빛」의 '나'는 30년 만에 연락이 닿은 작은엄마와의 기억이 편 치 않다. 나를 그렇게 아껴주던 삼촌이 허망하게 목숨을 잃었다. 그 런데 얼마 지나지 않아 삼촌의 죽음을 비통해하던 작은엄마가 담배 건조실 안에서 영진 아재의 커다란 몸집과 엉켜 있는 것을 내가 보 았던 때문이다. 물론 이제 와 생각하면 그때는 명료했던 일들이 정 말이기는 했는지 자신이 없어지기도 해서 곤혹스럽다. 「숨은그림찾 기」에서 '나'는, 야간 자율학습이 끝난 늦가을 깊은 밤중 버스에서 내려 마을 어귀로 들어섰을 때 누군가 내 입을 틀어막으며 길가 수 수밭으로 끌고 가 입술을 포개며 가슴 속으로 집어넣던 손의 주인이 영미 오빠인지 분명하지 않다. 뒷모습이 영미 오빠 같았을 뿐. 물론 중요한 것은 그 일로 '나'는 재영을 피하게 되었다는 점이다. 「달빛」 의 '나'는 그때 담배 건조실 안에서 보았던 장면이 혹시 환각이 아니 었을까, 생각한다. 그래서 시누이네 가족이 돌아간 후 진열장을 살 피던 아들이 조립한 로봇에 탑승하는 콩알처럼 작은 로봇이 없어졌 다고 했을 때, 함부로 의심하지 말라고 달래는 것이다. 30년 만에 나 와 엄마와 작은엄마는 재회한다.

「아주 진부한 것들의 목록」에서 '나'는 교사 연수 강의를 하러 갔다가 20년 만에 성주의 동생 성희와 해후한다. '나'와 성주는 대학 새내기 때부터 동아리 활동뿐 아니라 서로의 집까지 스스럼없이 드나들며 붙어 다녔다. 그러면서 자연스럽게 성희와 어울렸다. 2학년 때 갑자기 성주가 사라졌고 '나'는 까닭을 알지 못한 채 입대했다. 그게 마지막이었다.

성희를 자주 만나게 되면서 그때 성주가 갑자기 사라진 이유를 듣게 된다. 성주를 흠모하던 윗동네 청년이, 학교에서 돌아오는 성주를 납치했다고 했다. 지금이야 그랬다간 스토커로 신고해 형을 살게도 할 행동이지만 당시엔 그런 폭력적이고 비인격적인 행동이 어느 정도 묵인되거나 지독한 사랑이라는 이름으로 미화되었다. 성주 역시 아주 싫지 않은지라 결국 자기를 납치한 자와 결혼했다는 것이다. 아이들 낳아 잘 살고 있다는 거였다. 그런데 나는 지금 성주 동생 성희와 연인 관계로 발전하고 있다. 그 모든 이야기가 진부하기 이를 데 없다고 냉소적으로 생각하면서.

「열쇠」에서 '나'는 불쑥 찾아온 '그녀'를 따라 남한산성 길목에 있는 찻집으로 향한다. 마음속으로는 대학 산악회 동아리에서 처음 보았을 때부터 나를 좋아했던 '정우'를 기다리면서도, 그녀의 표정을 섬세하게 읽으며 그녀와 시간을 보내는 중이다.

이 소설 「열쇠」는 세 이야기가 겹쳐 있다. 나와 정우의 이야기, 그리고 나의 어머니 이야기, 그녀와 그녀의 남편 이야기다. 우연히 만나 알게 된 그녀는 결혼 3주년을 앞두고 출장 갔다가 과로로 죽은 남편을 기억하며 눈물을 흘린다. 일 년에 한두 번밖에 집에 오지 않는 아버지를 기다리던 나의 어머니는 그 기다림의 대상을 나로 바꾸었고, 확실하게 기다릴 필요가 없다는 걸 깨달은 후 편집증적으로 내게 집착했다. 나는 그런 어머니를 떠나 서울로 가서 직장 생활을 하다가 만난 입사 동료 '은석'을 사랑하지만, 그에게는 사귀던 여자가 있었다. 배신감에 힘들어하던 때 '정우'가 찾아오지만, 지금 나는 그에게 어떤 태도를 보여야 할지 아직 결정하지 못했다. 그는 나의 결심을 기다리겠다고 했으나 그는 보름이 지나도록 연락이 없다. 어쩌면 오늘은 전화가 오지 않을까 하는 기다리는 속마음을 그녀에게 들키지 않으려 나는 애쓴다. 그녀의 별장까지 따라가 술을 마시며 그녀의 이야기를 듣는 까닭은 나의 어머니와 나의 삶, 그러니까 누군가를 그리워하거나 기다려야만 하는 삶의 모양이 다르지 않다는 연민 때문이다.

「유를 찾아서」의 '나'가 '윤 대표'라는 수상쩍은 여성에게 투자금 명목의 금액을 보내고 그녀와 연락을 계속하는 까닭은 푸른빛이 감도는 그녀의 눈과 매우 닮은 '천유'를 찾을 수 있을지도 모른다는 생각 때문이다. '유'는 40년 전, 군 전역 후 복학하여 가정교사를 하던 집의 아이였다. 지금은 환갑이 되었을 거다. 윤 대표는 시립도서관에서 진행한 '작가와의 만남'에 참석한 독자였다. 찻집에 앉아 가까이 앉아 그녀를 보았을 때 집시가 연상되었다. 분위기가 그랬다. 도발적이고 낭만적이며 자유로운 모습. 브리지 넣은 긴 머리카락의 색깔은 회색과 초록색이었다. 한없이 늘어날 것 같은 티셔츠 위에 슬쩍 얹혀 있는 헐렁한 멜빵바지, 그녀의 이야기만큼이나 내용물이 가득 들어 있는 듯 빵빵하게 부푼 의자 등받이에 건 베이지색 에코백들을 통해 '나'는 줄곧 그녀의 이미지와 겹친 '천유'를 떠올리고 있었다.

제대 후 우연히 '유'를 만난 '나'는 유와 함께 시외버스 터미널에서 단양 가는 버스를 탔고, 고수동굴 앞 여관에서 묵었다. 그날 밤유는 무슨 까닭에선지 울었고 나는 유를 안았으며 둘은 잠이 들었다. 아침에 눈 떴을 때 '유'는 떠나고 없었다. 그 후 '유'를 만나지 못했다. 학위를 받고 고국으로 돌아왔을 때, '내' 나이는 사십이 넘었고 대학에 교수 자리는 나지 않았다. 여기저기 시간강사로 전전하다 지도교수가 은퇴하면서 오십 다 돼 모교에 자리 잡았다.

그렇게 잊고 살았던 '유'다. 윤 대표, 그녀를 만나지 않았다면 영원히 잊고 살았을지 모른다. '유'와 있었던 하룻밤이 존재했던 걸까. 그 후의 모든 일들조차 상상인지 환상인지 분별할 수 없다. 그런데 '나'는 윤 대표와 유의 눈이 닮았다는 것에 집착하다가 급기야 그녀가 유의 딸이 아닐까, 하고 생각한다. 그렇지 않다는 결론을 내렸으면서도 윤 대표가 전화를 걸어와 자신의 노모가 운명했다는 말을 하자 장례식장으로 달려간다.

2. 장소 상실과 회귀

최명숙 소설의 인물은 이렇게 "나는야 오늘도 술래, 나는야 언제나 술래"의 순환고리에 빠져 있기도 하지만, 고향 상실과 회귀를 통해 상흔을 치유하고 정서적 안정을 얻는 전형적인 성장소설의 구조를 보인다.

성장소설의 고전적 패턴(서사 구성)은 주인공이 집을 떠나 고난을 겪은 후 무엇인가를 발견(성찰)하고 다시 집으로 되돌아오는 구조다. 귀향한 인물은 안정을 찾는다. 떠날 때의 문제를 해결하고 상흔을 치유하거나 그럴 가능성을 보여준다. 그런 의미에서 최명숙 소설은 '여성 성장소설'의 면모를 지니고 있다. '여성'이라는 접두사를 붙인 까닭은 소설의 화자 혹은 인물들이 대부분 여성인 때문이다. 소설의 여성 인물들은 가부장적 폭력이라는 유습에서도 자유롭지 못하다. 다만 그러한 기성 질서에 저항하기보다는 수락하는 모습을 보인다. 까닭은 인물이 정치적 올바름에 속박당하는 대신 그것을 뛰어넘는 연민과 공감의 세계 인식에 도달하기 때문이다.

고향을 떠나 서울로 가서 배신을 경험한 인물은 다시 고향으로 돌아온다. 고향엔 언제나 나를 챙겨주는 어머니와 함께 오래전 마음을 나누었던 누군가가 있다. 「숨은그림찾기」의 '나'에겐 '재영'이 그러하고, 「열쇠」의 '나'에겐 '정우'가 그러하다. 그들에게 서울은 남편 혹은 연인마저 나를 배신한 장소 상실의 공간이다. 장소의 정체성과 진정성을 따져 물었던 에드워드 랠프(Edward Relph)의 말을 빌리면,

소설의 인물들에게 서울로 상징되는 대도시란 자기중심주의와 물질 중심의 가치관과 생존경쟁의 원리만이 관철되는 비정한 도시로, 진정한 장소감을 느낄 수 없는 장소 상실의 공간이다.

그렇다고 해서 고향이 관심과 사랑, 그리고 아늑한 정서적 평온을 제공하는 장소도 아니다. 그들이 고향을 떠난 까닭은 고향에서의 폭력적인 혹은 어두운 기억 때문이다. 「숨은그림찾기」의 '나'는 영미 오빠에게 성폭행 피해를 당할 뻔한 악몽이 있고, 「열쇠」의 '나'에겐 평생 바람을 피우면서 어머니를 힘들게 했던 아버지의 기억이 그녀를 고통스럽게 했다. 아주 다행인 것은 「숨은그림찾기」의 '나'에겐 '재영'이, 「열쇠」의 '나'에겐 '정우'가 여전히 나에 대한 믿음 내지 사랑의 마음을 간직하고 있는 점이다.

따라서 이 인물들의 고향 회귀는 상처 회복의 가능성을 보여주는 긍정적인 선택이다. 문제는 나의 주체적 결단이나 선택보다는 누군가가 여전히 나에 대한 사랑의 마음을 지니고 있기에 가능한, 그래서 얼마간 위태로운 것도 사실이다. 그녀들이 고향으로 회귀하는 직접적인 동기는 고향에 계신 어머니의 재촉이다. 고향이라는 장소 또한 근원적 폭력의 구습에서 완전히 벗어난 장소라고 할 수 없으며, 그것은 타인의 선의만으로는 해결 불가능한 구조적 문제이기 때문이다. 그렇게 보면 서울이라는 장소 상실의 장소에서 소설의 인물들이 발견한 것이란 타인들의 관계에서 오는 피로감 혹은 절망감의 목록뿐이다.

최명숙 소설에는 오래전 누군가에게 뒤통수를 맞았다는 유쾌하지 않은 기억을 오랫동안 잊지 못하고 있는 인물들이 있다. 「숨은그림찾기」의 '나'는 영미에게, 「달빛」의 '나'는 초등학교 4학년 때 같은 반이었던 계집애에게 그런 기분, 느낌을 오랜 시간이 흘렀어도 여태 지우지 못하고 있다. 문제는 오래전의 기억이 아니라 그때의 일과 비슷한 일을 되풀이하여 겪는다는 데 있다. 「숨은그림찾기」의 '나'는 남편과 직장 후배 유민호에게 그러하고, 「열쇠」의 경우 '나'는 서울로 올라와 입사한 회사 동료 민석에게 사랑을 배신당한다. 「유를 찾아서」에서 '나'는 윤 대표라는 여성에게 투자금 명목의 금액을 보내고, 소설 쓰는 모임에서 짧은 작품 두 편을 발표하고 합평하던 날 「두 여자 이야기」를 선보인 '나'는 김 선생 등에게 독한 말을 듣는다.

현재의 유쾌하지 못한 일들이 과거의 그런 기억을 헤집어 상처를 깊게 하는데도 소설의 인물들은 대체로 속수무책이다. 아니 그러한 상처를 도리어 껴안는다. 「합장」은 우선 일 년이면 서너 번씩 돌아가실 듯하다 깨어나곤 하는 할머니에 관한 이야기다. 저녁나절에 걸려 온 어머니의 간곡한 전화를 '나'는 예사롭게 받아들였다. 할머니는 몇 년째 그 상태였기 때문이다.

소설 「합장」에서, '나'의 작은할머니는 할아버지의 작은댁이다. 할아버지가 살아 있을 때 우리 집에 발걸음조차 하지 않던 작은할머니가 할아버지 사후 우리 집에 자주 드나들며 할머니와 친자매처럼 지냈다. 3년쯤 후 작은할머니가 세상을 떠났을 때, (할아버지와 작은할머니) 두 분은 선산에 거리를 두고 이쪽과 저쪽에 묻혔다. 할머니는 당신이 죽고 난 후 할아버지와 합장(合葬)하고 싶은 내색을 숨기지 않는다. 할머니는 돌아가신 다음에야 흙이 된 할아버지를 차지하고 곁에 누웠다. 여기까지의 이야기는 작은댁 때문에 마음고생이 심했던 할머니가 돌아가시고 난 후 당신의 소원대로 할아버지와 합해질 수 있었다는 이야기로, 여성들에게 감내를 요구했던 가부장제의 유습을 확인할 수 있는 장면이다.

그런데 정작 소설 「합장」에서 중요한 것은 화자 '나'의 태도다. '나'는 캠퍼스 커플로 만났던 '첫사랑 선우의 배신'뿐만 아니라 여자가 끊이지 않는 남편 때문에도 고통을 느낀다. 할머니가 고통받았던 일의 되풀이다. 그런데도 '나'는 그런 남편의 태도에 맞서는 대신 그의 처분을 수락한다. 할머니 장례에 삼우제까지 마친 후, 집으로 돌아오는 길, 경부고속도로는 시원하게 뚫려 있었다. 아침에 반짝 개었던 날씨는 오후부터 꾸무럭대기 시작하더니 급기야 비를 토해내기 시작했다. 여름 끝자락에서 가을비가 장맛비처럼 쏟아졌다. 운전하던 남편이 말한다.

"잔디가 잘 살겠어." 내리는 비가 잔디에는 살아 숨 쉬게 하는 생명수일 것이다. 남편이 내 손을 가만히 잡는 행위도 나에게 그러할까?

남편은 셔츠 주머니에서 담배를 꺼내다가 다시 집어넣으며 열없는 듯 말했다. 윈도 브러시가 빠르게 움직이고, 긴장이 풀리며 잠이 어둠처럼 몰려왔다. 핸들 잡지 않은 손으로 내 손 가만히 잡는 남편의 손길을 어렴풋이 느끼며, 잠 속으로 빠져들었다.

소설 「합장」은 그러니까 할머니에 관한 이야기가 아니다. 아니 할머니의 고난을 뛰어넘는 여성으로서의 '나'의 성찰과 결단의 이야기가 아니다. 타인(대체로 남성)의 선의에 기대어 '나'의 안정을 찾는 순응적인 여성의 이야기다. 문제는 주어진 운명을 수락하는 듯한 여성 인물의 태도를 어떻게 해석할 수 있겠느냐 하는 데 있다. 그것은 다시 말하지만, 순응을 넘어선 긍정의 세계관, 껴안음과 화해와 세계관이다. 타인의 결함을 보고 웃는 인간의 모습을 잘 보여주고 있는 「두 여자 이야기」 속 소설 합평회에서 그들을 대하는 '나'의 태도를 보면 충분히 수긍할 수 있다.

3. 타자에 대한 연민과 공감

「두 여자 이야기」는 60대에 접어든 화자가 소설 합평회에 제출한 습작 제목이다. '웃음이 헤픈 여자'와 '뻐드렁니를 가진 여자'에 관한 소회를 소설화한 것으로 굳이 말하자면 액자구조의 소설이라고 해도 될 듯싶다.

'웃음이 헤픈 여자'는 '그녀'가 '우리' 집 소작을 하고 사랑채에서 산 지, 10년쯤 되었을 때, 그녀의 남편이 병으로 죽었다는 것, 그런데 남편의 장례를 치르면서도 그녀는 "콩나물 무치다 히죽 웃고, 부침개를 부치다 싱긋 웃을 만큼" 웃음이 헤펐다는 것이다. '뻐드렁니를 가진 여자'는 30년 전 화자와 남편이 함께 대전지사로 갔을 때 팔개월 된 아이 '민'을 돌볼 사람을 급히 구해야 했고, 세 든 주인집 아주머니의 소개로 만나 알게 된 여자인데, 일 년 만에 전화를 걸어온 그녀의 하소연을 내가 듣는다는 이야기이다.

액자소설이란 하나의 이야기 안에 하나 또는 여러 개의 이야기가 액자 속의 사진처럼 끼어 있는 소설을 말한다. 외부의 이야기(外話)와 내부의 이야기(內話)로 구성되어 있는데, 일반적으로 내부 이야기가 사건 전개의 핵심적인 역할을 담당한다. 「두 여자 이야기」에서 독자의 관심은 소설 속 이야기인 두 여자에 관한 것보다는 화자가 소설 합평회에서 저 습작품을 내놓은 후 소설 쓰는 문우들의 반응과 그에 대한 화자의 느낌이다.

우선 '문우'들의 반응은 실제 소설 창작 수업에서 흔히 볼 수 있는 풍경으로 매우 사실적이다. 뒤풀이 장소로 자리를 옮기고 나서는 합평회 할 때 살살 하던 문우들이 술이 들어가더니 신랄하게 화자의 글을 난도질하기 시작한다. 소설이 꼭 수필 같다, 소설적 형상화가 되지 않았으니 소설이냐, 지금 세상에도 저런 여자가 있느냐, 시의성을 갖지 못한 소설이 무슨 독자의 시선을 끌겠느냐, 독자가 없으면 소설 쓸 이유가 없다, 그래 다 좋다 치고 주제가 뭐냐, 그녀와 여자처럼 살지 말라는 거냐, 두 여자를 통해 보여주려는 게 뭐냔 말이냐 등의 지적은 종종 인간관계를 해치기도 한다. 그중에서도 '김 선생'은 비난 수준의 소감을 말하는데, "소설도 아닌 걸 소설로 포장해 발표했다"라거나 "이건 자료밖에 되지 않는다"라고 무례한 말을 서슴지 않는다. 그런 소감과 지적이 옳고 그른가를 떠나 당사자에겐 치명적인데, 화자 역시 "무슨 말을 더 했는지 모르겠다. 귀가 먹먹하고 머리가 빙빙 돌 것 같았다."라고 진술하고 있다.

이 소설은 사실 「아주 진부한 것들의 목록」과 함께 작가가 세상을 냉소적으로 바라보거나 권태를 느끼는 한 근거로 볼 수도 있는 작품이다. 그런데 소설의 결말 부분에서 화자가 얼마간 감정을 표출한 후 "뒤풀이 자리는 더 흥겨웠다. 흥에 겨워 그날 밥값과 술값을 내 카드로 긁고 말았다"라고 마무리한다. 이는 작가가 소설 창작 교실의 합평회와 뒤풀이 과정을 타자에 대한 배려와 애정 어린 관심보다는 서로를 경쟁 상대로 여기고 서로를 밀어내는 데 익숙한 우리 사회의 축소판으로 읽는 대신 '아직' 흥과 온기가 남아 있는 장소로 보는 긍정적 심성임을 어림하게 한다.

「두 남자 이야기」는 액자소설의 구조를 취하는 대신 두 남자에 관한 삽화를 보여준다. 하나는, '성실' 그 자체의 인간인 '그'와 부지런하고 진실하다는 의미의 '근실'이라는 이름을 가진 그의 아내에 관한 이야기다. 그는 성실하다기보다는 예비 사돈과의 상견례에서 "자고로, 여자는 남편에게 순종하고 성실하게 내조해야 합니다. 우리 집안은 예로부터 지금까지 그래왔지요. 그게 우리 집 가풍입니다. 남자가 어떻게 하더라도 여자는 성실하게 순종하는 게."라는 말을 한 탓에 아들의 결혼을 망칠 정도로 매우 고지식한 인물로 그려진다.

다른 삽화 하나는 '나'와 동갑내기인 막내 삼촌에 관한 이야기다. 막내 삼촌은 세상에서 가장 미루기를 잘하고 게을렀고 느린 인간이다. 소개팅하는 날에도 약속 시간이 한 시간이 넘게 나타나지 않았는데, 그 까닭이 "지난밤에 너무 설레고 기대되어 잠이 오지 않아 잠을 설쳤다"라는 식이다. 그러니까 삼촌의 게으름은 무사태평한 성품에서 기인한다. 그런 덕분인지 삼촌은 '나'보다 석 달 먼저 소개팅녀와 결혼해서 잘살고 있다. 조급하고 성마르지 않아도 삶은 이어진다는 것으로 읽힌다.

소설의 인물이 처한 갈등 상황에서 그것에 어떻게 대처하고 마주한 문제를 해결해내는가 하는 이야기를 통해 독자는 인간 삶의 풍부함을 대리 경험하면서 일정한 깨달음을 얻거나 진리를 발견하기도 한다. 독자가 경험해온 삶의 세계와 견주어 누구 혹은 무언가에 관한 따뜻하거나 냉담한 반응을 보이기도 한다. 「두 남자 이야기」를 읽은 독자는 무엇보다 소설의 화자(곧 작가)가 주변의 타인들에게 갖는 섬세하면서도 따뜻한 관심, 그것으로 인한 삶에 대한 긍정적 인식이 될 것이다.

아버지 혹은 남편의 부재라는 결핍의 체험을 공유한 여성들에 대한 연민과 공감을 통해 자신의 상흔을 치유하는 인물의 등장은 작가의 그러한 성정의 자연스러운 발로다. 「숨은그림찾기」에서 '나'는 아버지가 노름으로 재산을 모두 날리고 내가 태어난 지 얼마 안 되어 죽었다는 걸 여고 졸업할 무렵에 알았다. 고등학교를 간신히 마친 오빠가 깡패들과 어울리고 노름에도 손대기 시작할 때였다. 할머니가 욕을 퍼부으며 오빠를 말렸지만 소용없었다. 마침 우리 집에 와 있던 고모가 아버지의 죽음을 이야기했다. 그러한 상흔을 간직한 '나'는 「열쇠」의 '그녀'가 결혼 3주년을 앞두고 출장 갔다가 과로로 죽은 남편을 기억하며 눈물을 흘리는 것을 보고 연민을 느낀다.

4. 순정한 마음

「파리가 쏘아 올린 사랑방정식」은 '나'와 '진철'과 '민석'과 '경준', 어릴 때부터 오랫동안 알고 지내온 이들 사이의 순정한 이야기다. 40년은 된 것 같은 시간의 공백을 지나 걸려 온 전화기 저쪽의 목소리가 내 귀에 익다. '나'는 즉시 "그다"라고 직감한다. 그는 진철의 친구 '민석'이다.

소설에서는 그들 특히 '진철'을 대하는 '나'의 마음이 문제다. 개울 건넛마을 앞 첫 집에 살았던 진철, 거머리 같은 그를 대학에 가서 또 만난다. 연극 동아리에 들어갔을 때, 그 진절머리는 나보다 먼저 들어와 있었다. 그 사실을 알고 '나'는 연극 동아리에 나가지 않았다. 그와 얽히고 싶지 않아서다. 그런데 오랜 시간이 지나 그가 내가 살고 있는 동네에서 슈퍼마켓을 운영하고 있다는 사실을 알게 된다. 진철은 내게 "너 내 여자 친구 돼주라. 우리 사귀자. 너도 혼자, 나도 혼자잖아. 난 한 번 갔다 오긴 했지만 겨우 두 달이었어. 호적엔 기록조차 없어. 혼인신고를 하지 않았거든."이라고 말한다. 진절머리 진철이와 저녁 먹고 온 날, '그'에게서 부재중 전화 두 통과 문자 하나가 들어와 있었다. 그는 진철처럼 내게 직진하지 못하고 주변을 맴도는 사람이다.

문제는 진철이 "남은 생 진저리 나도록 함께 살아보자던 말"이 소설 속의 개츠비 행동과 겹치면서 '나'의 머릿속을 어지럽혔다는 데 있다. 육십이 넘은 나이에 새삼 누군가를 만나 다시 또 사랑을 할 수 있을까, 그럴 수는 없을 것 같다고 생각하는 마음 한편에는 마치 소설『위대한 개츠비』에서의 '데이지'가 된 것처럼 행복한 상상을 한다. 작가가 소설 제목을「파리가 쏘아 올린 사랑방정식」으로 정한 까닭은 피츠제럴드 소설『위대한 개츠비』에서 '개츠비'가 오랜 시간을 건너뛰고서도 '데이지'에 대한 순정한 사랑의 마음을 지닌 것처럼, 이 소설에서 '진철'을 비롯한 인물들과 '나'와의 관계 또한 그러하다는 생각 때문일 것이다.

피츠제럴드 소설『위대한 개츠비』에서 '닉 캐러웨이'는 화자이면서 중요한 등장인물이다. 개츠비와 데이지의 로맨스에 관한 소설로 읽어도 크게 문제는 없겠으나 닉 캐러웨이를 주인공으로 한 성장소설이라는 점을 놓쳐서는 곤란하다. 무엇보다 소설의 시대적 배경인 미국의 1920년대는 '광란의 20년대'로 부를 만큼 경제적 번영과 함께 쾌락의 욕망이 아낌없이 표출되던 때였다. 1919년 제1차 세계대전의 종전과 함께 자유 분망한 재즈와 찰스턴과 같은 광란의 춤이 유행하고, 여성들은 빅토리아 시대의 속옷을 벗어던지고, 짧은 치마를 입기 시작한다.

그러한 때에 개츠비는 사랑 그 자체에 목숨을 거는 순정한 인물, 특히 재산(물질)을 잃어버린 여인을 되찾기 위한 수단으로만 볼 뿐 그 자체를 목적으로 여기는 세태와 확연히 다른 인물이다. 그를 위대하다고 부를 수 있는 이유다.

「파리가 쏘아 올린 사랑방정식」이 그러한가를 굳이 따져 물을 필요는 없다. 그것은 소설의 화자 '나'의 상상을 통해 작가가 사람과 세상을 대하는 순정한 마음을 드러낸 것일 뿐이니까.

최명숙 소설은 이렇게 뫼비우스의 띠처럼 기억과 관계가 끊임없이 연결된 순환의 고리에 있는 인물의 이야기를 통해 과거의 상처와 마주하고 비슷한 상처를 지닌 인물을 껴안아 마침내 자신의 상흔을 치유하는 회복의 서사로 가득하다.

이는 세상을 대하는 따뜻하고 순정한 작가의 성정을 드러낸 것으로, 모순과 마주하고 그것과의 대결을 통해 세상을 바꿔보려고 사투를 벌이는 여타 서사와 구별되는 지점이다. 어느 쪽이 올바르고 바람직한가를 따지는 것은 따라서 의미 없다. 중요한 것은 부드러움이 강한 것을, 따스함이 차가움을 녹이고 이겨낼 수 있다는 마음, 믿음일 것이므로.

沈永儀 | 소설가, 문학평론가

푸른사상 소설선